D1927993

Fantasy

Herausgegeben von Wolfgang Jeschke

Aus der SAGA VON DRAY PRESCOT erschienen in der Reihe HEYNE SCIENCE FICTION & FANTASY:

1. Roman: Transit nach Scorpio · 06/3459
2. Roman: Die Sonnen von Scorpio · 06/3476
3. Roman: Der Schwertkämpfer von Scorpio · 06/3488
4. Roman: Die Armada von Scorpio · 06/3496
5. Roman: Der Prinz von Scorpio · 06/3504
6. Roman: Die Menschenjäger von Antares · 06/3512
7. Roman: In der Arena von Antares · 06/3534
8. Roman: Die Flieger von Antares · 06/3547
9. Roman: Die Waffenbrüder von Antares · 06/3567
10. Roman: Der Rächer von Antares · 06/3585
11. Roman: Die fliegenden Städte von Antares · 06/3607
12. Roman: Die Gezeiten von Kregen · 06/3634
13. Roman: Die Abtrünnigen von Kregen · 06/3661
14. Roman: Krozair von Kregen · 06/3697
15. Roman: Geheimnisvolles Scorpio · 06/3746
16. Roman: Wildes Scorpio · 06/3788
17. Roman: Dayra von Scorpio · 06/3861
18. Roman: Goldenes Scorpio · 06/4296
19. Roman: Ein Leben für Kregen · 06/4297
20. Roman: Ein Schwert für Kregen · 06/4298
21. Roman: Ein Schicksal für Kregen · 06/4357
22. Roman: Ein Sieg für Kregen · 06/4358
23. Roman: Die Bestien von Antares · 06/4359
24. Roman: Der Rebell von Antares · 06/4394
25. Roman: Die Legionen von Antares · 06/4395
26. Roman: Die Verbündeten von Antares · 06/4396
27. Roman: Die Labyrinthe von Scorpio · 06/4472
28. Roman: Delia von Vallia · 06/4510
29. Roman: Die Feuer von Scorpio · 06/4511
30. Roman: Die Klauen von Scorpio · 06/4554
31. Roman: Die Masken von Scorpio · 06/4593
32. Roman: Seg der Bogenschütze · 06/4624
33. Roman: Die Werwölfe von Kregen · 06/4642
34. Roman: Die Hexen von Kregen · 06/4675
35. Roman: Sturm über Vallia · 06/4717
36. Roman: Die Omen von Kregen · 06/4789
37. Roman: Der Kriegsherr von Antares · 06/4806
38. Roman: Wiedergeborenes Scorpio · 06/4849
39. Roman: Meuchelmörder von Scorpio · 06/4864 (in Vorb.)
40. Roman: Invasion von Scorpio · 06/4882 (in Vorb.)

Weitere Bände in Vorbereitung

ALAN BURT AKERS

Wiedergeborenes Scorpio

Achtunddreißigster Roman
der Saga
von Dray Prescot

Fantasy

Originalausgabe

WILHELM HEYNE VERLAG
MÜNCHEN

HEYNE SCIENCE FICTION & FANTASY
Band 06/4849

Titel der amerikanischen Originalausgabe
SCORPIO REBORN

Deutsche Übersetzung von Thomas Schlück
Das Umschlagbild schuf Boris Vallejo
Die Karte zeichnete Erhard Ringer

Umschlaggestaltung mit einem Motiv
von Vicente Segrelles/Norma
durch Ingrid Schütz, München

Redaktion: Friedel Wahren

Printed in Germany 1991
Umschlaggestaltung: Atelier Ingrid Schütz, München
Satz: Schaber, Wels
Druck und Bindung: Ebner Ulm

ISBN 3-453-05404-0

EINLEITUNG

Wer die Saga um Dray Prescot nicht kennt, braucht nur zu wissen, daß er nach Kregen gerufen wurde, auf eine exotische Welt, die um den Doppelstar Antares kreist, um dort den rätselhaften Absichten der Herren der Sterne zu dienen. Wollte er die Gefahren, die diese schöne und zugleich schreckliche Welt bietet, ungeschoren überstehen, mußte er findig und mutig, stark und schlau sein. Kein Zweifel, er ist eine attraktive, doch zugleich rätselhafte Person. Sein Charakter weist größere Tiefen auf, als sie für das bloße Überleben erforderlich wären.

Man beschreibt ihn als gut mittelgroß, mit braunem Haar und gelassenen braunen Augen, deren Blick finster und herrisch sei; dazu besitze er ungeheuer breite Schultern und einen ausgeprägten Körperbau. Ihn umgibt eine Aura unantastbarer Ehrlichkeit und unbeugsamen Mutes. Er bewegt sich wie eine wilde Raubkatze, lautlos und tödlich, unberechenbar.

Nachdem er seine Prinzessin gewonnen hatte, Delia aus Delphond, Delia aus den Blauen Bergen, und nachdem er mit Delia an der Seite Herrscher von Vallia gewesen war, entsagte Prescot der Krone und dem Thron. Gleichwohl wäre es für ihn töricht, auf ein ruhiges Leben zu hoffen; das weiß er sehr wohl. Zu den vielen Problemen, die ihn plagen, gehört als wichtigstes die Vereinigung der Länder Paz' und die Abwehr der bösartigen und gefürchteten Shanks, die über das Meer herbeisegeln und alle Küsten angreifen, die sie erreichen können.

›Wiedergeborenes Scorpio‹ ist der erste Band des Loh-Zyklus. Eben noch einen Drachen steigen lassend, im nächsten Moment in der tiefsten Hölle steckend, wird Prescot im vermengten Licht der Sonnen von Antares kopfüber in neue Abenteuer gestürzt.

— Alan Burt Akers

sonnen
untergang
meer
nord-
turismond
wloclef
cyphrenmeer
unwirtliche
gebiete
vallia
binnenmeer
womox
marschmeer
meer
der schwerter
valka
süd-
turismond
hobolings
walfarg
donengil
zim strom
pandahem
chem
chem-me
äusserer
ozean
loh
süd-lohisches
meer
ozean des
zweifels
thoth

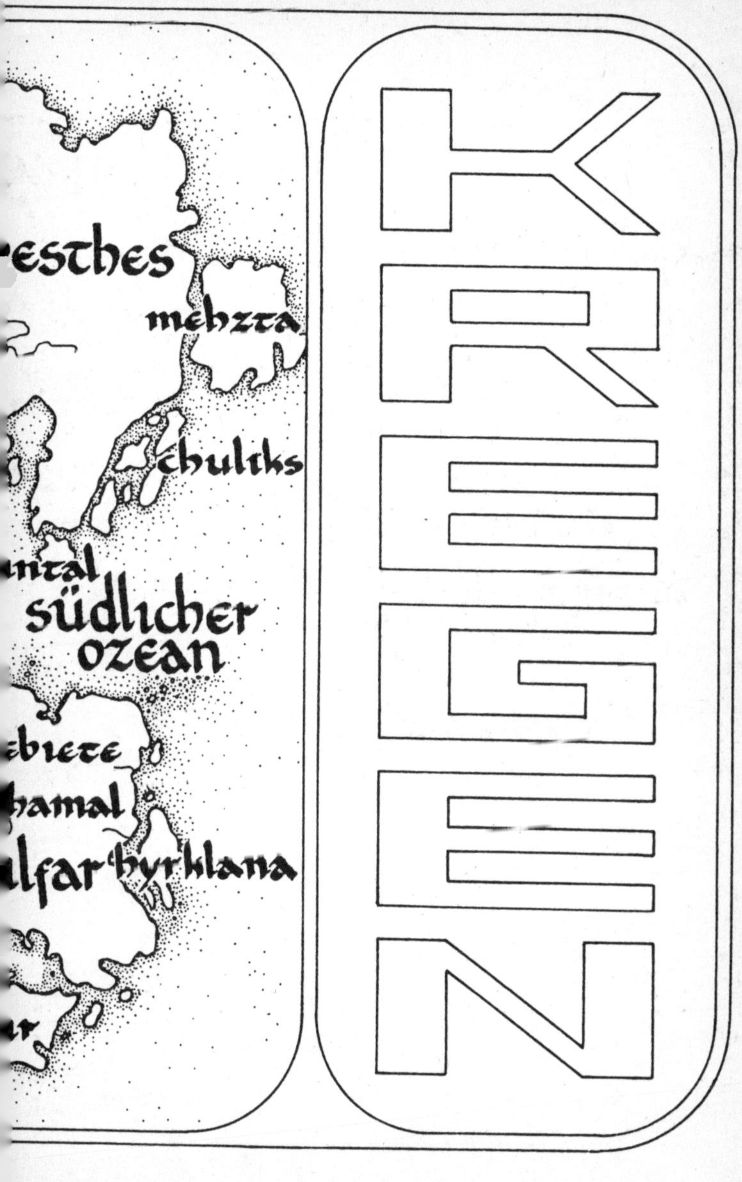
esthes
mehzta
chuliks
ntal
südlicher ozean
ebiete
hamal
lfar
hyrklana
ar
KREGEN

1

Mit einem valkanischen Drachen auch nur bei schwachem Wind umzugehen, erfordert Geschicklichkeit, Nerven und Kraft. Der junge Inky hatte von den erstgenannten Eigenschaften überreichlich mitbekommen — aber es haperte mit der Geschicklichkeit. Nun ja, immerhin war der junge Inky sehr jung und voller Feuer und Temperament und noch längst nicht zu voller Kraft herangewachsen. Ich schwöre, von Zeit zu Zeit wurde er dermaßen in die Höhe gezogen, daß seine Füße den Kontakt mit dem Boden verloren.

Er lachte. Der Wind zupfte ihm an den Locken und wirbelte sie ihm um die geröteten Wangen. Die Brise frischte weiter auf, und der Drachen schwankte und stieg empor und drohte Inky nun wirklich mitzuziehen.

Ich fand, daß es nun genug war, und wandte dem unter den Klippen ausgebreiteten Panorama den Rücken zu. Valkaniums neue Gebäude schimmerten im Sonnenlicht, das Wasser der Bucht dehnte sich in funkelnder Pracht. Hier oben vermengten sich die Düfte von Meer und Land, das frische salzige Aroma stieß auf den Geruch nach Büschen und Blumen; eine Szene, die von dem vermengten Licht der Zwillingssonne beleuchtet wurde. Während ich Inky ins Auge faßte, wandte ich mich auch von der Klippenfeste Esser Rarioch ab, dem Palast, den ich mein Zuhause nannte.

Begeistert starrte Inky in die Höhe. Von dem Drachen gezogen, schleifte er mit nackten Füßen durch das Gras. Ich beschleunigte meine Schritte. Wenn er über den Klippenrand geriete ...

»Schau doch!« rief er und schaute hinauf, ohne die Leine loszulassen. »Schau!«

Seine Füße berührten das Gras, die Zehen krümmten sich und gruben sich ein. Die Leine verlor an Spannung. Ich hob den Blick.

Ein prächtiger großer Vogel, golden und scharlachrot leuchtend, hatte die scharfen Krallen um die Querstange des Drachens geschlagen, drehte den drohend aussehenden Kopf zur Seite und starrte zu uns herab. Ich kannte dieses Wesen. O ja! Ich kannte diesen vornehmen Vogel. Inky vermochte ihn ebenfalls zu sehen, was mich nicht überraschte. Der Gdoinye, der Bote und Spion der Herren der Sterne, zeigt sich manchmal nicht nur alten verdorbenen Seelen wie mir, sondern auch unschuldigen jungen Wesen. Allerdings nahm ich nicht an, daß Inky etwas anderes als einen Vogelschrei hörte, als der Besucher nun mit mir zu sprechen begann.

»Dray Prescot! Du wirst sofort gebraucht. Die Herren der Sterne gewähren dir in ihrer Weisheit diese Gnade; ihre Forderungen sind nicht in Zweifel zu ziehen, und doch ...«

Ich spürte, wie mir der Atem aus den Lungen gepreßt wurde. Ein Nebelschleier erschien vor meinen Augen.

»Nein!« wollte ich brüllen, hörte aber nichts und sah ringsum nur ein alles durchdringendes Blau. Über mir erhob sich der riesige Umriß des Phantom-Skorpions, den ich durch die wogenden Nebelschwaden ausmachen konnte; sein blaues Licht vermittelte ein Gefühl von Kälte und brachte Dunkelheit und ein Schicksal, dem ich nicht entweichen konnte.

Kopfüber, kopfunter schleuderten mich die Herren der Sterne von der hohen Klippe Esser Rariochs in Valka — wohin?

Die Herren der Sterne hatten es eilig. Als ich die Kälte tief in den Knochen spürte, wußte ich, was diese Eile bedeutete. Irgend jemand hatte einen Fehler gemacht. Ein Kregoinye, der Befehle der Everoinye ausführen sollte, hatte versagt. Daraufhin stürzten sich die Everoinye mit gewohnter Rücksichtslosigkeit auf ihren Nothelfer, auf den Burschen, den sie oft benutzt hatten, um Löcher in ihren sorgfältig gestrickten Plänen zu stopfen. Ich spürte Hitze.

Flammen brausten und zuckten ringsum, Rauch stach mir unangenehm in die Augen und reizte die Atemwege. Der Wechsel war schnell erfolgt, verflixt schnell, bei Vox! Ich stand in einem brennenden Gebäude. Das war also der Notfall! Ich mußte den Menschen finden, den die Herren der Sterne retten wollten. Dennoch fiel mir zuerst etwas anderes als wichtig auf — ich war voll bekleidet! Ich trug meine anständige rotbraune Tunika, die von meinem alten Ledergürtel mit seiner mattsilbernen Schnalle zusammengehalten wurde. An diesem Gürtel befanden sich mehrere nützliche Beutel. An weiteren Gurten hingen mein Rapier und meine Main-Gauche. Ich trug keine Schuhe oder Sandalen; ich war so barfuß wie Inky.

Der Boden war heiß, das muß ich an dieser Stelle anmerken.

Schmale Rauchstreifen stiegen zwischen den Dielen auf und schlossen sich dem übelriechenden Qualm an, der von den Wänden und der Decke waberte. Ich befand mich in einem großen Saal, in dem Holzsäulen ein Balkendach abstützten. Das Holz brannte lichterloh. In der Luft lag der Gestank einer unsäglichen Substanz. Lodernde Balken krümmten sich, brachen ein und stürzten in alles erstickenden Funkenlawinen in die Tiefe. Ich verdeckte schützend Gesicht und Augen und versuchte mich zu orientieren. Dabei hatte ich das Gefühl, ein Stück Fleisch zu sein, daß man zu dicht ans Feuer gerückt hatte. Rauchfäden bewegten sich wie Geisterschlangen, das Feuer zuckte in Wogen und spitzen Zungen überallhin.

Ein funkensprühender Balken stürzte herab und brachte mich dazu, energisch aus dem Weg zu springen. Hinter dem Feuermantel lagen zusammengekrümmt zwei Gestalten. Sie waren der Grund, warum die Herren der Sterne mich so eilig an diesen Ort gerufen hatten.

Ich hielt den Atem an, um keinen Rauch in die Lungen zu bekommen, und schützte die Augen — dann sprang ich über den lodernden Balken. Der Mann lag mir am nächsten. Er hatte ein Kettenhemd getragen und war mit zwei oder drei Schwertern und Dolchen bewaffnet; er schien durch und durch verkohlt zu sein. Ich wandte meine Aufmerksamkeit dem Mädchen zu. Sie war noch nicht verbrannt, und als ich mich vorbeugte, erkannte ich, daß sie noch lebte. Sie trug ein seltsam aussehendes Gewand aus einer geschlitzten Jacke mit Hosen, dazu Dolche in Scheiden an der Hüfte. In ihrem dunklen Haar glühten vereinzelte Funken, die ich hastig ausschlug. Neben den gekrümmten Fingern des Mannes funkelte es hell und klar, und ich schnappte mir das goldene Gebilde und steckte es in meinen Beutel. Dann lud ich mir das Mädchen auf den Rücken und versuchte einen Weg aus dieser Hölle zu finden.

Jäh brach eine in Flammenzungen gehüllte Säule und ließ den Balken, den sie getragen hatte, zu Boden dröhnen, nein, durch den Boden hindurch. Das Loch umfaßte den größten Teil des Ganges zwischen den Säulen auf dieser Seite des Saales. Ich muß wie ein in die Enge getriebenes Tier gewirkt haben, wie ich mich nun hin und her wandte, um einen anderen Ausweg aus der Flammenhölle zu finden.

Den Kopf gesenkt, das Mädchen fest an mich gedrückt, die Hitze an den Füßen spürend, näherte ich mich dem nächsten Durchgang zwischen den Säulen. Züngelnd leckten die Flammen an den hölzernen Stützen, scharlachrote und orangegelbe Erscheinungen, die durchsichtig wirkten, zarte Schleier der Zerstörung. Hier war kein Durchkommen. Ich blieb stehen, und wieder polterte ein Balken in das brennende Durcheinander, das den Boden bedeckte. Hinter mir gab es keinen Ausweg, links und rechts ließen prasselnd brennende Säulen den Sinnen keine Fluchtmöglichkeit. Das aufdringliche Brausen und Knacken gingen mir auf die Nerven. Ich erkannte, daß ich einen seltsamen Tanz aufführte, während ich zuerst den einen, dann den anderen

Fuß hob; ein verrückter Tanz als Gefangener dieser feurigen Esse.

Durch die Gänge oder Türen konnte ich nicht fliehen, nach oben führte auch kein Weg — deshalb mußte ich mich nach unten durchschlagen.

Unentwegt sickerte Rauch zwischen den Spalten der Dielenbretter hindurch. Der Boden war einst blankgebohnert gewesen, davon aber war nichts mehr zu sehen. Ich konnte kein Geländer erkennen, das eine nach unten führende Treppe anzeigte. Inzwischen machte mir nicht nur das Licht und die beißende Hitze zu schaffen, die mich zwangen, die Augen zuzukneifen — auch der Rauch erschwerte die Orientierung ungemein. Ich hatte allmählich das Gefühl, daß die Herren der Sterne mich in eine ziemliche Zwangslage gebracht hatten.

»Bei Zair!« sagte ich vor mich hin. »Es muß einen Weg nach unten geben!«

Ich hatte wahrlich keine Vorstellung, wo ich mich befand. Die schreckliche Möglichkeit, wieder auf der Erde zu sein, verwarf ich gleich wieder. Nein, redete ich mir entschlossen ein, ich war noch immer auf Kregen, auch wenn ich den genauen Ort nicht kannte. Architektonisch war die Vielfalt auf Kregen ebensogroß wie auf der Erde, wenn nicht größer. Wo wäre nur der logische Platz für die Kellertreppe?

Beispielsweise als Teil eines Vorsaales. Aber alle Ausgänge waren von Feuerwänden verstellt.

Ich bekam eine Ladung stinkenden Rauch in den Mund und mußte würgen. Das Gefühl meiner Augäpfel vermittelte mir die Erkenntnis, wie zwei Eiern in einer heißen Pfanne zumute sein mochten.

Es *mußte* einen Ausweg geben!

Mit einem Krachen, der die Dielen unter den Füßen erzittern ließ, verschwand ein großes Stück Boden in einem fauchenden Vulkan, der allerlei entflammte Säulen mit sich in den Abgrund zog. Ich kniff die Augen zusammen, um in dem höllischen Durcheinander etwas zu erkennen; Tränen verzerrten das Bild vor meinen Augen und versahen es am Rand mit lichtbrechenden Regenbogenfarben. Der verdammte Fußboden hatte sich drei oder vier Schritte vor mir geöffnet, und wenn ich recht hatte, war dort von dem eigentlichen Feuerschlund nur Rauch zu sehen.

Es gab nur eine Möglichkeit, diese Theorie auf die Probe zu stellen.

Ich umfaßte den schlaffen Körper des Mädchens fester, tat die nötigen dreieinhalb Schritte und sprang.

Noch während ich in das rauchige Loch hinabsegelte, brach über mir ein Deckenbalken und ließ stechende Funken auf mich herabregnen. Ich traf nicht allzu ungeschickt auf und rollte zur Seite, um das Mädchen abzuschirmen. Rauch wogte. Vor mir versperrten brennende Bruchstücke, die von oben stammten, den Weg in dieser Richtung; voller Dankbarkeit aber schaute ich in die andere Richtung, die vom Feuerschein bestens ausgeleuchtet wurde: Hier schien der Weg — zunächst — klar zu sein.

Die Decke über uns saugte Rauch durch die Dielenritzen, zarte Bahnen orangeroten Feuers strichen unter den Brettern dahin. Es würde nicht mehr lange dauern, bis der Boden, auf dem ich eben noch gestanden hatte, sich in einem Inferno auflösen würde. Ich senkte den Kopf und hetzte durch den dünner werdenden Rauch zum Ende des Gebäudes.

Eine schmale Gasse führte zwischen riesigen Steinbecken hindurch, die im Widerschein des Feuers rund funkelten. Ein satter Geruch nach Wein, ein reifes, volles Aroma, lag in der Luft. Weiter hinten entdeckte ich eine Schubkarre mit einem Schnabeldeckel und verschiedenen Maßkellen und Krügen — und wußte endlich, wozu dieser Ort diente.

Die Luft war hier etwas klarer, und ich hielt kurz inne, um durchzuatmen. Dann war ich an der Schubkarre vorbei und eilte die schmale Steintreppe hinauf, die durch eine Falltür in der Decke führte. Die Luft wurde wieder heißer, das Brausen des Feuers kam näher. Umkehren kam aber nicht in Frage. Ich mußte weitersteigen.

Die Treppe machte eine Biegung nach links und endete vor einer geschlossenen Tür.

Diese trat ich auf und stürmte hindurch; dabei durchquerte ich eine Flammenwand und schützte das Mädchen so gut wie möglich. Aufschreiend stürmte ich weiter und erreichte einen Korridor, der bald ebenfalls in Flammen aufgehen würde. Wie ein Wahnsinniger lief ich auf das andere Ende los. Eine Doppeltür stand halb offen. Dahinter schimmerte ein kränklich weißes Licht. Die Decke brach in einer Lawine von Funken und wirbelnden glühenden Brocken ein und veranlaßte mich, auf die Doppeltür förmlich zuzuhechten. Das Mädchen in meinen Armen wurde munter und und setzte sich plötzlich mit überraschender Kraft zur Wehr. Einen Moment lang war ich abgelenkt, denn ich fürchtete, daß sie verletzt sein könnte — und schon traf mich etwas unangenehm Hartes (und Heißes) am Ohr.

Ich ging zu Boden.

Die Umnachtung konnte nicht lange gedauert haben. Ich spürte Hitze und Hände, die mich fortzerrten, und meinen Rücken, der über einen rauhen Holzboden gezerrt wurde und sich dabei einige unschöne Splitter einfing. Meine Umgebung war frei von Rauch, auch in meinen Lungen biß kein Qualm mehr. Die Hitze ließ spürbar nach. Mein Rücken rutschte über Stein, dann über Gras. Als ich wieder sehen konnte, dehnte sich über mir ein hoher blauer Himmel ohne jede Wolke.

Ich war dem Inferno entkommen — und jemand hatte mich ins Freie gezerrt.

Mein Kopf fühlte sich an, als wäre er gar nicht vorhanden — oder er wäre an jemanden ausgeliehen worden, der ihn mit Federn ausgestopft und zum Trocknen aufgehängt hätte.

Als ich den Kopf schüttelte, hörte ich nicht das vertraute Dröhnen der Glocken Beng-Kishis; vielmehr war lediglich ein mattes leeres Rauschen zu vernehmen.

Eine volltönende Stimme fragte: »Und dein Freund?«

»Der ist tot«, antwortete eine Mädchenstimme energisch.

Ich drehte meine leere Mitte, um zu sehen, was es da zu sehen gab.

Das Mädchen, das ich aus dem brennenden Gebäude getragen hatte und das dann vermutlich mich weitergezerrt hatte, schaute mit einem nicht zu deutenden Ausdruck auf ein gedrungenes, rotgesichtiges, wichtig erscheinendes Individuum, dessen Hüfte mit allerlei goldenen Tüchern gegürtet war. Das Gesicht leuchtete, doch ich spürte trotz meines angeschlagenen Zustands, daß mit diesem Mann nicht gut Kirschen essen war.

Die hochstehende Zwillingssonne ließ die Schatten nicht sehr weit reichen. Als Hintergrund zu den Personen, die da diskutierten, entdeckte ich eine Menschenmenge; von ihr ging jene befriedigte Sensationsgier aus, die für Zeugen großer Brände typisch ist.

Der Brandgeruch überlagerte alles mit einem trockenen Geschmack nach Asche. Die Augen brannten mir. Wieviel Haut ich mir versengt hatte, wollte ich so schnell gar nicht herausfinden. Nun meldete sich eine weitere Stimme, die das Kommandieren gewöhnt war, eine Frauenstimme: »Ich stehe in seiner Schuld, denn er hat mich in Sicherheit geschleppt. Ich könnte ihm das Leben wünschen, um ihn belohnen zu können.«

»Ich«, sagte das Mädchen aus dem Feuer, »könnte ihn mir auch am Leben wünschen!«

Die scharfe Zurechtweisung, die in ihrem Tonfall zum Ausdruck kam, entging mir nicht.

Während ich den Kopf drehte und die betäubte Leere zwischen den Ohren nicht beachtete, sah ich die Frau auf der anderen Seite stehen. Ja, sie war offenkundig eine wichtige Persönlichkeit — von einer Wichtigkeit, die sie sich nicht nur selbst einbildete. Gehüllt in ein grüngelb kariertes Gewand, dessen reiche goldene Verzierung ihren Stand erkennen ließ, wies ihre Figur die Spuren eines gesättigten Lebens auf. Ihrem Gesicht fehlte diese Rundlichkeit, statt dessen zeugte es von Schärfe wie ihre Stimme, nicht zuletzt durch den grausamen Mund und die schmale Nase, die zwar nicht unbedingt so stark gekrümmt war wie bei einer Hexe, doch zu diesem Gesamteindruck beitrug.

Einige brennende Lumpen zu ihren Füßen und zwei in der Nähe wartende Sklavinnen erklärten die Frische und Sauberkeit ihres Kleides.

Im Namen Opaz' — was war hier vorgefallen? Der Tote im Gebäude hatte diese Menschen gerettet. Soweit ich hatte ausmachen können, befand sich sonst niemand im Inneren, warum war er also wieder hineingegangen und hatte die mutige junge Dame veranlaßt, ihr Leben zu riskieren, um ihn herauszuholen? Er mußte der Kregoinye sein, der seine Aufgabe nicht gelöst hatte, und das befreundete Mädchen war in die Flammen gestürzt, um ihn zu retten; woraufhin die Herren der Sterne mich zu Hilfe riefen. Nun ja, das paßte.

Die Zuschauer traten von einem Bein auf das andere und blieben vorwiegend stumm. Niemand versuchte den Brand zu löschen, denn das Bauwerk war schon nicht mehr zu retten. Es stand für sich auf staubigem Terrain, so daß die Flammen sich nicht ausbreiten konnten. Vier breite Straßen trafen hier aufeinander, flankiert von weißen Flachdachhäusern. Überall erhoben sich Bäume, hellgrün, doch ohne das satte dichte Laub der Bäume in Vallia oder Valka. Ich begann mir eine erste Meinung darüber zu bilden, wo die Everoinye mich abgesetzt hatten. Kregen ist eine große Welt.

Der bedeutsame Mann sagte zu der bedeutsamen Frau: »Mach dir keine Sorgen, Dame Floria ...«

»O nein, das tue ich nicht, Oberherr Nanji«, unterbrach sie ihn energisch. »Obwohl man doch wahrlich ein bißchen pikiert sein kann, wenn einem auf einer langen unangenehmen Reise ein abendliches Vergnügen so brutal verdorben wird, sus?«*

Trotz der Nebelschwaden, die sich in meinem Kopf ausbreiteten, lieferten mir die Worte der Frau die Bestätigung, daß das brennende Gebäude einen Tanzsaal beherbergt hatte. Das war leicht zu verstehen; aber die lange unangenehme Reise? Das klang vielversprechend.

»Und ob!« Mit seiner reifen, vollen Stimme machte Oberherr Nanji aus den Worten förmlich einen verbalen Squish-Kuchen. »Ich geleite dich zu deiner Unterkunft.«

Ihr hartes Gesicht versteifte sich noch mehr.

»Wohl eher nicht, Nanji. Es hat auf dieser verflixten Reise nur wenige Freuden gegeben. Ich gedenke jede Gelegenheit zu nutzen, ehe die Laternen angezündet werden.«

»Na schön. Dann werde ich dich begleiten ...«

»Wenn du willst.«

Sie wandte sich an ihre Sklavinnen, die ordentliche graue Jacken trugen und deren Gesichter sauber waren und nicht allzu viele blaue Flecken aufwiesen. »Folgt!« befahl sie.

Oberherr Nanji geriet in mein Blickfeld. Er hatte einen Stolzierschritt. Nun ja, damit mußte man rechnen. Hinter ihm schlenderten zwei stämmige, schwer bewaffnete Wächter, als fänden sie die Szene langweilig.

In der kurzen Zeit, während ich hier war, hatte ich schon etliche interessante Informationen gewinnen können. Als von einem abendlichen Vergnügen die Rede war, während es nach der Stellung der Sonnen noch Nachmittag war, die Erwähnung von Lampen, dazu die lange Reise — dies alles wies darauf hin, daß diese Menschen einer Karawane angehörten und sich früh niederlegen würden, um früh aufzustehen. Das Problem war

---

* sus: nicht wahr? *n'est-ce pas?* — *A. B. A.*

nur: Welche kregische Gegend durchwanderte diese Karawane?

Die Bewaffnung der Wächter lieferte mir weitere Hinweise. Sie trugen Speere mit breiten Klingen, eine Waffe, die oft bei Söldnerwächtern von Karawanen anzutreffen ist. Schilde besaßen sie nicht; aber schließlich verzichteten die meisten Kreger in zivilisierten Städten auf diese Schutzwaffen. Die Schwerter steckten ordentlich in den Scheiden — der eine besaß einen Thraxter, der andere einen Lynxter.

Die Harnische bestanden aus Leder, das mit Messing beschlagen war, die Helme waren mit Eisenstreifen verstärkte Lederkappen. Eine weitverbreitete Aufmachung.

Respektvoll teilte sich die Menge vor den Kämpfern. Die Tanzhalle würde noch eine Zeitlang brennen. Die Menschen warteten vermutlich auf den Einsturz des Daches — stets ein Höhepunkt bei der Brandbeobachtung.

Ich versuchte mich aufzurichten — aber vergeblich.

Die hohle Leere meines Schädels fand ihren Widerhall in meinen Knochen und Muskeln — wenn ich ehrlich sein will, spürte ich in diesem Augenblick überhaupt nur sehr wenig von mir.

Nun meldete sich eine neue Stimme, ein sanfteres Organ, das sich allerdings ohne Zögern meldete, eine Stimme, die es gewöhnt war, wohldurchdachte Äußerungen zu tun.

»Ich füge dem Dank deines Freundes den meinen hinzu, meine Dame ...«

»Ich bin keine hohe Dame. Ich heiße Mevancy.«

»Mevancy.« Lag in der Stimme ein Anflug erfreuter Ironie? »Er hat mich herausgeholt. Er war ein mutiger Mann. Es bekümmert mich, wenn die Welt auch nur einen einzigen Menschen verliert, der nicht Tsung-Tans ist. Ich werde mich in meinen Gebeten für ihn einsetzen. Vielleicht lächelt Tsung-Tan in seiner Gnade und gewährt deinem Freund Zugang ins Paradies. Wie hieß er?« Ein Hüsteln. »Ich heiße Tuong Mishuro.«

»Rafael«, sagte sie. »Rafael, nichts weiter.«

»Und du kanntest ihn gut?«

»Einigermaßen. Wir sind zusammen gereist. Es ist zu schlimm ...«

Inzwischen war es mir gelungen, den Kopf auf die andere Seite zu rollen, so daß ich die beiden sehen konnte. Mevancy hatte die Hand an die Augen gelegt. Es ist kein schöner Moment, wenn ein Freund stirbt, kein schöner Moment.

Taktvoll schwieg der alte Knabe. Er trug ein ganz ordentliches dunkelbraunes Gewand, am Hals offen, darunter reinweißen Leinenstoff, der vom Rauch befleckt war. Die Füße steckten in hochgewölbten Pantoffeln aus rotem Samt, eine Fußkleidung, die mir in jenem gar nicht so fröhlichen Augenblick eine große Freude bereitete. Sein Gesicht war von der Art, wie man es tausendfach an Buddhastatuen in Tempeln unserer Erde sehen kann. Er trug keinen Schmuck und keine Kopfbedekkung; letztere war wohl verlorengegangen, als Rafael ihn vom Brandherd fortschleppte. Rafael, ein Kregoinye der Herren der Sterne, in ihrem Dienst gestorben.

Nicht zum erstenmal kam mir der Gedanke, daß die Everoinye sich vielleicht endlich einmal auf ihre humanen Wurzeln besannen. Rafael war gestorben, und seine Begleiterin Mevancy hatte sich in den Brand gewagt, um ihn zu retten, drohte aber den Flammen zum Opfer zu fallen. Nachdem Rafaels Werk getan war, hatte eigentlich für die Herren der Sterne kein Anlaß bestanden, sich weiter einzuschalten. Ich war davon überzeugt, daß sich niemand sonst in der Tanzhalle aufhielt und Rafael sein Leben durch die verzweifelte Suche nach anderen verloren hatte, die er noch retten wollte. Ich konnte mir vorstellen, wie ihm zumute gewesen war. Auch ich hatte bei so manchem Fall die Person oder Personen suchen müssen, die die Herren der Sterne durch mich retten lassen wollten. Ich fragte mich, ob sie sich die Mühe gemacht hätten, Delia einen zweiten Kregoinye zu schikken, wenn sie dabei gescheitert wäre, mich zu retten. Ich gab mir die Antwort, daß sie das vielleicht getan hätten, ja. Vielleicht erinnerten sich die Everoinye endlich der Humanität, die sie vor so langer Zeit verloren hatten.

Während diese tiefschürfenden Meditationen im Vakuum meines Gehirns ersten lockeren Halt fanden, konzentrierte ich mich wieder auf die Ereignisse ringsum. Neben dem alten Mann, der sich Tuong Mishuro nannte, stand ein Jüngling in zerlumpter brauner Robe, die von einer Schnur zusammengehalten wurde. Er ging barfuß. Sein Haar war frei von Stroh; ich fand, eigentlich hätte es davon gespickt sein müssen. Sein Gesicht war rundlich und dunkel vom ersten Ansatz eines Bartes, seine Lippen rund und rot.

Sehr bescheiden sagte der Jüngling: »Herr, ich muß dir sauberes Leinen beschaffen. Es ziemt sich nicht …«

»Ja, ja, Lunky, ich bin deiner Meinung. Aber es gibt im Leben Dinge, die wichtiger sind als saubere Wäsche.«

»Selbstverständlich, Herr. Schöne Speisen und Wein …«

»Ich hole meine Peitsche, Lunky, wenn du weitersprichst!«

»Ja, Herr.«

Daß von Wein gesprochen wurde, gab mir keinen Hinweis auf meinen Aufenthaltsort. Wein wird auf Kregen über große Entfernungen befördert, besonders natürlich in jene Regionen, die keinen eigenen Anbau kennen.

Tuong Mishuro drehte sich halb zur Seite und sprach in freundlich fragendem Tonfall mit einem Neuankömmling, der noch außerhalb meines Blickfelds stand. »Wie geht es ihnen, Doktor?«

»Sie werden es überleben, überleben. Dank dem Mann, der sie herausgeholt hat.«

Nun konnte ich auch den Doktor ausmachen, einen kleinen, kräftig gebauten o-beinigen Mann, dem an

Stirn und Wangen Schweißtropfen perlten. Er trug eine Ledertasche, war in eine ordentliche blaue Robe gekleidet und bot das typische Bild eines Nadelstechers.

Er sah mich. »Oho! Du hast also noch mehr gefunden.«

Wie von Marionettenfäden gezogen, wandten sich alle um und starrten zu mir herab. Mir kam seltsam vor, daß ich zwar ihre Blicke spürte und wußte, ich müßte aufstehen, daß ich aber nicht die geringte Lust dazu verspürte. Ich blieb einfach auf dem Rücken liegen. Ebensowenig verspürte ich die Neigung zu reden. O ja, ich wollte wissen, in welche kregische Gegend die Herren der Sterne mich vertrieben hatten; aber das hatte Zeit. Im Moment wünschte ich mir nichts sehnlicher als ein Kissen unter dem Kopf, um bequem entschlummern zu können.

Der Arzt kniete nieder und stellte seine Tasche auf dem Boden ab. Ich spürte seine weichen kräftigen Finger an mir herumhantieren. Er schnalzte mehrfach mit der Zunge vor sich hin und stand schwerfällig auf, als er die Untersuchung beendet hatte.

»Keine Probleme für den hier. Ein großer Bursche wie er, keine Mühe. Ich werde ihm ein bißchen die Füße einsalben, aber er ist nicht schlimm verbrannt, nicht so schlimm wie Lynxor und Lynxora Shalang.« Er schüttelte den Kopf. »Ich fürchte, es wird einige Zeit dauern, bis Lynxora Thyllis wieder gesund ist.«

Tuong Mishuro schnalzte mitfühlend mit der Zunge. »Eine schlimme Tragödie, wirklich schlimm. Aber das Können von Doktor Slezen wird beide wieder gesunden lassen, da bin ich sicher.«

»Ich gebe mein Bestes«, sagte Nadelstecher Slezen. »Mein Bestes.«

»Und dieser Bursche?« fragte Mevancy, die mich kritisch gemustert hatte.

»Mir wäre lieber, wenn er noch nicht auf die Füße käme. Tragt ihn zu eurer Unterkunft.« In diesem Augenblick brach mit ohrenbetäubendem Knacken und Brausen das Dach der Tanzhalle ein und wehte heiße Luft und Schauer wirbelnder, kreiselnder Funken auf. Zu meiner Überraschung gab es unter den Zuschauern lautes Jubelgeschrei. Nun ja, das Beobachten von Großbränden konnte schon eine gewisse Besessenheit auslösen.

»Das ist schnell geregelt«, sagte Tuong Mishuro. »Lunky, such dir fünf kräftige Burschen, die sich zusammen einen Silber-Khan verdienen wollen, und eine Dekke.«

»Sofort, Herr.«

Im allgemeinen habe ich nichts gegen Spinnen, soweit sie nicht giftig sind oder zu den zahlreichen kregischen Abarten tödlicher Riesenspinnen gehören. Als mir nun eine Spinne den Arm entlangkroch und zielstrebig auf mein Gesicht zuhielt, achtete ich nicht weiter darauf. Ich würde das Wesen sanft vertreiben, denn ich habe etwas gegen gedankenlose Burschen, die jedes dahinhuschende kleine Wesen, das ihnen unter die Augen kommt, sofort zertreten müssen. Die Spinne kroch mir am Kinn empor und umkreiste den Mund. Ich hob nicht die Hand, um sie zu verscheuchen. Als ich mich eben zum Eingreifen entschließen wollte, beugte sich Tuong Mishuro zu mir herab, ernst, aber ungemein höflich.

»Llahal. Ich heiße Tuong Mishuro. Würdest du so freundlich sein, uns deinen Namen zu nennen?«

Ich würde irgendeinen Namen sagen. Bei Krun! Ich hatte ja jede Menge davon. Zuvor wollte ich mir aber noch die kleine Spinne vom Gesicht wischen und dann den gewählten Namen äußern.

Meine Hand bewegte sich nicht. Mein Mund blieb geschlossen. Ich gab keinen Laut von mir.

Der Grund für den Mangel an Gefühl um und in meinem Kopf wurde mir sofort kristallklar bewußt.

Ich konnte mich weder bewegen noch sprechen.

Ich war gelähmt.

2

»Sabber, sabber«, sagte Mevancy. »Wie ein zu groß geratener Säugling.«

»Um die Schultern«, bemerkte Lingshi, die Frau des Wirtes Nath, »ist er wahrlich zu groß geraten.«

Mevancy wischte mir mit einem gelben Tuch Suppe ab und füllte erneut den Löffel. Vorsichtig neigte sie ihn über meinem Mund und ließ mir einen Teil der Suppe zwischen die Lippen rinnen. Dank sei Zair, daß mein Inneres noch funktionierte. Außerdem pries ich mich überaus glücklich, daß ich noch die Lider öffnen und schließen konnte. Ich hätte Höllenqualen leiden müssen, wenn sie so gelähmt gewesen wären wie der Rest meines Körpers.

Mevancy seufzte, füllte erneut den Löffel und ließ diesmal ein wenig mehr Suppe in meinen Mund fließen. Suppe dieses Geschmacks war mir fremd — gehaltvoll, aber nicht dick. Außerdem war sie nicht heiß; in dieser Gegend war also auch die Sitte verbreitet, Suppe kalt zu essen. Während man mich in einer Decke hierher trug, hatte ich nur den Himmel sehen können, außerdem gewann ich kurze Eindrücke von einer Wand und einem Bett, als man mich umdrehte, um mich zu waschen. Wie Mevancy zu Frau Lingshi gesagt hatte: »Ich habe ihn gerettet und fühle mich jetzt für ihn verantwortlich.«

»Aber du hast doch mit deinem armen toten Freund eine ganze Horde Menschen gerettet ...«

»Stimmt. Aber die anderen sind nicht hilflos wie ein Säugling, oder?«

»Und du willst mit der Karawane weiterziehen? Es ist ein sehr gefährlicher Weg, besonders um diese Zeit der Jahresperiode.«

»Ohne deine hübsche Stadt herabsetzen zu wollen, Larishsmot ist nicht das geeignete Pflaster für mich. Ich muß zur Küste.«

»Aber!« rief Herrin Lingshi. »Du willst doch nicht etwa durch Tarankar reisen? Auf keinen Fall! Die Leute dort fangen Kinder und verspeisen sie zum Frühstück!«

»Nun ja«, sagte Mevancy mit einem Unterton der Belustigung. »Dieser Zögling hier würde ein Festmahl für sie ergeben!«

»Tsung-Tan in seiner Majestät stehe uns bei!«

»Nun ja, vermutlich könnte ich ihn hier zurücklassen ...«

»Oh, ich finde nicht, daß du ihn bei uns lassen solltest, meine Liebe. Es wäre doch viel besser für dich, wenn du ihn selbst im Auge behalten könntest.«

»Nun ja, wenn du das für das Beste hältst ...«

»O ja. So ist es wirklich am besten.« Frau Lingshi sprach im Brustton der Überzeugung, und in ihrer Stimme mischten sich Besorgnis und Erleichterung. Und wieder glaubte ich aus Mevancys Stimme leisen Spott herauszuhören.

»Ein Glück«, sagte die junge Dame bescheiden, »daß ich viel Geld habe, so daß das nun wirklich kein Problem ist.«

»Meine Liebe, wenn du es für besser hieltest, daß wir uns um ihn kümmern, dann wäre es natürlich ...«

»Ach nein, liebe Frau Lingshi, wie du schon gesagt hast, ist es alles in allem am besten, wenn wir ihn mitnehmen. Geld oder nicht, eine solche Aufgabe könnten wir dir nicht zumuten.«

»Also ja, meine Liebe ...«

»Hier sind die Suppenschale und der Löffel. Ich schüttle ihm nur mal eben das Kissen auf, dann muß ich Meister Cardamon sprechen.«

Wenn eine Frau einen Mann hilflos im Bett vor sich liegen hat, werden die Kissen zu besonderen Objekten ihrer Begierde — ewig zupft und klopft sie daran herum. Ich war gelähmt und konnte mich des Ansturms der rechten und linken Haken, die an meinen Ohren vorbeipfiffen, nicht erwehren. Als Mevancy eine oder zwei

Runden mit den Kissen durchgefochten und sie völlig unterworfen hatte, schnaubte sie zufrieden durch die Nase und marschierte, von Frau Lingshi gefolgt, davon.

Die Tür quietschte und wurde zugeknallt. Kurze Zeit später öffnete sie sich mit leisem Laut, und verstohlene Schritte näherten sich dem Bett. Starr wie eine Backsteinmauer lag ich da. Das faltige Gesicht unseres Wirtes Nath erschien über mir. Er hielt einen Weinkrug mit langem Schnabel im Arm. Er lächelte und nickte, sagte aber nichts. Er neigte die Schnabelöffnung, und ich trank gluckernd. Als er das Gefühl hatte, daß ich genug geschluckt hatte, schaute er sich nervös um und schlich davon.

Guter alter Nath, Wirt der Schänke *Zum Juwelendieb!*

In den Ländern der Paz genannten Kontinentgruppe gibt es viele Naths. Ich pries Nath den Wirt, der Mitleid hatte mit einem Mann, der von kissenknuffenden Frau en umgeben war.

Meine innere Lähmung setzte sich fort. Ich wußte durchaus, daß ich meinen Auftrag für die Herren der Sterne erledigt hatte und nun eigentlich nach Hause zurückkehren konnte. Ich war fest davon überzeugt, daß die Lähmung nur vorübergehend wirken würde. Nicht mehr lange, und ich würde wieder auf den Beinen sein und den kleinen Vorfall verdrängt haben. Dabei muß ich zugeben, daß ich trotz Mevancys kissenkämpferischer Neigungen mein untätiges Herumliegen irgendwie genoß. Sie war ein seltsames Mädchen. Ihr Gesicht zeigte keine auffällige Schönheit, doch es war voller Leben. Ihre Nase wies eine hübsche Form auf, dafür war ihr Mund zu großzügig geraten, um wirklich schön zu sein. Sie hatte kleine weiße Zähne. Was die Augen anging, so wirkten sie dunkel und unergründlich. Ihr dunkles Haar, aus dem ich die Funken herausgeschlagen hatte, wurde gewöhnlich von einem schlichten Leinenband zusammengehalten. Sie trug meistens eine geschlitzte Tunika, darunter eine enge Hose. Die Arme der Tunika waren über die ganze Länge mit Schnallen geschlossen, die ihr ein übertriebenes Renaissance-Aussehen verliehen. Die durch die ovalen Öffnungen sichtbare Haut wirkte ungewöhnlich, beinahe körnig, doch war ihre Gesichtshaut natürlich und echt, seidig glatt und wies keinerlei Narben oder Entstellungen auf.

Die kregischen Rassen, die dem irdischen Homo sapiens entsprechen, werden Apim genannt. Ich war nicht sicher, ob die seltsame Mevancy ein Apim war. Im Augenblick aber fand ich das völlig unwichtig — es sei denn, sie entstammte einer Rasse, die den Kannibalismus pflegte.

Ins Zimmer zurückkehrend, arbeitete sie ruhig und zielstrebig und ließ sich von ihrer konzentrierten Tüchtigkeit nicht ablenken. »Meister Cardamon wird uns in seiner Karawane mitnehmen, wir müssen sofort aufbrechen.« Sie starrte mich an. »Wenn du nicht mitwillst, blinzele zweimal.«

Ich versuchte nicht zu blinzeln.

»Schön.« Sie wandte den Kopf ab. »Nafty! Pondo! Kommt und holt ihn!«

Ich sah nur den Rücken eines der beiden Träger, die mich mitsamt dem Bett aus dem Raum beförderten. Bei Krun! Mevancy hatte Nath das Bett abgekauft und nahm es samt Inhalt mit. Meine Lederkleidung lag säuberlich zusammengefaltet am Fußende, Rapier und Main-Gauche baumelten an einem Bettpfosten neben meinem Kopf. Sie erweckten Aufmerksamkeit, weil sie den Hiesigen offenbar als exotische Waffen bekannt waren. Ich selbst trug nur meinen alten scharlachroten Lendenschurz. Soweit ich wußte, war mein am Gürtel hängender Geldbeutel von Mevancy nicht angerührt worden. An diesem Gürtel hing außerdem die Scheide mit dem Seemannsmesser.

Wie wir so die Treppe hinabschwankten und uns unter blauem Himmel durch die Straßen zum Drinnik der Reisenden bewegten, beschäftige ich mich zum wiederholten Male mit den Gründen der Herren der Sterne, mich bekleidet und bewaffnet abzusetzen — eine Vorgehensweise, die ich bisher eher selten erlebt hatte. Rafael, der bei dem Brand umgekommen und, wie ich hörte, inzwischen anständig begraben worden war, hatte seinen Auftrag vermutlich ebenfalls bewaffnet und bekleidet und mit Geld versehen antreten können. Nun ja, er war gut beraten gewesen, sich mit Mevancy zusammenzutun, denn es lag auf der Hand, daß es diese junge Dame gewohnt war, ihren Willen durchzusetzen, und daß sie außerdem die Mittel dazu besaß.

Wenn Mevancy, wie ich ahnte, keine reine Apim war, machte das keinen Unterschied. Kam es auf Kregen zu Beziehungen zwischen den Rassen, ging es den meisten Kregern nur darum, ob wahre Liebe im Spiel war. Natürlich gab es hier auch Zyniker, die ihre Einstellung von allgemeinen Vorurteilen herleiteten.

Das Treiben auf dem Drinnik der Reisenden war wie immer laut und lebhaft. Staub wallte zu den Zwillingssonnen auf. Am Himmel zeigte sich keine Wolke. Die Dinge, die um mich herum vorgingen, standen mir in aller Klarheit vor dem inneren Auge.

Die Karawane, der Meister Cardamon vorstand, sollte nach Westen ziehen. Die Stadt Larishsmot, in der wir uns befanden, war mehr als eine Karawanserei. Karawanen machten hier Rast, um Reparaturen durchzuführen und Vorräte einzukaufen und sich auf die nächste Etappe der Reise vorzubereiten. Außerdem wurde die Zeit genutzt, um sich zu entspannen und zu vergnügen, so gut es gelang.

Ein Schatten fiel über mich, und ich machte Mevancys Gestalt aus, die sich als Silhouette vor dem Licht abhob. Sie ritt eine Zorca. Ich war erleichtert, daß in diesem Land Zorcas bekannt und sicherlich auch beliebt waren (für mich wie für viele andere Kreger ist die Zorca die Königin der Reittiere).

»Du fährst auf dem Karren. Bequem ist das bestimmt

nicht. Je schneller du wieder zu dir kommst, desto angenehmer kann deine Reise werden.«

Mevancy äußerte Opaz' feierliche Wahrheit, bei den Unsichtbaren Zwillingen!

Der verdammte Karren war unbequem. Schrecklich unbequem. Allerdings bin ich ein alter Seemannsknochen aus der härtesten Marine, die die alte Erde je erlebt hatte. Ich war nicht zum erstenmal verwundet, wurde nicht zum erstenmal auf einem Karren befördert. Es ist nicht ratsam, sich in einer Schlacht verwunden zu lassen. Mein Unglück hatte mich auf das Produkt eines Wagenbauers verschlagen, der von Federungen nichts hielt. Ich nehme nicht an, daß die Räder dreieckig waren, wie man hätte vermuten können, aber vier Ecken hatten sie bestimmt. Das Gebilde hüpfte hoch und ruckte nieder und warf mich wie eine Kugel hin und her, die ein Kind in einem Becher herumschleudert. Ich war zwar gelähmt und konnte mich nicht bewegen oder sprechen; aber spüren konnte ich etwas, bei Vox!

Als die vornehme junge Dame mich aus dem Feuer zog, hatte ich gespürt, wie mein Rücken über den Boden rutschte. Ich überlegte, daß ich wohl mit Hinterkopf und Nacken gegen einen harten Vorsprung geprallt und mir dabei die Lähmung zugezogen haben mußte. An dem herabstürzenden Balken hatte es wohl nicht gelegen. Jedenfalls spürte ich einiges. Jeder Ruck und Stoß des schrecklichen Wagens teilten sich mir mit — eine körperliche Folter, die die seelische Folter meiner Lage ergänzte.

Ich werde noch mehr zum Thema Folter zu sagen haben, die oft so behandelt wird, als sei sie eine Ware, die man im Laden kaufen kann. Wer sich beruflich mit der Folter abgibt, kann natürlich nicht zu den guten Menschen gerechnet werden, so hehr ihre Absichten auch erscheinen mögen; dies geht auch aus den Lehren San Iwanhans hervor, der unter wohlmeinenden Folterknechten zu leiden hatte. Dieser Karren war eine ziemlich gedankenlose Art der Folter, kein Zweifel; ich tobte innerlich und verwünschte alle finsteren Götter und Geister Kregens wegen ihrer schlechten Angewohnheiten.

Wie die Dinge aber liegen, versanken Teile meiner Reise wie hinter dichten Nebelschleiern. Zweimal wurde ich mit Schwämmen abgetupft, was mir verriet, daß wir durch wasserarmes Gelände zogen. Wenn ich nicht bald wieder auf die Beine kam, würde mein Körper Wundmale bekommen, die nicht nur für mich unangenehm sein würden, sondern mit ihrem Geruch auch für meine Umwelt.

Die beiden Burschen, die Mevancy als Helfer eingestellt hatte, paßten irgendwie schlecht zusammen. Nafty kicherte viel und war zu allerlei Scherzen aufgelegt; Pondo gab sich wortkarg und mürrisch. Ein- oder zweimal wurde ich auf die Seite gedreht und konnte über den Rand des Wagens einen Eindruck von der Umwelt gewinnen. Meistens sah ich flache trockene Hügel, einige Dornefeubüsche und den fernen Umriß eines Wachreiters. Einige der angeheuerten Karawanenwächter ritten Zorcas, andere unförmige sechsbeinige Satteltiere, die offenbar mit Sectrixes verwandt waren. Doch selbst wenn ich auf der Seite lag, wurde mein Blickfeld meistens von den Maserungen und Astlöchern der Seitenplanken des Karrens ausgefüllt.

In diesem Holz befanden sich ganze Welten, Landkarten Kregens und der Erde, Gesichter von Freunden und Feinden, eine Bildergalerie, mit der sich mein betäubter Geist Stunde um Stunde beschäftigte. Wenn man mich dann auf die andere Seite drehte, fand ich dort ein verzerrtes Spiegelbild, denn mein Gehirn destillierte aus den hölzernen Maserungen dieselben Gesichter und Bilder; nur die Landkarten waren anders. Schließlich wurde ich wieder auf den Rücken gerollt und konnte das gleichförmige weiße Blau des Himmels studieren.

Der Doppelschatten der Sonnen bewegte sich im Lauf

der Tage immer wieder über den Wagen, das jadegrüne und rubinrote Licht der Sonnen von Scorpio strahlte vermengt herab. Dann vernahm ich eines Tages mürrische Worte Pondos und eine muntere Antwort Naftys.

»Wir hätten eine ständige Finsternis im Lande, Pondo, wollten Luz und Walig auf dein erstes Lachen warten, ehe sie morgens aufgehen.«

Da wußte ich, wo wir uns befanden.

Natürlich ist mir klar, daß Sie, die Sie meine Geschichte angehört haben, vielleicht schon ermittelt haben, wo ich war. Aber bedenken Sie, daß ich nicht ich selbst war. Ich war nicht der echte Dray Prescot, Lord von Strombor und Krozair von Zy, ehemals Herrscher von Vallia. Ich war ein armes Geschöpf, das an einer schlimmen Lähmung von Körper und Geist litt. Ich war langsam in meinem Denken. Ich hatte Menschen mit rotem Haar in meiner Umgebung gesehen, einige Wächter waren mit beeindruckenden Langbogen bewaffnet; aber so etwas findet man inzwischen überall in Paz.

Aber nun: Luz und Walig.

Ich kannte die beiden Sonnen besser als Zim und Genodras oder Far und Havil, dazu gab es eine Vielzahl anderer regional unterschiedlicher Bezeichnungen. Luz und Walig.

Ich war in Loh.

Loh gehört zu den Paz-Kontinenten und hat etwa die Form einer Handaxt aus der Steinzeit, mit der Spitze nach Norden weisend; er enthält Berge, Flüsse, Dschungel und Wüsten, wie es sich für einen Kontinent gehört. Ich konnte nur vermuten, daß ich mich im Süden befand, denn die mittleren Gebiete bedeckt der Dschungel von Chem, und an der nördlichen Spitze liegt das Land Erthyrdrin. Das erinnerte mich an meinen Klingengefährten Seg Segutorio, den ich mir jetzt herbeigewünscht hätte. Bestimmt hätte mich sein scharfer Witz mit aufbrausendem Zorn erfüllt und schnell wieder auf die Beine gebracht — nicht ohne daß wir vorher darum gewettet hätten! Weiter östlich lag das Land Ng'groga, das mich natürlich an meinen Klingengefährten Inch erinnerte, dessen Körpergröße, Dürre und tödliche Axt bei so manchem munteren Abenteuer eine Rolle gespielt hatten.

Der Weg der Zwillingssonne am Himmel verriet mir, daß ich mich südlich des kregischen Äquators befand. Nun ja, sobald diese verflixte Lähmung von mir abfiel, würde ich mich auf den Weg nach Hause machen. Ich mußte mit dem jungen Inky einen Drachen fliegen lassen.

Dieser kleine Gedanke ließ mich innehalten. Ich staunte über mich selbst. Hier lag ich und träumte davon, nach Hause zurückzukehren, um einen Drachen steigen zu lassen, wohingegen mir noch vor wenigen Jahresperioden die Sorgen um das Vallianische Reich schwer auf den Schultern lagen. Meine Delia, die göttliche Delia aus Delphond, Delia aus den Blauen Bergen, hatte diese Last mit mir geteilt — aber nun waren wir beide frei davon. Drak und Silda hielten die Zügel fest in den Händen, sie waren Herrscher und Herrscherin von Vallia — meine Glückwünsche begleiteten sie!

Zur Zeit befand sich Delia auf einer ihrer geheimen und haarsträubenden Missionen für die Schwestern der Rose. Selbst wenn ich in dieser Minute nach Valka zurückkehren könnte — Delia wäre nicht dort.

»Verflixt!« platzte ich heraus; aber nur innerlich, heißspornig, stumm. »Wir müssen uns mit Delia und ihren Schwestern der Rose irgendwie einigen.« Aber ich wußte zugleich, daß die Herren der Sterne mich jeden Augenblick entführen konnten, so wie auch Delia in der Pflicht der SdR stand.

Während ich auf dem knirschenden, quietschenden Folterwagen lag, waren kaum Informationen zu gewinnen. Aus gewissen Gesprächsbrocken zog ich den Schluß, daß die meisten Karawanenangehörigen religiöser eingestellt waren als viele andere Menschen, die ich kannte. Immer wieder riefen sie voller Respekt, Ehrfurcht und auch Zuneigung Tsung-Tans Namen — nichts von der leichtfertigen Art, mit der viele Kreger ihre Gottheiten nach Art eines Fluches im Munde führten! Einmal bekam ich ein leises Gespräch mit, als zwei Männer zu klären versuchten, ob die Theater im Paradies an Tsung-Tans Tag wohl geschlossen hätten, wie es hier auf Kregen geschah. Das Paradies, dem Tsung-Tan vorstand, war offenbar etwas sehr Reales für diese Menschen. Sie nannten dieses Paradies Gilium.

An einem Tag, da früh am Morgen eine kleine Wolke am Himmel erschien, um gleich zu verschwinden, als die Hitze allmählich zunahm, hielt der Karren plötzlich an. Ich hörte Gebrüll und Geschrei. Der Wagen setzte sich wieder in Bewegung, und ich wurde heftig hin und her geworfen. Ich hörte das Dröhnen von Hufen, neues Gebrüll. Frischer Staubgeruch stieg mir in die Nase. Ich konnte mir ausmalen, daß die Karawane in panischem Entsetzen die Flucht ergriff.

Ein durchdringender Trompetenstoß ertönte, aus größerer Entfernung kam ein dünnes silbriges Echo. Wie von einem Zauberer auf der Bühne vorgeführt, erschien plötzlich und ohne Vorwarnung ein Pfeil vor meinen Augen; er ragte urplötzlich aus der Seitenwand des Wagens.

Der Pfeil mußte förmlich über meinen Körper gestrichen sein, die Flugbahn schien flach zu sein, was darauf schließen ließ, daß die Banditen schon ganz nahe waren. Mir blieb nichts anderes übrig als dazuliegen. Es dauerte nicht lange, bis metallenes Klirren überall in der Karawane darauf hindeutete, daß Wächter und Banditen einander bekämpften. Vor meinem inneren Auge zeichneten sich die Szenen deutlich ab. Doch während die Karawane angegriffen und die Wächter niedergestreckt wurden, lag ich, Dray Prescot, nur untätig auf dem Rücken. Mit lautem splitternden Krachen warf sich der Karren auf die Seite. Ich wurde kopfüber hinausgeschleudert.

Der Boden knallte mir gegen das Gesicht. Halb auf der Seite liegend, die Arme von mir gestreckt, die Beine verwickelt, lag ich im Freien und wußte, daß ich wie ein Toter aussah.

Die Lider hatte ich halb geschlossen, und ich konnte schräg nach oben schauen.

Hufschlag dröhnte vorüber. Staub wogte. Die letzten schrillen Schreie tönten durch die heiße Luft, und beißender Blutgeruch vermengte sich mit dem Aroma des Staubs.

Ich lag einfach nur da.

Wenn ich mich nur hätte bewegen können! Wenn ich nur hätte aufspringen, mir ein Schwert greifen und mich auf die Drikinger werfen können, diese mörderischen Diebe, die die Karawanen heimsuchten! Mein rechter Arm war am Ellenbogen eingeknickt, und ich konnte die Hand sehen. Die Finger lagen wie das sprichwörtliche Bündel Bananen im Staub, schlaff und nutzlos. Ach, hätte ich mich doch bewegen können!

Geräusche unterschiedlicher Lautstärke drangen mir an die Ohren; die Banditen waren dabei, die Karawane auszuplündern. Mein bescheidener Karren, der zerbrochen hinter mir lag, erweckte kaum Aufmerksamkeit. Ich rechnete damit, daß die Drikinger vor allem das gesamte Wasser mitnehmen würden.

Schließlich gerieten acht dürre Beine in mein Blickfeld, die anmutig trippelnd gesetzt wurden. Zwei lange Spiralhörner tauchten auf, dann die Eigentümer der Beine und Hörner. Zwei reinrassige Zorcas, die sich mit der geschmeidigen Eleganz ihrer Art bewegten, blieben vor mir stehen. Die Reiter unterschieden sich in einem solchen Ausmaß von ihren Reittieren, daß es förmlich eine Beleidigung war.

Ja, die Gesichter waren unbändig und gierig. Ja, sie hatten die Lippen arrogant-verächtlich gekräuselt. Und ja, sie entbehrten jedes Anscheins von Menschlichkeit und Zivilisation. Aber mit so etwas muß man rechnen, wenn man sich mit dem Beruf des Drikingers beschäftigt. Banditen sind keine netten Menschen. Die beiden Gestalten saßen im Sattel ihrer prächtigen Zorcas und starrten auf den zerschmetterten Wagen und mich, eine Leiche, die hingeworfen im Staub lag. Ein Mann hob seinen Bogen und spannte die Sehne. Die Stahlspitze, ein breites messerscharfes Gebilde, wies direkt auf mich.

Der Mann lächelte, und sein schwarzer Bart schimmerte vor Schweiß. Entlang des Pfeilschafts sah ich ein kalt blickendes Auge. Er wollte mich aufspießen, nur so zum Spaß.

»Der ist doch hin, Naghan!« rief sein Begleiter. »Verschwende keinen guten Pfeil auf die Leiche eines Cramphs!«

Naghan entschied sich, keinen Pfeil zu verschwenden, und entspannte die Sehne. Es würde keinen Herzschlag dauern, den Bogen wieder zu spannen und die Stahlspitze in mein Herz zu jagen.

In diesem Augenblick, da ich angespannt auf seine Entscheidung wartete, machte ich eine Beobachtung, die mich mit gegensätzlichen Empfindungen erfüllte. Ich verspürte eine heftige Freude, zugleich aber auch allesdurchdringendes Entsetzen.

Direkt vor meinen Augen zuckte mein kleiner Finger, bewegte sich, krümmte sich endlich unter dem heftigen Impuls, eine Bewegung herbeizuführen.

Ich konnte nicht verhindern, daß der kleine Finger zuckte, vermochte aber auch keinen anderen Teil meines Körpers in Bewegung zu versetzen.

Sollte dieser Rast sehen, wie sich mein kleiner Finger bewegte, würde er ihn ohne weiteres mit einem Übungsschuß abtrennen und mir dann womöglich die Kehle durchschneiden.

Der kleine Finger krümmte sich wie ein Schweineschwänzchen.

»Diese Karawane«, sagte Naghan der Bandit und

senkte seinen Bogen. »Nicht gut bewacht, Kwang. Und wieso?«

»Woher soll ich das wissen, bei Lokush dem Chuns?« antwortete Kwang. »Wir haben mehr Pfeile verloren, als wir Beute erringen konnten, soviel steht fest.«

»Ja. Du hast recht — zur Abwechslung mal.«

»Hai! Nimm dich in acht, damit ich dir nicht einen Pfeil in den elenden Pelz brenne!«

Abwartend, den Kopf im Staub liegend, die Augen halb geschlossen, war ich mir mancher Gefühle bewußt — Schweiß tropfte, meine Stellung war unschön, der Boden drückte mir unangenehm hart gegen Hüfte und Rücken —, doch vor allem fühlte ich mich überaus hilflos. Der verräterische kleine Finger krümmte sich und hielt inne, und die beiden Zorcareiter, Naghan und Kwang, zogen ihre Tiere herum und ritten weiter. Ich wußte, ich war denkbar knapp am Tor zu den Eisgletschern Sicces vorbeigegangen — eine unangenehme Erfahrung, wahrlich unangenehm.

Ich möchte solche Augenblicke nicht noch einmal durchmachen, das kann ich Ihnen sagen!

Mevancy hatte mir den Gürtel abgenommen und ihn an den Bettpfosten gehängt. Dieser Gürtel enthielt meine kregischen Besitztümer, soweit ich sie bei mir gehabt hatte; außer den Beuteln waren daran mein Rapier und die Main-Gauche befestigt. Dieser Gürtel hing nicht mehr am Bett.

Es war sinnlos, sich darüber aufzuregen. Das Ding war fort, und damit sollte es genug sein — mochte sich Beng Dithermon der Einsammler damit vergnügen. So lag ich denn im Staub, verlassen, beraubt, als Toter zurückgelassen.

Nach einiger Zeit stiegen die Banditen unter großem Lärmen wieder in die Sättel. Ich hörte Geschrei und das dumpfe Klatschen von Schlägen. Peitschen knallten. Dann ertönte das widerliche Kommando, das für alle Sklavenherren typisch ist: »Grak! Grak!«

Die Menschen, die sich mit ihrer Karawane durch dieses Ödland gewagt hatten, waren versklavt worden. Sie wurden in die Sklaverei vertrieben. Mit dem Kommando ›Grak!‹ wird jeder Sklave zum sofortigen eilfertigen Gehorsam angetrieben

Wenn man nicht sofort grakte, legte sich einem die alte Schlange um die Schultern, bis auf die Knochen schmerzend — und dann wußte man, was ›Grak!‹ bedeutete.

Das leiser werdende Grollen und Knarren von Karren und Kutschen verriet mir, daß die Banditen eine ziemlich große Beute gemacht hatten, auch wenn sie knapp an Pfeilen waren. Das leise Schlurfen von Schritten vermengte sich mit dem Stakkato von Hufen. Allmählich ließen die Geräusche nach und erstarben, und ich blieb inmitten einer großen Stille zurück. Der Gedanke, daß es vielleicht besser gewesen wäre, wenn der opazverfluchte Drikinger mich getötet hätte, wenn er mir die breite, scharfe Pfeilspitze direkt ins Herz getrieben hätte, war nicht zulässig. Ich war noch nicht tot. Solange ich noch nicht tot war, würde ich weiterkämpfen — so bin ich nun einmal.

So begann ich mich auf den kleinen Finger zu konzentrieren und versuchte ihn zu bewegen.

Ich mußte die beängstigende Mattheit meines Körpers und die Trägheit meines Gehirns bekämpfen. Ich spürte Schweiß auf dem Gesicht. Hier ging es darum, mit dem Verstand die Oberhand über den Körper zu gewinnen, denn Nadelstecher Slezen hatte meinen Körper als kräftig und gesund bezeichnet. »Der Hieb hat seinem Gehirn einen tiefen inneren Schaden zugefügt. Solange der nicht durch eine entgegengesetzte Kraft ausgemerzt wird ...« — Slezen drückte sich gebildet aus — »... wird er ein Stück Gemüse bleiben.«

Meine Reaktion auf das Eintreffen der Banditen hatte genügend Muskelenergie freigesetzt, um einen kleinen Finger zu bewegen. Bei Krun! Was mußte geschehen, um mich dazu zu bringen, den ganzen Arm zu heben? Mußte erst eine ganze Stadt zerstört werden?

Ein flatterndes, seufzendes Geräusch kündigte Rippaschs Ankunft an. Er stolzierte in mein Blickfeld, stellte das schwarze Gefieder auf, drehte den Kopf hierhin und dorthin und ließ das Licht der Zwillingssonnen in jadegrüner und rubinroter Pracht auf der Krümmung seines scharfen Schnabels leuchten. Er beäugte mich. Er war fest davon überzeugt, daß ich tot war, eine Überzeugung, die noch von einem Artgenossen — Männchen oder Weibchen — geteilt wurde. Mit gewaltigem Flügelrauschen landete ein zweiter Geier neben dem ersten. Nun ja, soweit war das ein Auge pro Vogel.

Ich konnte mir die Szene vorstellen, wie Rippasch sie wahrnahm, während er durch die Luft segelte und den Boden tief unten absuchte. Ein Gewirr fortgeworfener Dinge, durchsetzt mit zerbrochenen Karren und toten Tieren. Leichen lagen herum. Wenn ich die Augen verlor, würde ich Delia nicht mehr wiedersehen. Diese Strafe wäre unerträglich für mich, überlegte ich. Delia hatte eine bestimmte Methode im Umgang mit Rippasch dem Geier. O ja, Delia ließ sich von diesen Geschöpfen nichts gefallen. Dennoch brachte ich es nicht über mich, mir zu wünschen, daß sie jetzt hier wäre. Einmal angenommen, ich gewönne überraschend die Gewalt über meine Muskeln zurück. Dann säße ich noch immer mitten in der Einöde fest, ohne Transportmittel oder Waffen, ohne Wasser.

Die Geier schlugen mit den Flügeln und rückten näher heran.

Wieder rang ich mir die übermenschliche Anstrengung ab, mich zu bewegen und rührte doch keinen Muskel — Moment! Mein kleiner Finger. Er bewegte sich. Er krümmte und streckte sich. Und während ich mich abmühte, sah ich, wie der nächste Finger die Bewegung mitmachte. Die Geier kamen näher.

Sie legten die Köpfe auf die Seite und starrten mich

an. Ihre Schnäbel schimmerten im Sonnenschein. Der erste gab sich mit staubigem Flügelschlag Auftrieb und landete auf meinem Körper. Er beugte sich vor, um mein Gesicht genauer anzuschauen.

Ich konnte die Augen nicht schließen.

Ich wollte alles sehen, was es zu sehen gab, bis ich nichts mehr sehen konnte.

Ich mühte mich, ich kämpfte.

Ich hatte das Gefühl, daß sich jede Sehne im Körper freireißen müßte, als zöge mein Arm die Muskeln und Sehnen geradewegs aus dem Fleisch heraus, aber dann klappte mein Arm hoch und zur Seite wie ein Kranausleger und fiel mir über die Brust. Rippasch stieß ein überraschtes und enttäusches Krächzen aus und bedeckte mich mit Staub, als er in die Luft sprang und fortflog. Sein Gefährte schloß sich an, doch im nächsten Augenblick ragte ihm ein langer lohischer Pfeil aus der schmalen schwarzen Brust.

Ein gerötetes Gesicht kam in Sicht.

Mevancy sagte: »Du lebst also doch noch, Kohlkopf? Bemerkenswert. Ich hätte es mir wirklich sparen können, deinetwegen zurückzukommen; aber du bist ja schwach wie ein Säugling.«

Ich konnte nichts sagen. Ich schloß einfach die Augen.

3

Der Sand bewegte sich unter meiner Nase in stetigem Schrittempo weiter. Der Sattel der Lictrix war nicht besonders bequem für einen quer darüberliegenden Männerkörper, Kopf auf der einen Seite, Füße auf der anderen. Überhaupt sind sechsbeinige Reittiere im allgemeinen nicht so bequem wie vier- oder achtbeinige Wesen.

»Versuch mal deinen anderen Arm zu bewegen, Kohlkopf!«

Ich konnte ihr nicht unwirsch antworten, daß ich das ja ständig versuchte, bei Krun!

Über den rechten Arm hatte ich eine gewisse Kontrolle, auch wenn er sich mehr aus eigenem Antrieb zu bewegen schien. So hatte ich mir fast einen Nasenstüber versetzt, als ich versuchte, mir den Mund abzuwischen. Inzwischen konzentrierte ich mich auf den linken Arm und hoffte gegen jede Vernunft, daß der kleine Finger mir ein erstes Zeichen künftigen Erfolges geben werde.

Ich hatte nicht gehört, wie Mevancy mit den beiden Lictrixes zurückgekehrt war. Dies führte ich darauf zurück, daß ich mich voll auf Rippasch und sein übles Treiben konzentriert hatte und überdies ja meinen Arm bewegen wollte. Die Geier hatten schließlich auch nichts gehört. Vermutlich lag es daran, daß wir viel allein waren, jedenfalls hatte es sich Mevancy angewöhnt, mit mir zu sprechen. Dabei redete sie nicht gerade wie eine Mutter, die ihr Kind vor sich hat, sondern schien die Worte eher an sich selbst zu richten.

Jetzt sagte sie: »Es mißfällt mir, irgend etwas töten zu müssen, Kohlkopf — aber ich hatte den Eindruck, der Geier wollte dir an die Augäpfel.«

Im Gefolge der Karawane ritten wir weiter nach Westen. Mevancy hatte eine Wasserflasche aufgefüllt. Ich konnte nur vermuten, daß sie den Banditen entfliehen und zwei Lictrixes stehlen konnte. Jedenfalls begann ich sie in mein Herz zu schließen. Sie war mutig und findig, soviel stand fest. Und sie war umgekehrt, um mich zu holen.

Natürlich war ihre Zunge eher ein Schneidegerät als ein Knüppel, konnte aber trotzdem einige schmerzhafte Hiebe austeilen.

»Na, Kohlkopf, wie ich sehe, hast du dein vornehmes fremdländisches Schwert mit Dolch verloren. Wenn du jetzt überhaupt etwas mit einem Schwert anfangen könntest, würden wir dich mit einem Lynxter oder einem havilfarischen Thraxter ausstatten. Das heißt, wenn du dich damit auskennst.«

Nach einer gewissen Zeit fuhr sie fort: »Sollten sich die gahamondverfluchten Banditen noch einmal blicken lassen — also, dann reißen wir aus, Kohlkopf. Mehr können wir nicht tun.«

Diese Möglichkeit hielt ich nicht für sonderlich verlokkend. Mit dem Bauch nach unten auf dem Rücken eines galoppierenden Tiers zu liegen, ist keine erfreuliche Sache.

Beachten Sie bitte, daß dies mein erster Gedanke war. Erst als zweites kam die Überlegung, daß es mir ohnehin nicht behagte, vor Gegnern zu kneifen.

Ich hätte einen überragenden Sieg erringen und meinen rechten Arm und den linken kleinen Finger bewegen können; aber der Kopf war noch immer wie betäubt und mit weichem Füllmaterial ausgestopft, wie ihn ein Polsterer hätte gebrauchen können.

»Da muß ich daran denken, wie die Karawane Kervaney des Zauberstabs angegriffen wurde. Das war oben in Snarlendrin. Mitten während des Überfalls begann der Platzregen. Ha! Welch eine Schlammschlacht! Bei Spurl! Wir waren wie die Schlammolche, die aufeinander einprügelten. Nath dem Onker rutschte das Schwert aus der Faust und bohrte sich kurzerhand in die Kehle des Drikingers, der gerade Kervaney niederstrecken wollte. Flog durch die Luft, als hätte er es geschleudert.«

Mevancy hielt inne, und ich stellte mir vor, wie sie in lächelnder Erinnerung den Kopf schüttelte. »Der alte Kervaney überschlug sich förmlich, Nath dem Onker zu danken, der ihm das Leben gerettet hatte. Nath der Onker hatte danach ausgesorgt. Nannte sich von nun an Nath der Volscreetz.«

Diese Anekdote hatte zwar einen gewissen Reiz, doch begriff ich nicht, was ein schöner Regenschauer mit dem trockenen, staubigen Wüstenweg zu tun hatte, der uns allmählich austrocknete.

Wie jeder vernünftige Reisende, der sich in der Wüste und im Ödland auskennt, ließ Mevancy nicht zu, daß wir während des Tages tranken. Wasser gab es erst bei Sonnenuntergang.

Ich nahm an, daß sie nicht zu dicht zu den vor uns reitenden Banditen aufschließen wollte, und war daher nicht überrascht, als sie eine frühe Rast anordnete. Karawanen sind von Natur aus langsam. Ich vermutete, daß sie knapp außerhalb der Sichtweite der vor uns treibenden Staubwolke blieb. Einige kahle trockene Büsche wuchsen hier in Reihen, und wir fanden dahinter Dekkung. In dem Gelände ringsum wechselten Streifen sandiger Wüste mit Reihen zottiger Büsche, wo Erhebungen die Fläche der Ebene unterbrachen. Die Landschaft erinnerte mich an Teile von Arizona. Karawanenangehörige hatten mit einiger Beklemmung von der Salzwüste im Westen gesprochen, von der ich vermutete, daß sie den großen Salzwüsten von West-China glich.

Mevancy sagte: »Ein Gutes hat die Sache, Kohlkopf. Ich brauche dich nicht unter Drohungen aufzufordern, den Mund zu halten. Etwas anderes ist es mit diesen blöden Viechern, die gar nicht so blöd sind.«

Ich wurde von der Lictrix geschoben und fiel hinter einem Busch in den Staub. Mevancy drehte mir den Kopf zur Seite, damit ich am Boden entlang durch die trockenen Äste schauen konnte. Das Mädchen bewegte sich hinter mir, und eine der Lictrixes stieß ein schnaubendes Wiehern aus, das jäh verstummte. Ich schloß daraus, daß Mevancy den Tieren Tücher um die Schnauzen band. Wir belauerten also irgend jemanden oder irgend etwas ...

Kurze Zeit später hörte ich sie.

Ein leises Schlurfen und lauter Hufschlag, das Klirren von Trense und Zaumzeug. Die Männer ritten selbstbewußt, waren sich ihrer Macht und ihres Könnens bewußt. Sie wurden an dem kleinen Hang jenseits der trockenen Büsche sichtbar. Ihre Tiere waren Zorcas. Sie trugen Kettenhemden und waren mit dünnen Lanzen und Bögen bewaffnet. An den Helmen zeigten sich Büschel von Federn, die hellrot und gelb eingefärbt waren. In meiner bisherigen Zeit auf Kregen waren das Rot und Gelb ziemlich oft meine Farben gewesen.

Ich zählte fünfundzwanzig Mann.

Der Anführer saß auf einer reinrassigen Zorca von hervorragender Qualität. Er trug den Kopf hoch und lachte offen, und ein buschiger roter Schnurrbart krümmte sich an seiner Nase hinauf, und die Fältchen um die Augen verrieten seine gute Laune.

»Du redet Unsinn, Hangol. Spätestens zur Abendmahlzeit haben wir diese von Tsung-Tan Verlassenen erwischt!«

»Die dann unseren Schwertern ausgeliefert sind, Lynxor!«

»Ich nehme es an. Gerecht wäre es. Du wirst deinen Spaß daran haben.«

»O ja«, sagte Hangol. Er ritt ein kleines Stück links hinter dem Anführer. Wir befanden uns südlich des Wegs, so daß der Zorcatrupp von rechts nach links an uns vorbeiritt. Mir fiel auf, daß Hangol den Kopf ein wenig fortgedreht hatte, was ich seiner liebedienerischen Aufmerksamkeit gegenüber dem Anführer und Zahlmeister zuschrieb. Er ritt eine ordentliche Zorca und trug eine prächtige Rüstung, und zu seinen zahlreichen Waffen gehörten nach guter kregischer Art auch Thraxter und Main-Gauche. Daraus schloß ich, daß er Linkshänder war.

Mevancy stand auf, verließ die Deckung der Büsche, stemmte die Beine in den Boden, legte die Hände an die Hüften und rief: »Llahal und Llahal!«

Die Männer zügelten wie von einem Pfeil getroffen ihre Tiere.

Die Szene gefiel mir. Wäre ich der Anführer mit dem grellroten Schnurrbart gewesen, der Hangol als Cadade — als Anführer der Wache — bezahlte, hätte er sich jetzt einiges anhören müssen, weil er keine Voraus- und Flankenreiter auf den Weg geschickt hatte. Bei Krun, ja!

Bögen wurden gespannt, Pfeilspitzen funkelten im schwächer werdenden Licht — sie waren auf Mevancy gerichtet.

Der Standartenträger hatte einige Schwierigkeiten mit seiner Zorca, die herumtänzelte und am liebsten ausgekeilt hätte. Das Banner, ein rotgelbes Wappen von kompliziertem Entwurf, aus dieser Entfernung schwer zu erkennen, flatterte munter hin und her.

»Erklär uns deine Absicht, oder du bist tot!« brüllte Hangol.

Mevancy lachte.

»Ich ziehe es vor, hier zu stehen und euch zu begrüßen. Ich hätte euch genausogut mit Pfeilen durchbohren können. Ihr wißt nicht, wie viele Bogenschützen ich bei mir habe.«

Der Anführer beugte sich elegant zur Seite und sprach leise mit Hangol. Hangols Helm neigte sich auf und nieder, und obwohl die beiden ein gutes Stück entfernt waren und ich die ganze Szene nur auf der Seite liegend beobachten konnte, spürte ich doch, wie wenig begeistert der Mann war. Der Cadade erhob die Stimme.

»Wir geben dir das Llahal. Dies ist Leotes li Nigwam, Vad von Sabiling, Paol-ur-bliem.«

Der Anführer bedachte Hangol mit einem kurzen gereizten Blick, dann gewann er seine gute Laune zurück.

Er war also ein Vad und stand damit um eine Rangstufe unter einem Kov, einem Herzog. Nun ja, ein ziemlich hoher Herr. Was ›Paol-ur-bliem‹ bedeutete, konnte ich nicht ermessen. Paol gilt im allgemeinen als irdischer Teil von Vaol-paol, dem ewigen Zyklus der Existenz, der Schicksal und Geschick umschließt. Bliem ist ein Wort für Leben.

Mevancy hatte mir den Rücken zugewandt, so daß ihr Gesichtsausdruck für mich nicht zu erkennen war; ich vermutete, daß sie sich eher verbindlich gab.

»Llahal, Vad Leotes. Wenn du hinter den tsung-tan-verfluchten Drikingern her bist, reite ich mit euch.« Sie machte eine knappe Bewegung mit der linken Hand. »Ich heiße Mevancy nal Chardaz. Llahal.«

Der Vad hob die Hand. »Du bist uns mit deinen Streitkräften willkommen, meine Dame.«

Ah, dachte ich, jetzt wollen wir doch mal sehen, wie du aus dieser Sache herauskommst, Dame Mevancy nal Chardaz.

Sie zog lediglich ihre Lictrix aus der Deckung der Büsche, stieg auf und warf mir eine letzte Bemerkung zu, ehe sie den Hang hinabtrabte.

»Ich komme dich holen, Kohlkopf. Lauf nicht weg!«

Sie mußte Vad Leotes beeindruckt haben, denn die beiden unterhielten sich kurz, ehe sie ihre Tiere nach Westen herumzogen und davongaloppierten.

Ich hob den linken Arm und bedachte die hochwohlgeborene junge Dame mit einem Faustschütteln.

Erst dann ging mir auf, was ich getan hatte.

Ich hob beide Arme und ballte und entspannte die Fäuste.

Bei Zair!

Nun konnte ich mich auf die Beine konzentrieren. Meine Füße waren so gut wie abgeheilt, und wenn ich endlich wieder auf die Stelzen kommen konnte, würde ich auch gehen können, davon war ich überzeugt. Ich würde sogar laufen!

Der Trick bestand darin, die Muskeln dem Diktat meines Gehirns zu unterwerfen, die Sehnen und Muskeln zum Ziehen zu veranlassen, die gelähmten Beine zu zwingen, sich überhaupt zu bewegen.

Während ich da unter dem trockenen schwarzen Busch lag und mit mir selbst kämpfte, senkten sich die Sonnen immer mehr zum Horizont. Zim und Genodras, die hier in Loh Luz und Walig genannt werden, warfen immer längere grüne und rote Schatten. Es ist nicht nötig, meine Schmerzen im einzelnen zu beschreiben. Als ich aus Osten eine Karawane näher kommen hörte, spürte ich, wie sich zum erstenmal meine Knie anzogen. Als die Karawane in Sicht war und ihr Lager vorbereitete, hockte ich auf Händen und Knien am Boden, und als die ersten Zelte errichtet wurden, kam ich ebenfalls hoch und stand schwankend, wirbelnd, betäubt in der Deckung — aber auf eigenen Füßen.

Danach ging es nur noch darum, in den Sattel der Lictrix zu steigen, eine Aufgabe, die sich mit der Besteigung eines Gipfels der Stratemsk vergleichen ließ, und dann im leichten Trab hangabwärts auf die Karawane und das Lager zuzuhalten. Natürlich wurde ich schnell angehalten. Ein Mann hielt mir eine lange Waffe entgegen. Ich erkannte eine Strangdja, eine gefürchtete Waffe aus Chem.

»Wohin, Dom?« fragte er nicht sonderlich feindselig, denn er konnte sich bestimmt vorstellen, woher ich kam.

Ich lächelte ihn an.

»Llahal, Dom«, sagte ich. »Ich habe zu der Karawane gehört, die überfallen wurde.«

Dann hörte ich auf zu sprechen.

Denn was aus meinem Mund kam, hörte sich eher so an: »Lla — l — ch — Karw — üff ...«

Ich konnte also immer noch nicht sprechen.

Der Wächter — er trug ein metallbeschlagenes Lederwams und eine entsprechende Kappe — legte seine

Strangdja auf den Boden und griff nach oben. »Hier, Dom. Es muß sich jemand um dich kümmern — und wir haben die beste Nadelstecher diesseits Tarankars bei uns.« Ich fiel aus dem Sattel, und er fing mich auf. Seine Nase war rot und groß wie eine überreife Tomate und verfügte über ein System von Schluchten wie ein Flußsystem, das in einem Delta mündet. Sein Mund war groß und beweglich. Ich spürte seine federnde Kraft, als er mich vor dem Absturz bewahrte. »Hai!« brüllte er. »Nath! Scrimshi! Kommt und helft diesem armen Teufel!«

Drei stämmige ledergekleidete Männer zerrten mich hoch und schleppten mich in ein Zelt, in dem ein süßer Geruch nach Palines hing, die in einem Bottich wuchsen. Mir lief sofort das Wasser im Mund zusammen. Vermutlich hatten die Anstrengungen, die ich in jüngster Zeit hinter mich gebracht hatte, eine Kraftreserve erschöpft, die nichts mit den Ursachen für meine Lähmung zu tun hatte. Man gab mir eine Handvoll Palines, und ich verschlang die gelben Beeren in dem Bewußtsein, daß sie allein so manche kregische Krankheit zu heilen vermochten. Schließlich stand ich auf, schwankend, das will ich zugeben, und versuchte erneut zu sprechen — mit dem gleichen unbeschreiblichen Ergebnis.

Die Nadelstecherin trug ein sauberes blaues Gewand, das mit gelbem Kragen und Manschetten abgesetzt war. Sie eilte herein und war bereit, Befehle zu geben, Maßnahmen zu ergreifen und Leute herumzukommandieren — dies sah ich schon an ihrem Gesicht mit seinen geraden Konturen, dem entschlossenen Kinn, dem zusammengepreßten Mund. Sie knuffte mich an verschiedenen Stellen.

»Dem fehlt nichts«, verkündete sie. »Ich hielte ihn für betrunken, wenn er nach Alkohol röche. Er ist gesund. Ihr meint, er gehört zu der Karawane, die wir gefunden haben?«

»Wir nehmen es an, Doktor«, sagte der Mann mit der Strangdja.

»Woher soll er sonst kommen?« fragte der Mann, der Scrimshi genannt wurde.

Nath sagte dazu: »Vielleicht ist er geflohen und hat sich versteckt und spielt den Kranken nur.« Er nickte weise. »So etwas kommt vor.«

Protestierend begann ich die Arme herumzuschwenkend wie eine Windmühle. Die Nadelstecherin faßte mich an den Handgelenken und drückte mir die Arme herunter. Das bereitete ihr keine Mühe. Ich versuchte mich zu wehren und spürte den Druck, den sie gegen meine Gelenke ausübte und mit dem sie die Arme an meine Seite zwang. Bei Krun! Ich war schwächer als ein Woflo!

»Weiß nicht ...«, sagte der Mann mit der Strangdja. »Wenn wir nur verstehen könnten, was er uns sagen will!«

»Nun ja, was immer es ist — es ändert nichts an der Tatsache, daß er wirklich ganz in Ordnung zu sein scheint.«

Wieder versuchte ich die Arme herumwirbeln zu lassen, doch sie hielt sie einfach fest.

In diesem Teil war das Zelt eher wie ein Wartezimmer eingerichtet; vermutlich gab es in der Karawane einige Krankheitsfälle. Den Boden bedeckte ein Teppich in einem Stil, den ich nicht kannte. Zu sehen waren ein Stuhl und ein schlichter Holztisch. Papier oder Schreibgeräte konnte ich nicht erkennen.

Die drei Karawanenwächter konnten wahrscheinlich nicht lesen oder schreiben, und so kam ich gar nicht auf den Gedanken, mich mit ihnen auf diesem Weg in Verbindung zu setzen. Aber die Ärztin? Ihr energisches Auftreten verdeckte nicht, daß sie müde war. Vermutlich forderte Vad Leotes seinen Leuten viel ab.

»Was tun wir mit ihm, Dr. Fenella?«

»Ach, sucht ihm irgendwo ein Eckchen. Wenn er sich

vor seinem Dienst gedrückt hat, wird der Vad mit ihm sprechen wollen. O ja, so machen wir es.«

»Komm, Llodi, hilf uns!« bat Nath. Der Mann, der mich als erster angehalten hatte, schob sich seine Strangdja unter den Arm und half Nath und Scrimshi dabei, mich aus dem Zelt der Nadelstecherin zu zerren.

Vor dem Ausgang bildete sich bereits eine kleine Schlange von Patienten.

Die Zwillingsschatten dehnten sich und übten jene besondere Wirkung aus, wie sie auf Welten mit zwei Sonnen vorkommen, wobei jeder Schatten gewissermaßen von der zweiten Sonne aufgehellt wird. Ich hing unbequem in den Armen meiner Träger, mein Kopf pendelte herab; ich wußte, wohin wir gingen, denn ich hörte die Tiere, das Wiehern und Schnauben, das Stampfen der Hufe, das Klatschen von Seilen gegen Pfosten.

»Werft ihn zwischen die Calsanys!« schlug Scrimshi vor und kicherte. Er schien ein ziemlich unangenehmer Bursche zu sein. »Nein«, sagte Llodi, »immerhin ist er krank.«

»Dann laß ihn hier liegen!« Nath regelte die Frage, indem er meine Füße auf den Boden knallen ließ. Ich fiel zur Seite und landete in einem Haufen Futtersäcke.

»So ist's recht.«

Llodi beugte sich über mich. »Du bleibst hier, Dom. Es wird schon wieder.«

»Wir sagen dem nächsten Wächter, er soll ein Auge auf dich haben.« Scrimshi atmete ein und blähte die Brust. »Ich rate dir, denk nicht an Flucht. Bestimmt will der Vad mit dir sprechen.«

Die Männer entfernten sich, um wieder ihren Wachdienst zu versehen. Ich hing meinen Gedanken nach. Ich war wirklich nicht in der Lage, mir eine Lictrix zu schnappen und fortzureiten. Eigentlich wollte ich das auch gar nicht. Ich gebe zu, ich war besorgt um die junge Abenteurerin Mevancy. Welche Erinnerungen sie an das Feuer hatte, wußte ich nicht; ich vermutete, daß sie nicht sehr weit bis vor den Moment zurückreichten, da sie mich ins Freie gezerrt hatte. Was sie betraf, hatte sie mich wirklich gerettet. Dabei würde ich es bewenden lassen.

Ich machte es mir auf den Futtersäcken bequem — und schlief ein.

4

»Du nennst mich Notor«, sagte Strom Hangol ham Fonral, als ich vor ihm zum Stillstand kam, umringt von Wächtern, die mich von allen Seiten gestoßen und geschubst hatte. »Du bist angeklagt, die Karawane, die du beschützen solltest, im Stich gelassen zu haben.«

Er saß an einem Tisch, auf dem sich eine große Doppelklingen-Axt und eine frisch gewendete Clepsydra befanden. Das tropfende Wasser wies eine angenehme rosarote Farbe auf. Im ersten Sonnenlicht des frühen Morgens war die Karawane ringsum beim Frühstück und würde bald weiterziehen. Rauch wallte auf, Essensgeruch lag in der Luft. Es würde ein schöner Tag werden. Womöglich auch mein letzter, wenn es mir nicht gelang, diesen dummen Strom, der sich zu meinem Richter aufgeschwungen hatte, Vernunft einzugeben. Wenn nicht der Tod, so drohte mir doch eine andere schlimme Strafe.

»Ich habe niemanden im Stich gelassen«, sagte ich, und es klang, als schnaube ein Bosk, der die Schnauze im Futtertrog hatte.

»Der Bursche ist zu allem Übel noch ein Idiot«, bemerkte der hagergesichtige Asket in blauer Robe, der dicht hinter Strom Hangol stand. Sein Gesicht erinnerte an ein Stück Käse, wie man es in eine Mausefalle steckt.

»Oder er tut nur so, San Hargon.«

Die ersten Sonnenstrahlen spiegelten sich auf der Silbermaske, die die rechte Seite von Hangols Gesicht bedeckte. Sie war nicht sichtbar gewesen, als er unter uns vorbeigeritten war, ehe Mevancy sich aus ihrem Versteck begab. Das Metall mochte eine Maske sein; vielleicht aber auch eine Art Ersatzhaut.

Natürlich ließ sich schnell vermuten, daß die Entstellung, die das Tragen einer Maske nötig machte, tiefe Spuren in Hangols Psyche hinterlassen hatte, so daß es ihm nun darauf ankam, dem restlichen Kregen das anzutun, was er hatte erleiden müssen. Nun ja, nur weil eine solche Vermutung auf der Hand lag, mußte sie nicht zwangsläufig falsch sein. Ich gebe zu, daß ich jetzt lieber Vad Leotes als Richter vor mir gesehen hätte; mein erster Eindruck dieses Mannes war eher positiv gewesen. Mir ist zwar klar, daß der folgende Satz eine große Selbstbezogenheit erkennen läßt, die ich im Grunde verachte, die ich aber als Herrscher von Vallia gebraucht hatte — ich wußte, daß ich als Herrscher Vad Leotes zu einem nützlichen und loyalen Edelmann hätte erziehen können, der fest zur Krone stand. Aber diese Zeiten waren vorbei. Nun mußte ich diese hohen Herren auf andere Weise beeinflussen.

»Gib ihm einen Stoß, du!« sagte Hangol zu dem Wächter links von mir. Gehorsam stieß er mir den Speerschaft in die Seite. Ich war nicht gefesselt, meine Hände waren frei. Ich versuchte den Hieb abgleiten zu lassen, mußte aber doch nach Luft schnappen. Beim Schwarzen Chunkrah! Ich hatte ja überhaupt keine Kraft mehr!

Ich öffnete den Mund und versuchte einige zusammenhängende Worte zu sagen, bekam aber nur ein Gurgeln heraus.

Der Asket in der blauen Robe sagte angewidert: »Ein Idiot.«

»Du scheinst recht zu haben, San. Kein Wunder, daß die Karawane zerschlagen wurde, wenn solche Onker als Wächter mitritten. Kein Zweifel — dieser Bursche ist zu nichts mehr nütze.« Er griff nach der schweren Axt. »Bringt ihn fort und richtet ihn hin!«

Ich versuchte etwas zu rufen, doch die Wächter zerrten mich ohne große Mühe herum. Strom Hangol stand auf und wandte sich an den Asketen. »Ich hoffe«, sagte er mit normaler Stimme, »daß unsere heutige Diskussion reifere Früchte trägt als die gestrige.«

San Hargon antwortete mit verbindlicher, aalglatter

Stimme: »Ich habe die Absicht, Kapitel elf von Beng Loshners ›Aktive Prinzipien‹ zum heutigen Ausgangspunkt zu wählen.« Die beiden wandten sich ab und schienen ihre Umwelt bereits vergessen zu haben.

Daraufhin versuchte ich mich zu wehren, wurde aber wie ein Bündel hochgezerrt und mit den Füßen voran fortgeschleppt. Wie unpassend waren doch meine größenwahnsinnigen Gedanken über Herrscher und ihren Umgang mit hohen Herren im Hinblick auf meine derzeitige Lage, in der ein Vad sich nicht einmal die Mühe machte, selbst das Urteil über mich zu sprechen, sondern mich seinem Helfer, einem Strom, überließ!

Man brachte mich ein Stück weg zwischen die Dornenbüsche. Zweifellos wollte man die Nerven der Frühstückenden nicht belasten. Es handelte sich um das erste Frühstück; das zweite wurde, wenn überhaupt, unterwegs eingenommen. Ich sah Llodi, Nath und Scrimshi auf die Wächter zukommen, die mich hielten.

»Überrascht mich nicht«, äußerte sich Scrimshi mit Nachdruck. »Der Dummkopf hat kein anderes Schicksal verdient.«

»Für ihn ist es eigentlich besser so«, sagte Nath. »Da ist er aus dem Weg.«

»Weiß nicht.« Llodis prächtig geäderte Nase schimmerte in Licht und Schatten wie eine Bergkette. Seine Wangen hatten etwas Ledriges und Faltiges und leuchteten auf ähnliche, wenn auch nicht so intensive Weise. »Er ist wirklich zu bedauern, da er doch ein Idiot ist.«

»Du willst es tun?« fauchte einer der Wächter, die mich hielten. »Dann bitte sehr! Sonst verschwinde, schtump!«

»Es kommt der Tag, da hole ich mir deine Innereien, Nalgre die Pocke!« antwortete Scrimshi nicht weniger heftig.

Die Wächter hielten mich nicht mehr, sondern hatten mich zu Boden fallen lassen. Im Fallen drehte ich mich, so daß ich einen guten Ausblick auf den sich anbahnenden Streit haben würde. Meine Laune besserte sich allmählich.

Die Karawanensöldner waren vernünftig genug, nicht mit Waffen gegeneinander vorzugehen. Zweifellos mußten sich solche tiefgreifenden Feindseligkeiten zuweilen Luft machen. Die menschliche Natur sinnt einfach zuweilen auf Rache, und da diese Wächter ausschließlich Apims waren, lag ihrem Streit kein Rassismus zugrunde. Staub stieg auf. Es gelang mir, aufzustehen und die Deckung des nächsten Busches zu suchen. Ich sah, wie Llodi einem großen stierköpfigen Kerl einen Kinnhaken gab und dann gleich mit einem Tritt in den Unterleib nachsetzte. Unwillkürlich zuckte ich zusammen. Scrimshi lag am Boden; Nalgre die Pocke saß auf ihm und knallte ihm den Kopf in den Staub. Ich nickte weise.

Als ich erst einmal den Busch zwischen mich und die Schlägerei gebracht hatte, blieb ich stehen, um die nächsten Schritte zu überlegen. Bei Krun! Ich steckte wahrlich in der Klemme!

Bei den Tieren herrschte geschäftiges Treiben, denn die Postenreiter legten die Sättel auf. Die ersten Frühstücksfeuer wurden gelöscht. Zelte, die sich bis jetzt in großer Zahl erhoben hatten, verschwanden nach und nach, die letzten sackten mit wehenden Bahnen zusammen. Lärm und Gerüche und schräges Sonnenlicht; auf jener Seite herrschten Gewirr und Gewimmel, auf dieser Seite lag das offene Ödland.

Ich hatte noch gewisse Ziele im Leben.

Abgesehen von dem erforderlichen Ziel, am Leben zu bleiben, erfüllten mich große Visionen darüber, was aus unserer Insel- und Kontinentgruppe Paz noch zu machen sei. Ich wollte, daß Diffs und Apims in allen Ländern harmonisch zusammenlebten, nicht nur in jenen, die bereits eine liberale Politik betrieben. Ich wollte dafür sorgen, daß der böse Kult um Lem den Silber-Leem vernichtet wurde und niemals wieder kleine Mädchen folterte. Ich wollte aus den Kroveres von Iztar eine Gemeinschaft von Menschen formen, die sich dem Ziel widmete, Kregen zu einer besseren Welt zu machen — wobei ›besser‹ in diesem Zusammenhang dem entsprach, was ich und meine Freunde für besser hielten. Vor allem aber war ich entschlossen, den Invasionen der Shanks, der Fischköpfe von der anderen Seite der Welt, zu widerstehen. Bei diesem letzten Bestreben wußte ich die Everoinye auf meiner Seite.

O ja — bei Zair! —, ich mußte auf diesem schrecklichen und doch schönen Kregen, das vierhundert Lichtjahre vom Planeten meiner Geburt entfernt war, noch viel erreichen!

Ich starrte in das Ödland hinaus.

Selbst wenn ich gesund und bei Kräften gewesen wäre und eine schnelle Zorca und volle Wasservorräte gehabt hätte, wäre es gefährlich gewesen, mich dort hinauszuwagen. Nein. Entgegen dem Anschein hatte ich bei der Karawane die besseren Möglichkeiten — wenn es mir gelang, die Dinge zu meinem Vorteil zu bewegen.

Die Schlägerei nahm an Heftigkeit noch zu; es gab blutige Nasen, geschwollene Augen, aufgeplatzte Fäuste. Nalgre die Pocke lag am Boden, und Llodi hockte auf seinem Kopf, im gleichen Moment kam Scrimshi brüllend herbei. Nath versetzte dem Burschen einen raffiniert gezielten Schlag in den Unterleib — und plötzlich war alles vorbei. Llodi ließ Nalgre aufstehen, der mit seinen beiden Gefährten fortlief.

»Also«, sagte Nath und betastete einen gelockerten Zahn, »das war doch nun mal ein Spaß, bei Lohrhiang von den Wassern.«

»Es kommt der Tag, da zahle ich es diesem Nalgre heim!« knurrte Scrimshi und betastete sich die Nase. »Dafür haben wir jetzt den Gefangenen.«

»Ist der unsere Sache?« wollte Nath wissen.

»Fambly! Natürlich. Wir haben einen Trupp zersprengt, der einen Auftrag hatte, und wenn Strom Hangol das herausfindet, sind wir dran. Also ...«

»Also«, sagte Llodi mit Nachdruck, »müssen wir diesen Auftrag übernehmen.« Er schaute sich um. »Wenigstens können wir ihn sauber und gut versorgt in den Todesdschungel von Sichaz schicken. Die anderen hätten zuerst noch mit ihm herumgespielt, diese Shints!«

Todesdschungel von Sichaz. So nannte man hier die Eisgletscher Sicces.

»Aye«, sagte Nath. »Unangenehme Burschen, die drei.«

»Die hätten ihren Spaß daran«, äußerte Scrimshi und zuckte unter seiner tastenden Hand zusammen; seine Nase war offenbar ziemlich wund. »Na, dann machen wir am besten weiter.« Die Männer nahmen ihre Strangdjas auf und näherten sich meinem Busch. Ich erkannte, wie lächerlich und sinnlos mein Fluchtversuch gewesen war.

Ich stand auf. In diesem Augenblick schlug meine finstere Belustigung in flammenden Zorn um. Ich fand es unerträglich, daß ich, Dray Prescot, ein Mann mit wohlklingenden Titeln und besungenen Taten auf seinem Schild, hier in einer entlegenen Wüste Süd-Lohs einfach niedergestreckt werden sollte. Nun ja, wo immer der Tod einen findet — die Stelle, wo es passieren soll, ist nun mal immer von ziemlich großer Bedeutung.

»Ich hoffe, er macht keinen Ärger«, murmelte Llodi.

»Er ist groß und häßlich für zwei«, bemerkte Nath. »Ich halte ihn fest.«

Scrimshi nahm seine Strangdja in beide Hände und schwang sie abschätzend hin und her. Strangdjas unterscheiden sich nach Form, Anlage und Größe; im wesentlichen gleicht diese Waffe einem großen Stechpalmenblatt aus Stahl, das geschickt geschärft und an einem Stiel befestigt ist. Wahrlich eine angsteinflößende Waffe, besonders wenn sie von geschickten Händen geführt wird.

Die schreckliche blattförmige Spitze funkelte grell im Licht der Sonnen, als Scrimshi die Waffe hochfahren ließ. Hinter seinen erhobenen Armen, hinter den Dornbüschen, wurde ein kleiner Reitertrupp sichtbar. An der Spitze ritt Leotes, der in ein Gespräch mit Mevancy versunken war. Die Reiter wirkten zerzaust, viele hatten ihre Lanzen nicht mehr, einige waren verwundet. Das Ziel der Männer war ein Zelt, das bisher nicht abgebaut worden war — vermutlich Leotes' Unterkunft. Ich öffnete den Mund und gab krächzende Laute von mir.

Nath sagte energisch: »Nun mach schon, Scrimshi! Da ist der Vad, und die Sache soll ausgestanden sein, ehe er mehr erfährt.«

Bei diesen Worten gestikulierte er heftig und ließ mich dabei los.

Es wäre sinnlos gewesen zu rufen. Laufen konnte ich nicht, denn ich vermochte mich kaum auf den Beinen zu halten. Ich konnte nur hoffen, daß meine Kraft für den Trick, den ich im Sinn hatte, ausreichen würde. Diese drei würden mich gedankenlos niedermetzeln, weil sie es für ihre Pflicht hielten. Ich bückte mich.

Rücksicht konnte ich nicht mehr nehmen. Ich ergriff den erstbesten Stein, reckte mich so hoch wie möglich und schleuderte mein Geschoß. Es traf Leotes an der Schulter. Ich schnappte nach Luft. Zair sei Dank, daß ich so gut getroffen hatte.

Scrimshi stieß einen angstvoll-zornigen Schrei aus und ließ die Strangdja niederfahren.

Mit einem Rest von Krozair-Geschicklichkeit stolperte ich aus der Bahn, und der Hieb ging ins Leere. Nath sprang vor, um mich wie ein Hühnchen unter dem Messer festzuhalten. Scrimshi erzeugte durch seine eingedrückte Nase schlimme Geräusche.

Während ich mich zur Seite lehnte, versuchte ich auszuweichen; meine Chancen, seinen Armen zu entgehen, waren aber etwa so groß wie die eines Ponshos, dem sich ein Leem auf die Fährte gesetzt hat.

Ich wurde festgehalten und herumgedreht und sah die Strangdja glitzern. Ich versuchte zuzutreten, konnte aber nicht. Die blattförmigen Stachel würden mir den Kopf abreißen.

»Strammgestanden, Strangdjim!«

Die leuchtende Spitze schwankte, kam herab.

Ich schluckte.

Bei Krun!

»Bringt ihn her!«

Llodi reagierte als erster auf den Befehl des Vads. Er nahm mich am linken Bizeps und führte mich im Eilschritt zu Leotes. ›Eilschritt‹ ist eher zuviel gesagt: Ich schwankte, und Llodi hielt mich aufrecht.

Auf dem Rücken seiner Zorca, vom frühen Licht der Sonnen angeleuchtet, war Leotes eine unmöglich große, strahlende Erscheinung. Sein roter Schnurrbart krümmte sich auf das prächtigste.

»Ist dies der Mann, Mevancy?«

»Ja, Leotes.«

Oho! überlegte ich. Schon redet man sich mit dem Vornamen an, ohne jeden Titel. Sehr gemütlich!

Das Mädchen beugte sich aus dem Sattel und schaute mich an.

»Wir haben lange nach dir gesucht, Kohlkopf. Ich sagte dir doch, du solltest nicht fortlaufen.«

»Um deinetwillen freue ich mich, daß der Mann gefunden wurde. Also, bei Beng Trunter dem Nosher — ich habe Hunger. Wir sollten beide Frühstücke auf einmal hinter uns bringen, ehe wir die Reise fortsetzen. Die Karawane kann schon aufbrechen.« Leotes hob die behandschuhte Rechte. »Gebt diesem Mann zu essen und zu trinken, säubert ihn und bringt ihn zu mir, wenn ich mich der Karawane wieder anschließe.«

»Quidang, Lynxor! Sofort, Lynxor!«

O ja, Leotes hatte seine Mannen fest im Griff, das konnte man wohl sagen.

Mevancy warf mir einen langen gesenkten Blick zu,

sagte aber nichts mehr zu mir. Bei genauerem Hinschauen wirkte sie ein wenig mitgenommen, ein wenig müde. Ich muß gestehen, ich war mehr als dankbar für ihr Eingreifen. Offenbar war sie nach dem Versuch, die Gefangenen aus unserer Karawane zu befreien, zurückgekehrt und hatte mich dabei nicht mehr an der Stelle gefunden, wo sie mich zurückgelassen hatte; daraufhin hatte sie den Vad zum Suchen angestiftet. Ja, wie ich schon sagte: eine findige, willensstarke und auf hohem Roß sitzende junge Dame, diese Mevancy!

Für mich war klar, warum sich die drei Strandjim von nun an so gut um mich kümmerten. Sie hatten den Auftrag dazu — und führten diesen Befehl aus, so gut es ging. Darüber hinaus kannte ich mich mit den Tricks von Soldaten und Söldnern aus — wie sie auch in der mythischen Gestalt Vikatus des Drückebergers zum Ausdruck kamen — und wußte, daß diese Männer auf diese Weise anderen, unangenehmeren Pflichten aus dem Weg gingen.

So genossen wir alle eine prächtige Mahlzeit aus den Überresten des Kochzelts. Als wir nicht mehr konnten, wurde ich trocken gewaschen, und man bürstete mir das Haar, so daß ich wieder einigermaßen aussah.

Die letzten Karren rollten davon, zurück blieben nur die Tiere und Wagen, die die Ausrüstung des Vads befördern würden. Nath verschwand und tauchte nach kurzer Zeit mit einer Zorca, einer Lictrix und zwei Preysanys wieder auf. Hier offenbarte sich nun ein Unterschied zwischen den drei Söldnern. Sie alle standen im gewöhnlichen Rang; keiner trug die silberne Pakmort oder gar die goldene Pakzhan vor der Brust. Scrimshi stieg in den Sattel der Zorca, Nath auf die Lictrix. So mußten Llodi und ich mit den Preysanys vorliebnehmen.

Die drei mochten gewöhnliche Söldner sein, angeheuerte Karawanenwächter; sie kannten sich aber aus. Als der Vad endlich andeutete, daß er zum Weiterritt bereit war, folgten wir im Schritt den anderen Reitern und

Karren — und die drei hatten keinen Handschlag dazu beigetragen, die Karawane wieder auf den Weg zu bringen.

Sie würden an diesem Auftrag kleben wie Schmeißfliegen, sie würden allen Problemen aus dem Weg gehen und hoffen, daß ihr faules Leben sich bis zum Ende der Reise ausdehnen ließe.

Ein jähzorniger, fetter Deldar ritt auf seiner Zorca herbei und brüllte los. Eigentlich ist diese Beschreibung überflüssig, denn es gibt kaum einen Deldar, der nicht zum Brüllen neigt; die laute Sprechweise bei der Weiterleitung der Befehle von oben nach unten gehörte irgendwie dazu.

»Ihr drei elenden Faulenzer! Ich lasse euch ... Wo habt ihr gesteckt? Tretet eure Kundschafterritte an — du, Scrimshi, reitest ganz vorn! Bratch!«

»Geht nicht, Del.« Scrimshi sprach, als habe er Schmerzen, sosehr genoß er die Szene. »Direkter Befehl vom Vad. Müssen uns um diesen Fambly kümmern. Dürfen ihn nicht aus den Augen lassen.«

»Was?«

»Ganz recht, Del«, schaltete sich Nath ein, dem man die gute Laune anmerkte. »Der Vad hat uns zum Spezialdienst eingeteilt. Dürfen den Mann nicht allein lassen.«

Der Lederharnisch des Deldars schwoll an. Sein rötliches Gesicht rötete sich noch mehr. Wieder tat er einen Atemzug, der den Lederpanzer ziemlich beanspruchte. »Ich gebe euch drei Herzschlag lang Zeit, euren Dienst anzutreten. Eins! Zwei! ...«

»Del!« sagte Llodi eindringlich. »Sag nicht drei! Es stimmt. Wir müssen diesen Fambly zum Vad bringen, sobald er sich wieder der Karawane anschließt.« Er machte eine Handbewegung. »Schau ihn dir doch an! Er ist gar nicht recht bei sich, außerdem steht er unter dem Schutz der flotten neuen jungen Dame des Vads, und so ...«

»Ja«, sagte der Deldar, »die habe ich schon gesehen.«

»Na?«

»Diesmal kommt ihr damit durch. Aber es gibt bestimmt ein nächstes Mal. Dann erwische ich euch drei. Ich verspeise eure Ohren geröstet zum Frühstück!«

Als der Deldar weitergeritten war, um einige andere arme Burschen als Kundschafter zu verpflichten, krümmten sich Scrimshi und Nath vor Lachen in den Sätteln. Llodi lachte ebenfalls.

Die drei waren so sehr mit ihrer Heiterkeit beschäftigt, daß die Stimme, die plötzlich ertönte, sie wie ein eiskaltes Messer traf.

»Was macht dieses Geschöpf hier noch am Leben — warum ist es nicht tot und wird von Rippasch gefressen?«

Die drei Männer machten einen bemerkenswerten Wandel durch.

Ihr Lachen verstummte jäh, die Gesichter spannten sich. Sie nahmen in den Sätteln Haltung an und antworteten nach Vorschrift.

»Lynxor!«

»Ich habe euch eine Frage gestellt, Shints! Du«, — er deutete auf Llodi —, »antworte!«

»Jawohl, Lynxor. Wir müssen für ihn sorgen ...«

»Ich habe angeordnet, ihn sofort hinzurichten.« Die Stimme wurde sanfter. »Warum habt ihr meinem Befehl zuwidergehandelt?«

»Der Vad, Lynxor! Er hat es uns befohlen. Wir müssen uns mit ihm beim Vad melden.«

Das vermengte Licht der Sonnen von Scorpio spiegelte sich auf der Silbermaske, die die rechte Seite des Gesichts verdeckte. Dieser prächtige Sonnenschein wirkte kalt und abweisend, als zöge die Spiegelung alles an Farben und Leuchtkraft ab. Strom Hangol ham Finral starrte mich an. Er war die Arroganz in Person, ein Mensch, der seine Macht über andere in vollen Zügen genoß; die Erwähnung Vad Leotes' hielt ihn nun in

Schach. Sein Blick hätte auch den stärksten aller Übeltäter erweicht, die ihm zur Bestrafung vorgeführt wurden.

»Ich werde dies nicht vergessen«, sagte er mit vor Erregung bebender Stimme. »Ich werde mich deiner erinnern, du Rast, und dafür sorgen, daß du dorthin kommst, wohin du gehörst. Bei Lem, von einem Yetch wie dir lasse ich mich doch nicht bloßstellen!«

Mit diesem Worten schwang er die Peitsche und zielte damit offenkundig auf mein Gesicht.

O ja, ich litt an den Folgen der Lähmung, ich war schwach und in der Bewegung ungeübt; gleichwohl war ich noch Krozair von Zy. Noch immer besaß ich die Geschicklichkeit dieser Ausbildung, selbst wenn mein Zustand die erschreckende Wirksamkeit dieser Disziplinen dämpfte. Ich bewegte den Kopf zur Seite, was dazu führte, daß der Hieb mich an der Schulter traf. Ich hob den Arm, um dem Burschen die Peitsche abzunehmen; aber er war entschieden zu schnell, und die Peitschenschnur entzog sich pfeifend meinem Griff. Im nächsten Moment stieg seine Zorca auf die Hinterhand, und er kämpfte mit den Zügeln und versuchte im Sattel zu bleiben.

»Verzeih uns, Lynxor!« rief Llodi. »Wir müssen ihn in gutem Zustand beim Vad vorführen!«

Hangols Nasenflügel blähten sich. Sein Helm rahmte die bebende Bosheit seines Gesichts. Natürlich konnte ich mich in seine Schuhe versetzen. Für ihn war seine Autorität untergraben worden; dabei verschwendete er keinen Gedanken an Dinge, die außerhalb des Dunstkreises seines aufgeblasenen Selbstverständnisses lagen. Wäre er ein vernünftiger Offizier gewesen, hätte es diese beschämende Szene gar nicht erst gegeben.

»Ein unangenehmer Bursche«, sagte Llodi kopfschüttelnd. »Wer den als Feind hat, der muß klug vorgehen und Tsung-Tan auf seiner Seite haben.«

5

»Laß die Zunge hinter den Zähnen, Kohlkopf! Nein, nein, schließ die Weinschnauze! Wenn du noch einmal die Zunge rausstecks, beiße ich sie dir ab!«

»Th — th —«, murmelte ich.

»Nein nicht ›th‹, du Fambly! T — t — t!«

Es gab sicher Leute, die den Augenblick genossen hätten, ehe Mevancy ihnen die Zunge abbiß — dieser unpassende Gedanke schoß mir durch den Kopf. Das Zelt, das Leotes ihr zur Verfügung gestellt hatte, hatte einer Stromni gehört, die im Osten an Blutvergiftung gestorben war. Es war ein bequemes, hübsch eingerichtetes Zelt. Ich saß auf einem verzierten Teppich und sabberte vor mich hin und versuchte sprechen zu lernen, wie ich es schon vor vielen Jahren, vierhundert Jahre von Kregen entfernt, auf dem Schoß meiner Mutter getan hatte.

Obwohl ich keine persönliche Beziehung zu den Menschen hatte, die von den Banditen gefangengenommen worden waren, freute es mich, daß Leotes alle gerettet hatte. Ich erkundigte mich nicht, was aus den Drikingern geworden war. Auf Kregen weiß man eben, was mit bösen Buben geschieht, denn bei aller Schönheit und Kultur dieser schönen Welt tritt doch immer wieder jener alte barbarische Zug zutage, der ein Auge für ein Auge verlangt. Alle die Menschen, die ich nach dem Feuer in Larishsmot kennengelernt hatte und die in Cardamons Karawane mitgezogen waren, gehörten nun zu Leotes' Karawane. Gewiß, man würde ihnen dafür die Rechnung präsentieren. Auf Kregen bekommt man ebenso selten etwas geschenkt wie auf der Erde.

Was ich von Mevancy geschenkt bekommen hatte, war wirklich großartig, auch wenn die Möglichkeit bestand, daß ich im voraus dafür bezahlt hatte, indem ich sie selbst aus dem Feuer beförderte. Ich fragte mich, wie schwerwiegend sich wohl der Schlag gegen meinen Kopf und Hals in der großen Abrechnung auswirken würde. Aber es war ein kleinlicher Gedanke, eines Koters aus Vallia nicht würdig.

»Versuch's noch einmal, Kohlkopf. T — und konzentrier die Zunge!«

Ich gab mir Mühe. »Th — th ...«

Sie warf ein Kissen nach mir. »Na, egal. Vielleicht fällt es dir eines Tages von allein wieder zu. Schauen wir uns deine Muskeln an.«

Sie kam herbei und zeigte dabei jenen geschmeidigen Hüftschwung, der einem jungen Burschen schon zu schaffen machen kann. Sie trug eine bequeme langärmelige Freizeitrobe aus blauer Seide; sie hatte sie sich aus der Garderobe von Leotes' Frauen ausgesucht. Sie nahm meinen linken Bizeps zwischen die Finger und rollte ihn, als habe sie ein Stück Teig vor sich.

»Fühlt sich seltsam an, Kohlkopf. Wie eine Blase, die nicht aufgeblasen ist, sondern flach und schlaff. Hmm. Ich würde sagen, du warst mal ziemlich kräftig.«

Sie ließ meinen Arm fallen. Ja, genau so war es. Ich brachte immerhin noch so viel Kraft auf, daß mein Handrücken nicht gegen den Teppich knallte. Mevancy nahm Papier und Schreibgerät. »Also, Kohlkopf, erzähl mir mehr von dir.«

Über meine Vergangenheit hatte ich bereits einen kunstvollen Haufen Lügen zusammengetragen. Bei meinem ersten Versuch der schriftlichen Verständigung hatte es mich gefreut, daß die Bewohner Süd-Lohs eine der allgemein gebräuchlichen kregischen Schriften der weitverbreiteten kregischen Sprache benutzten, die von Kräften des Äußeren auf dem Planeten eingeführt worden war. Natürlich war ich dabei sehr dumm vorgegangen und hatte im ersten Überschwang meinen Namen mit den Buchstaben ›Dra‹ begonnen. Diese Torheit war bestimmt auf meinen geschwächten Zustand zurückzuführen. Kaum anzunehmen, daß diesen Menschen Dray

Prescot, der mächtige Herrscher Vallias, unbekannt war. Und ich wollte nicht immer wieder erklären müssen, daß ich nach dem Herrscher benannt worden war. So hatte ich eines meiner bekannteren Pseudonyme angefügt: Jak. Nun hieß ich Drajak. Vermutlich aus Heimweh nannte ich mich mit vollem Namen Drajak ti Zamran. Hinweise auf Vallia oder Valka hielt ich für unangebracht. Zamran war ein hübscher Marktflecken meines Inselkovnats Zamra, nördlich von Vallia gelegen. Söldner bereisten ganz Kregen; Herkunft war dabei oft weniger wichtig als die derzeitige Loyalität. Oft, nicht immer, bei Krun!

»Zamran«, hatte Mevancy gesagt. »Nein, das kenne ich nicht. Natürlich kenne ich Zamrarn — von dort kommen die schwarzen Perlen.«

Ich hatte ihr eine schnell erfundene Geschichte hingekritzelt, wonach ich während eines Sturms über Bord geschwemmt worden war — und schon war die Frage nach Zamrans genauer Lage vergessen.

Nun mußte ich meine Geschichte etwas ausbauen und vermochte dazu einige Ereignisse zu benutzen, die es wirklich in meinem Leben gegeben hatte. Als ich meinerseits das Mädchen auszufragen begann, lachte sie nur und ließ sich nicht darauf ein.

Allerdings beantwortete Mevancy mir eine interessante Frage, ohne es recht zu wissen.

»Paol-ur bliem«, wiederholte sie die Worte, die ich aufgeschrieben hatte. »Ach, ich weiß nicht. Muß irgendwie mit der hiesigen Religion zu tun haben. Leotes hat sich nicht näher geäußert.«

Mevancy stammte also auch nicht von hier.

Sie zwang mich dazu, ein grausames Übungspensum zu absolvieren.

Ich mußte die Beine krümmen, auf der Stelle laufen, Gewichte heben. Gewichte, ha! Es kostete mich ja schon größte Anstrengung, einen Stuhl vom Teppich hochzubekommen! Bei einer Amphore mit Wasser mußte ich bereits passen. Aber obwohl Mevancy nicht lockerließ, spürte ich kein Anwachsen meiner Muskelkraft. Die beiden Burschen, die in ihren Diensten standen, hatten den Angriff der Banditen überlebt. Nun steckte Nafty den Kopf durch das Zelttor und sagte mit lachendem Unterton: »Meine Dame.« Mevancy verließ sofort das Zelt.

Als sie zurückkehrte, brach die Karawane bereits die Zelte ab, um die nächste Etappe durch das Ödland in Angriff zu nehmen. »Du reitest den Preysany, den Leotes dir freundlicherweise zur Verfügung stellt, Kohlkopf. Immerhin hast du meine Lictrix verloren ...« Sie hielt inne und stimmte ein seltsames Lachen an. »Die Lictrix, die du geritten hast.«

Heute fiel es mir schon leichter als gestern, den Preysany zu besteigen, der Wuschelschwanz genannt wurde. Diese Besserung tröstete mich aber nicht sonderlich. Mevancy würde in der Nähe des Vads reiten. Scrimshi, Nath und Llodi waren ihren Sonderdienst los und dienten wieder als Eskorte. Meine Unterredung mit Leotes war kurz und — unter den gegebenen Umständen — angenehm verlaufen. Er hatte mich lediglich der Obhut Mevancys nal Chardoz übergeben und angeordnet, daß ihren Befehlen Folge zu leisten sei. Strom Hangols finsterer Gesichtsausdruck hätte mich freuen können; in Wahrheit war er eine Warnung vor kommenden Schwierigkeiten.

Während dieser Etappe unseres Ritts durch eine Zone des Ödlands, die sogar einigermaßen angenehm war, fanden wir Wasser und ausreichend Weideland. Zugleich fand Hangol einen Weg, mich rücksichtslos zu behandeln, ohne daß Mevancy etwas davon merkte. Er hinterließ bei mir keine Spuren. Jeder Versuch meinerseits, ihn an seiner Absicht zu hindern, wurde aus dem Weg gefegt, als wäre ich ein kleines Kind. Er gewöhnte es sich an, Mevancy überaus liebenswürdig zu behandeln. Eines Tages bekam ich eine Szene mit, die mich bekümmerte: Die Strangdjim Scrimshi, Nath und Llodi hingen in einem Peitschengestell. Sie wurden nicht jikaider gepeitscht, was immerhin ein Trost war, doch erhielten sie eine reguläre Anzahl von Hieben für eine angebliche Dienstverletzung. Alle wußten, daß Strom Hangol auf diese Art und Weise seine Rachegelüste befriedigte.

Wahrlich, wenn ein großer Herr seinen Cadade mit Macht versieht, sei ihm geraten, eine kluge, gute Wahl zu treffen!

Ich hatte Mevancy um Einzelheiten über die Rettung vor den Banditen gebeten; die Art und Weise, wie sie antwortete, verriet mir, daß sie dabei eine große Rolle gespielt hatte. Als ich nach meiner Habe nebst Rapier und Dolch fragte, schüttelte sie den Kopf. Mein Gürtel war gefunden worden, an der Hüfte einer kopflosen Leiche; die Waffen aber habe sie nicht gesehen, sagte Mevancy. Wie ich schon ausgeführt habe, sollte sich kein Kämpfer auf nur eine bestimmte Waffe oder eine Waffengattung verlassen. Ein echter Krieger greift sich irgendeine Klinge und setzte den Kampf fort. Trotzdem war ich traurig, sie zu verlieren; die beiden waren gut aufeinander abgestimmt, ein Geschenk Prinz Vardens, eines Klingengefährten.

Je weiter wir nach Westen kamen, desto mehr fiel mir die Nervosität in meiner Umgebung auf. Die Männer machten sich auf ein unangenehmes Erlebnis gefaßt.

Zwischen uns und der Stadt Ankharum lag die Große Salzwüste. Wüsten sind oft unangenehm; Salzwüsten in ganz besonderem Maße. Die Aussicht, ein so unwegsames Gebiet durchqueren zu müssen, machte mir zwar keine Freude, doch erfüllte es mich um diese Zeit mit Interesse, die Zunamen der drei Söldner-Strangdjim zu erfahren.

Zu Hause wurden sie bestimmt Speerträger und nicht Strangdja-Männer genannt, doch gehörten sie zu den schlechtestbezahlten Söldnergruppen. Scrimshi, so erfuhr ich, wurde Scrimshi der Sturr genannt. Dies ließ mich an den Moder denken und freute mich. Nath hieß Nath die Waffe. Nun ja, nicht zum erstenmal muß ich sagen, daß es auf Kregen so viele Naths gab wie Sterne am Himmel. Ich hatte schon einmal einen Nath die Waffe gekannt, einen Kaidur-Trainer für das Jikhorkdun im hyrklanischen Huringa. Viel später hatte ich erfahren, daß er sich mit seinen Siegprämien zur Ruhe gesetzt hatte und bei Halphen, einem Gebiet, in dem es erstklassige Pombolins gab, einen kleinen Hof bewirtschaftete. O nein, ich hätte es nie für möglich gehalten, daß er die Aufregungen der Arena und des Jubels für den Rubinroten Drang hinter sich lassen konnte. Was das Hier und Jetzt betraf, so freute sich Llodi über den Spitznamen Llodi die Stimme.

Mevancy beantwortete gnädig meine hingekritzelten Fragen, und so erfuhr ich, daß Llodi eine schöne Tenorstimme besaß. Er hatte als Junge im Tempelchor seines Ortes gesungen, war aber ausgerückt, als die Priester ihn kastrieren wollten, um seine herrliche Stimme zu bewahren und zu fördern. Dafür hatte ich wahrlich Verständnis.

In Leotes' Karawane pflegte Llodi beim Reiten zu singen, wenn der Staub nicht zu dick aufstieg und wir gefüllte Wasserflaschen hatten oder die Distanz zu einem Wasserloch oder einer Oase nicht mehr groß war.

Seine Stimme war wirklich wunderschön.

Er liebte das Lied ›Nelkenrosa und Irisblau‹, das von Houdondrin in Loh geschrieben worden war. Sein Repertoire war ziemlich groß. Ich reichte Mevancy eine Notiz, und sie rümpfte die Nase und machte sich auf die Suche nach Llodi der Stimme. Er erfüllte meine Bitte und stimmte das berühmte alte Lied ›Die Bogenschützen von Loh‹ an. Sie können sich bestimmt vorstellen, daß ich dabei vor allem an Seg dachte.

Kurz bevor wir die Durchquerung der Großen Salzwüste begannen, fiel eine weitere opazverfluchte Dringerhorde über unsere Karawane her.

Eine reiterlose Zorca galoppierte herbei — ein Zeichen, daß unser Vorausreiter niedergestreckt worden war. Augenblicklich begann ein großes Geschrei.

Damals schien mir der Angriff einen bedauerlichen Mangel an Intelligenz dieser Menschen zu bekunden, die sich dem Beruf des Banditen zugewandt hatten. Wenn sie gewartet hätten, bis wir die Große Salzwüste durchquert hätten, wären wir zu sehr geschwächt gewesen, um uns dem Angriff zu widersetzen. Jedenfalls war das mein erster Eindruck, ehe ich die Große Salzwüste selbst erlebt hatte.

Schrill schreiend galoppierten sie herbei, so schnell die Lictrixes sie tragen konnten. Eine Salve Javelins kostete erste Opfer. Staub wallte auf, der bereits einen salzigen Geschmack zu haben schien. Unsere Bogenschützen schossen ihre hervorragenden lohischen Langbögen ein und hielten dabei auf Tier und Reiter. Staub wogte. Pfeile kreuzten sich auf ihren Bahnen. Trotz meiner benachteiligten Position auf dem Rücken eines Preysany am Ende der Karawane konnte ich so manche Heldentat beobachten. Die Banditen griffen in der Nähe meiner Position an, und ich spürte ein Jucken in den Fingern. Aber im Augenblick wäre ich im Kampf so nützlich gewesen wie ein Säugling. Nath die Waffe ließ seine Strangdja wirbeln, die eine verheerende Wirkung entfaltete. Von Scrimshi dem Sturr oder Llodi der Stimme sah ich nichts. Ich hoffte, daß sie sich noch im Land der Lebenden aufhielten — ein Wunsch, in den ich auch Scrimshi einschloß, obwohl er sich seines Zunamens ›Sturr‹ würdig erwiesen hatte. Was Nafty und Pondo anging, wenn sie nicht gerade mit ihrem Leben für Mevancy einstanden, würde ich mich mal mit ihnen unterhalten müssen — ein Gedanke, der mir in der Hitze des Gefechts ganz selbstverständlich vorkam, obwohl ich noch immer halb gelähmt war.

Strom Hangol galoppierte dröhnend vorbei und kämpfte sich von der Flanke her eine Bahn durch eine

Gruppe Banditen. Er nahm sich tatsächlich die Zeit, einen Blick auf mich zu werfen und spöttisch die Lippen zu verziehen. Er hielt es wirklich für wichtig, mitten in einem flotten kleinen Kampf seine Verachtung für mich zu zeigen.

Inzwischen hatte ich mir aus den Gesprächen anderer Leute zusammengereimt, daß Strom Hangol meinerseits keiner Verachtung wert war.

So etwas ist immer eine traurige Sache, so zutreffend die Einschätzung auch sein mag. Man verliert nicht gern die Achtung vor einem Menschen angesichts der Güter, an die man glauben mag.

Die Drikinger kämpften eine Zeitlang rücksichtslos und unerbittlich; dann verloren sie an Schwung.

Gegen Ende der Auseinandersetzung hielt ein Bandit mit seiner Zorca direkt auf mich zu; er schien aus dem Blutrausch noch nicht erwacht zu sein. Er war ein Rapa, ein gefiedertes Wesen mit krummem Schnabel, und er schwenkte ein funkelndes Schwert. Strom Hangol raste an dem Rapa vorbei und hätte gute Gelegenheit gehabt, den Mann mit einem Stich seiner Lanze auszuschalten. Statt dessen zügelte Hangol die Zorca, und sein Gesicht war eine einzige Maske der Freude. Wieder hatte er Gelegenheit, mir auf Umwegen die Schande heimzuzahlen, die er durch mich erlitten zu haben glaubte.

Seine silberne Halbmaske, die im vermengten rotgrünen Licht funkelte und die nur die rechte Hälfte seines Gesichts bedeckte, ergänzte die Vorfreude, die die natürliche Hälfte des Antlitzes entstellte.

Begeistert schrie der Bandit auf, als er das Schwert in meine Richtung schwingen ließ. Ich versuchte — natürlich versuchte ich es! —, dem Hieb auszuweichen, wie es die Krozair-Disziplinen vorsahen. Ich schaute dem Rapa direkt ins Gesicht. Seine Federn sträubten sich grün und rot. Das Schwert blitzte. Er genoß den letzten Augenblick seiner Mordlust, ehe er die Flucht ergriff.

Aus seinem linken Auge spritzte Blut.

Fasziniert beobachtete ich das Schauspiel.

Der Rapa schrie auf. Er ließ das Schwert fallen und krallte sich die Hände vor das Gesicht.

Er konnte nicht mehr sehen. Aus seinem Auge schien ein kurzer dünner Stock, einer Nadel gleich, zu ragen. Schmerzerfüllt schreiend schwankte er auf seiner Zorca, und es war beinahe eine Erlösung für ihn, daß Mevancy herbeiritt und ihn mit dem Lynxter zu Boden streckte.

Strom Hangol hatte es plötzlich eilig, den restlichen Banditen zu folgen. Mevancy zügelte neben mir ihre Lictrix.

»Warum kannst du dich nicht aus solchen Problemen heraushalten, Kohlkopf? Du bist manchmal wirklich lästig.«

Ich sagte: »Na, warte!« Aber es kam nur ein »Nn-wan!« heraus.

»Ach du, Drajak!« rief sie.

Sie hob ein schlankes Bein über den Rücken ihrer Lictrix und sprang zu Boden. Geschickt näherte sie sich der Zorca des toten Rapas, nahm die Zügel in feste Hände und ließ das Tier sehen, wer der neue Herr war. Vorsichtig streichelte sie die Nase an der Wurzel des hochgereckten Spiralhorns — Zorcas mögen das. Die Zorca beruhigte sich. Mevancy drehte sich triumphierend zu mir um.

»Hai! Jetzt habe ich ein Reittier!«

Ich nickte und deutete auf ihre Lictrix.

»Ja, Kohlkopf, ja doch — aber versuch dieses Tier nicht auch noch zu verlieren.«

In diesem Augenblick ritt Leotes inmitten seiner Eskorte herbei. Er schien noch im Bann seiner Erregung zu stehen, das Blut pulsierte ihm durch die Adern, und sein roter Schnurrbart wirkte besonders gesträubt.

»Meine Dame Mevancy!« rief er. Offenbar hatte er sich Sorgen um sie gemacht.

»Mein Herr!« antwortete sie lachend und mit einem kecken Unterton.

Sofort fand er zu seiner sonstigen Art zurück. Er lächelte und verbeugte sich galant. »Wie ich sehe, hast du eine schöne Zorca erobert. Du darfst sie behalten, wenn du willst.«

Mevancy war nicht so dumm, mit dem Fuß aufzustampfen und zu rufen, daß sie sich das Tier erkämpft und auch ohne seine Erlaubnis behalten habe. Sie wußte so gut wie jeder hier, daß alle Beutestücke, die Angehörige der Karawane machten, dem Vad gehörten.

Sie lächelte. »Oh, vielen Dank, Leotes! Ein großzügiges Geschenk.«

Er machte eine höfliche Bemerkung, aber ich hörte nicht mehr zu. Ich war entschlossen, den Rücken der Lictrix zu ersteigen und einige Hiebe mit Mevancys Lynxter zu probieren. Mevancy stieg auf und machte wahrlich eine gute Figur. Nafty erschien und erhielt den Befehl, ihre Sachen von der Lictrix auf die Zorca umzuladen. Dies war im Nu erledigt, und schon ritten sie und der Vad im Schutz der Eskorte weiter.

Nun ja, ich band den alten Wuschelschwanz an einem Karren fest und schnappte mir die Lictrix. Ich vermochte ohne große Mühe aufzusteigen, dann saß ich durchatmend im Sattel und hoffte, daß dies der Anfang vom Ende meiner Lähmung sein werde.

Eine leichte Brise wehte warm aus Nordwesten und brachte ein salziges Aroma. Um so mehr freute es mich, daß die dummen Drikinger mir die Lictrix zur Verfügung gestellt hatten, um darauf durch die Große Salzwüste zu reiten. Ich ließ ein wenig die Zügel locker, spornte das Tier an und lenkte es im Schritt hierhin und dorthin, bis ich mich ein wenig sicher fühlte. Die Karawane versuchte ihre Ordnung wiederzufinden, und die Calsanys beruhigten sich. Einige Sklaven hoben bereits Gräber für die Opfer aus den Reihen der Karawane aus; was sie mit den toten Banditen tun würden, wußte ich nicht. Es gab Geschrei und einige Trompetenstöße. Dieses Treiben und das neue Reittier hatten mich von einer

Ermittlung abgelenkt, die ich so schnell wie möglich hatte durchführen wollen.

Nun ritt ich zu der Stelle zurück, wo Wuschelschwanz angebunden war, und stieg ab. Der tote Rapa lag noch unverändert im Sand. Ich beugte mich über das Geiergesicht. Ich glaubte in seinem Auge ein pfeilähnliches kleines Gebilde gesehen zu haben, aber es war nicht mehr da.

Als ich mich aufrichtete, kam Nath die Waffe herbei. Blut befleckte seine Beine.

»Hai, Onker«, sagte er mit Betonung. »Scrimshi — es ging nicht anders. Er war schlimm verwundet. Er hat mich angefleht. Verstehst du das, Onker? Er hat mich angefleht!«

Ich brabbelte irgendwelche dummen, sinnlosen Worte.

»Ach, halt doch deine alte Weinschnauze, wenn du nicht mehr herausbekommst!« Nath die Waffe war mit den Nerven ziemlich fertig. »Also, jetzt hat er schon ein gutes Stück des Wegs durch den Todesdschungel von Sichaz hinter sich. Ich hoffe nur, daß die spektralen Syatras nicht an ihn herankommen.«

Scrimshi hatte ich bei unserem ersten Zusammentreffen als unangenehme Person abgetan; doch mit der Zeit hatte er sich gebessert, und er tat mir leid.

Ich versuchte nicht wieder zu sprechen, sondern deutete auf meinen Mund und tat so, als sänge ich ein Lied.

»Wie?« fragte Nath die Waffe. Dann: »Ach, verstehe. Keine Ahnung. Als ich ihn das letztemal sah, haute er sich hübsch munter mit zwei Fristles herum. Bei Yakwang! Einen hat er mit der Strangdja so schnell angefallen, daß der andere Kerl schreiend die Flucht ergriff. Dann mußte ich mich aber mit einem miesen Brokelsh abgeben, der Scrimshi verwundet hatte. Nun ja, wenn man an das Gilium glauben will, kann man wohl hoffen, daß Tsung-Tan auf ihn aufpaßt.«

Nath die Waffe marschierte weiter, seine Strangdja hinter sich herziehend. Bestimmt würde er die Klinge bald reinigen. Ich konnte mir auch vorstellen, daß er den Tod Scrimshis überwinden würde. Im Beruf des Söldners sind manche Bekanntschaften naturgemäß kurz, gehörte doch der Tod zum täglichen Leben.

Der Sattler der Karawane, ein kleiner Och mit Namen Tanki der Stich, machte keine großen Schwierigkeiten wegen der Änderungen der Sättel. Auf Kregen gibt es nun einmal eine Vielfalt geeigneter Reittiere, die jeweils ihre eigenen Sättel brauchten, so daß die Sattler sich mit den unterschiedlichsten Modellen auskennen mußten. Jedenfalls war es bequemer für Mevancy, den Sattel des Rapas gegen einen einzutauschen, der eher für eine Dame geeignet war. Ihr alter Lictrix-Sattel eignete sich dafür nicht, da er für ein sechsbeiniges Tier ausgelegt war. Mir war er allerdings etwas eng, und Tanki der Stich mußte ihn ändern — Mevancy zahlte dafür.

Ich hatte zwar meinen Gürtel von den Banditen zurück, die ihn gestohlen hatten; in den Beuteln aber war von dem Geld und den sonstigen Dingen, die man so mit sich herumträgt, nicht mehr viel zu finden. Unfähig zur Arbeit, völlig mittellos, war ich im Augenblick auf Mevancys Großzügigkeit angewiesen. Sie mußte schnell und geschickt gehandelt haben, um bei der Flucht vor den Drikingern ihr ganzes Geld zu retten.

Einer der Wächter, Deldar Gurong, derselbe Deldar, der Scrimshi als vordersten Kundschafter hatte einteilen wollen, ritt herbei, im Sattel vor sich ein Bündel Waffen, die man toten Banditen abgenommen hatte. Unter den Schwertern waren, wie Mevancy mir später erzählte, Waffen, die den Oberherren Tawang und Shalang gehört hatten. Solches Waffentauschen ist bei Gruppen von Kämpfern und Jikai-Vuvushis üblich — selbst wenn sie Banditen sind. Ich fand dies interessant und schrieb meine Frage auf.

Mevancy hob aber nur eine runde Schulter. »Weiß

nicht, Kohlkopf. Ich habe keine Rapiere oder Dolche gesehen.«

Sie bemerkte meinen Gesichtsausdruck und fügte barsch hinzu: »Also, Kohlkopf, das war doch nur ein nadeldünnes Schwert und ein unhandlich schwerer Dolch! Wie ich gesehen habe, trägt Hangol sie, dieser Abschaum, allerdings habe ich noch nicht beobachten können, daß er sie auch im Kampf einsetzt.«

Ich ersparte es mir, schriftlich klarzustellen, daß es bei solchen heftigen Konfrontationen oft besser ist, anstelle des Rapiers ein breites schweres Schwert einzusetzen.

Vad Leotes mochte sich als Cadade einen elenden Burschen ausgesucht haben — seine Wahl des Karawanenmeisters dagegen hätte nicht besser ausfallen können. Meister Pandarun strahlte die finstere, abweisende Würde eines Mannes aus, der sich lange Perioden des Jahres in den großen Wüsten der Welt aufhält. Sein Gesicht war nicht so faltig oder zerklüftet wie das von Llodi; gleichwohl wurde man lebhaft daran erinnert, daß dieser Mann öfter unter freiem Himmel übernachtet hatte als unter einem Dach. Er trug weite schwingende Roben von sandiger Farbe und hatte sich eine Masse weißen Stoffes auf das dunkle Haar getürmt. Wenn er etwas sagte, gehorchte die Karawanenbesatzung.

Meister Pandarun berichtete, daß wir einige Tage in Meimgarum verbringen würden, einer Oasenstadt auf unserer Ostseite der Großen Salzwüste, um uns dort auf die Durchquerung vorzubereiten. Sein dünner Mund krümmte sich nur ein wenig, als er hinzufügte: »Dort werden alle Satteltiere verkauft, und wir heuern ...«

»Verkauft!« rief Mevancy. »Aber meine schöne neue Zorca!«

»Es wäre grausam, sie durch eine Salzwüste führen zu wollen, meine Dame.«

Sie preßte die Lippen zusammen, und ihre Nasenflügel bebten. Sie schaute mich an und sagte: »Du brauchst gar nicht zu lachen, Kohlkopf!«

Ich brachte nichts Vernünftiges über die Lippen. Dafür sprach ich um so eindringlicher mit mir selbst: »Wie ungerecht diese Frau ist, bei Makki Grodnos widerlichem stinkenden Tonnenbauch! Ich habe nicht über ihren Kummer gelacht, bei Krun!«

Wenn ich ehrlich war, gab es herzlich wenig Grund zum Lachen, als wir zwischen weißen Flachdachhäusern und matt wirkenden Bäumen in Meimgarum einzogen. Und noch weniger zum Lachen war nach allgemeiner Auffassung die Große Salzwüste selbst.

6

Nun, ich habe vielleicht schon angemerkt, daß eine Wüste den Unvorbereiteten hart treffen kann und daß Salzwüsten noch weitaus schlimmer sind. Die Öde, die uns bevorstand, wurde verbittert auch Gleek Fankai genannt. Die Bewohner Meimgarums lebten davon, Reisende auf die Durchquerung der Wüste vorzubereiten und sie wieder hochzupäppeln, wenn sie aus dem Westen herübergekommen waren.

Unsere Sattel- und Zugtiere wurden ausnahmslos verkauft, ebenso die Karren und Kutschen. Kein großer Edelmann nahm seine persönliche Kutsche auf eine solche Reise mit, wenn er wußte, daß sie verkauft werden mußte. Für das Geld mieteten wir Slouncher — Tiere, die man wohl als die lohsche Entsprechung für Kamele bezeichnen kann. Da sie kregischer Herkunft waren, hatten sie natürlich acht Beine und drei Höcker; doch ansonsten folgte ihre Morphologie den Erfordernissen eines Wüstenlebens, wie wir sie bei einem irdischen Kamel antreffen. Manche Tiere waren überaus übellaunig, andere ganz friedlich. Bekanntermaßen töteten sie jeden, der sich an ihre Jungtiere heranmachen wollte. Dementsprechend mußten Slounchertreiber besonders harte Burschen sein, wenn es darum ging, einen jungen Slouncher zu trainieren.

Als Kleidung legten wir uns leichte, luftige Roben und massige Turbane zu, außerdem Sandtücher. In diesem Teil von Loh hießen die Sandtücher Flamins. Wir kleideten uns ein und musterten einander kritisch, und unser Aussehen löste ein schrilles, nervöses Lachen aus.

Ich war noch immer lächerlich schwach und hatte eine gewisse Mühe, die Flanke des Tiers zu erklimmen, das mir für die Durchquerung zugeteilt worden war. Es hieß Flamdi, und ich konnte nur hoffen, daß es ein ruhiges Temperament hatte.

Mevancy ging nach Instinkt mit ihrem Slouncher um, der sofort zu begreifen schien, daß die Reiterin auf seinem Rücken nicht mit sich spaßen ließe.

Ich war zwar noch immer schwach und konnte keinen zusammenhängenden Satz sprechen, doch als ich hörte, daß sich an der Westseite der Salzwüste ein großer Fluß befand, der in südlicher Richtung durch Ankharum strömte, nahm ich mir vor, dem Wasserlauf zur Südküste Lohs zu folgen. Dort gab es bestimmt einen Hafen und Schiffe, die mir eine Passage nach Hause ermöglichen würden. Ich weigerte mich, die Probleme zu bedenken, die ein solches Vorgehen aufwerfen würde. Ich hatte die Arbeit beendet, deretwegen mich die Herren der Sterne hierhergeholt hatten. Je schneller ich nun nach Valka zurückkehrte, desto besser.

Natürlich kam mir auch der Gedanke, daß Delia vielleicht ebenfalls ihre Arbeit für die SdR beendet hatte und auf schnellstem Wege nach Esser Rarioch zurückkehrte.

»Bei Makki-Grodnos vereitertem linken Augapfel«, überlegte ich, »das ist mein Plan, und er wird gelingen!«

Nun ja, nicht umsonst heißt es in Sanurkazz, daß Zair den unvorsichtigen Füßen des Prahlhanses so manche überraschende Falle stellt.

Natürlich trugen wir nicht sonderlich viel Geld durch die Wüste. Die Familie, mit der Meister Pandarun handelte, war ihm von früheren Geschäften bekannt. Wir verkauften die Karren, Kutschen und Tiere an die Vertreter der Nuong-Hi-Familie in Meimgarum und erhielten bestätigte Quittungen, die in Ankharum gegen Fahrzeuge und Tiere ähnlicher Qualität eingetauscht werden sollten. Die Habgier hätte bestimmt so manche Banditen auch in der Salzwüste zuschlagen lassen, wenn Karawanen so dumm gewesen wären, das eingenommene Geld tatsächlich mitzuführen. Familien wie Nuong-Hi minderten dieses Risiko erheblich.

Ich möchte hier nicht ausführlich über unseren Wüstenritt berichten. Es war eine schwierige, unangenehme Zeit, aber wir verloren nur drei Leute, und zwei davon infolge eigener Dummheit. Staub- und salzverkrustet tauchten wir am anderen Ende wieder auf, voller Sehnsucht auf ein Bad und ein süßes Getränk. Das Eindrucksvollste an der Gleek Frankai waren vielleicht die festen Salzsäulen, die weiße Kathedralengänge bildeten — ein verwirrendes Labyrinth aus Wegen, die sich, von den Mächten von Erosion und Wind geschaffen, wie Finger in alle Richtungen erstreckten. Ja, ein ungesunder Ort, diese Große Salzwüste im südlichen Loh.

Warum einige Menschen so sind, wie sie sind, ist ein Rätsel des Lebens, das sich nur Opaz dem Allesbilder erschließt. Alle waren sich mit Meister Pandarun einig, daß wir uns in Ankharum einige Tage Erholung gönnen würden. Was ihn selbst betrifft, so schien der salzige Ritt keinerlei Wirkung gehabt zu haben. Zunächst besorgten wir uns mit unseren Wertscheinen neue Tiere und Fahrzeuge. Mevancy erwarb eine gute Zorca für sich und eine nette Lictrix namens Wackelzeh für mich.

Aber nicht alles ging glatt ab.

Oberherr Nanji Tawangs Stimme war bestimmt von hier bis zur Küste zu hören, so heftig brüllte er seinen Zorn hinaus. »Mein Wagen war erstklassig, ein echter Porstheimer! Und ihr habt die Frechheit, mir diesen Schrott anzubieten, bei Loncuum!«

Languin Nuong-Hi breitete entschuldigend die braunen Hände aus. Er war ein hageres, kummervoll wirkendes Wesen, das sich große Mühe gegeben hatte, uns mit den Dingen auszustatten, die wir bei seinem Vetter in Meimgarum gelassen hatten. »Es mag wohl kein Porstheimer sein, Oberherr, dennoch ist es ein erstklassiger Wagen.«

»Schrott! Ich verlange eine entsprechende Entschädigung.«

»Im Augenblick gibt es in ganz Ankharum keinen Porstheimer ...«

Dame Floria sagte: »Da haben diese Leute die Frechheit, sich ehrliche Kaufleute zu nennen. Sie betrügen dich, Nanji!«

»Ich weiß. Na, sie sollen den Tag bereuen, da sie damit begonnen haben! Du, Tikshim! Ich will den Unterschied in bar ausbezahlt haben!«

Wieder breitete Languin Nuong-Hi die Hände aus. »Wenn du darauf bestehst, Oberherr. Der Unterschied beträgt fünfzig Ming.«

»Fünfzig Ming! Fünfzig Goldstücke! Bist du makib, deiner Sinne nicht mehr mächtig?«

»Nein, Herr. Dieser Wagen ist ein Merkaller und entspricht damit einem Porstheimer. Der Unterschied im Preis beträgt fünfzig Ming.«

Mevancy lenkte meine Aufmerksamkeit auf sich und gab mir ein Zeichen mit dem Kopf. Wir führten unsere Tiere an den Zügeln und verließen Meister Languin Nuong-His Anwesen. Ich hatte keine Ahnung, was eine Kutsche von Porstheimer oder Merkaller kosten mochten. Das war nicht wichtig. Obwohl Nanji Tawang vielleicht Grund zum Ärger hatte, warf seine engstirnige Reaktion ein schlechtes Licht auf ihn. Er war Trylon und stand somit ziemlich hoch in der Hierarchie des täglichen Lebens, etwa zwischen einem Vad und einem Strom. Er war Trylon von Fuokane. Seine Anschuldigungen mißfielen Mevancy.

»Ein aufdringlicher Langweiler«, sagte sie. »Mit solchen Typen würde man in Chardaz kurzen Prozeß machen, das kann ich dir sagen, Kohlkopf!«

Ich rang mir ein Lächeln ab. Meine Valkanier würden bestimmt ebenso handeln.

Wie immer das Problem zwischen der Familie Nuong-Hi und Trylon Nanji na Fuokane auch geregelt wurde, offenbar konnte es aus der Welt geschafft werden, denn kurze Zeit später erschien der Bursche in der Kutsche und hatte einen Ausdruck gequälten Widerwillens aufgesetzt. Interessant war in diesem Zusammenhang, daß

Dame Floria Inglewong die Kutsche mit Nanji teilte. Nun ja, ich würde die beiden in einigen Tagen los sein, sobald ich mir eine Passage auf dem Fluß des Einsseins besorgt hatte. Meine schriftlichen Fragen erbrachten, daß der Fluß von Flachbooten, Barken und schnellen Slikkern befahren wurde, Booten wie Dschunken, und daß man mit Gold ohne weiteres eine Reise vorbereiten konnte.

»Wenn wir diese Reise beendet haben, wohin gehst du dann?« fragte ich Mevancy schriftlich.

Sie antwortete kurzangebunden: »Die Reise muß erst mal zu Ende sein, Kohlkopf!«

Geduldig schrieb ich: »Ja.« Ich wollte wissen, wohin ich Geld schicken konnte, um ihr zu vergelten, was sie für mich ausgegeben hatte. Außerdem mußte ich das Geld zurückzahlen, das ich in nächster Zukunft noch von ihr borgen oder stehlen mußte. »Ich muß wissen, wo ich dir deine Großzügigkeit entgelten kann.«

»Zerbrich dir deswegen nicht den Schädel!« sagte sie barsch.

Ich begann zu kritzeln: »Aber ich möchte ...« Aber da schloß sich ihre feste gebräunte Hand über der meinen und hielt sie fest. Ich hatte nicht die Kraft zu widerstehen. Sie schaute mich an, ließ die geschmeidigen Lippen zucken, so daß fast ein Lächeln dabei herauskam, und sagte unnatürlich heftig: »Ich sagte, es ist egal! Vergiß das Gold!«

Sie marschierte fort, und ich starrte auf ihren wohlgeformten Rücken und die langen Beine, die zwischen den Zorcas verschwanden. Sie kümmerte sich um die Tiere, die ihr dienten. Mir kam der Gedanke, daß ich für sie vielleicht auch nur ein Tier war, um das sie sich kümmern mußte.

Llodi die Stimme näherte sich; er hatte den Kopf abgewandt, um Mevancy nachzuschauen. Ich war wirklich froh gewesen, daß er bei dem Banditenüberfall nicht ums Leben gekommen war; aber nach Scrimshis Tod hatten er und Nath die Waffe viel von ihrem Schwung verloren. Er schaute mich an. »Ich an deiner Stelle würde mich etwas im Hintergrund halten, Drajak.« Er räusperte sich und spuckte aus. »Strom Hangol ist auf dem Weg hierher.«

Einem Zusammenstoß mit diesem Rast mußte ich unbedingt aus dem Weg gehen. So gönnte ich Llodi die Parodie meines Lächelns und empfahl mich.

Mir fiel in unserer kurzen Zeit in Ankharum besonders die Aura der Bedrückung auf, die die Karawane umgab und die immer stärker zu werden schien. Für dieses Gefühl schien es mir keinen Grund zu geben, doch spürte ich, daß Llodi ebenso empfand, Mevancy gleichermaßen, wenn ich nach der Heftigkeit ging, mit der sie manchmal reagierte. Wir hatten die Große Salzwüste erfolgreich durchquert. Finanziell standen wir gut da, trotz der Erregtheit Nanjis und Florias. Wir hatten mit Pandarun einen erstklassigen Karawanenmeister. Bei uns war ein mächtiger Edelmann und seine Eskorte. Und doch schien niemand entspannt und gut gelaunt zu sein, nicht einmal Nafty. Was Pondo anging, so wirkte er mürrisch-verkniffen. Niemand äußerte ein gutes Wort über unsere Aussichten auf dem weiteren Weg nach Westen. Niedergeschlagenheit und Ängste durchdrangen das Leben in unserer Karawane.

Alles dies festigte mich in meiner Entschlossenheit, flußabwärts zu reisen. Da mir die Kraft fehlte, konnte ich nicht arbeiten, auch als Schreiber hätte ich mich nicht geeignet, denn ich konnte zwar lesen und schreiben, doch vermochte ich nicht mündlich weiterzugeben, was ich las, geschweige denn ein Gespräch zu führen — obwohl das vielleicht, wenn man es genau bedachte, ausgezeichnete Gründe waren, mich als Privatsekretär zu beschäftigen. Es dauerte die Tage, die wir in Ankharum verbringen wollten, um diese Gedanken in meinem behäbigen Geist zu wälzen. Bald würde ich eine Entscheidung treffen und für ihre Finanzierung sorgen.

Bitte glauben Sie nicht, daß ich die Augen verschloß vor der Ironie meiner jetzigen Situation im Vergleich zu meinem Leben noch vor kurzer Zeit!

Während ich mir auf diese Weise über den besten Weg klar zu werden versuchte und an einem Tag feste Entscheidungen traf, die dann am nächsten gleich wieder umgestoßen wurden, fegte ein heftiger, überraschender Sturm über die Stadt dahin. Ankharum, deren breite Boulevards, enge Altstadtgassen, Flachdachhäuser und weißen Mauern einen angenehmen Anblick boten, schmückte sich außerdem mit vielen alten Bäumen. Große feierliche Bäume säumten die breiteren Straßen, und es gab keinen Hof ohne Zierpflanzen oder schattenspendende Bäume. Der Sturm tobte brutal durch die Stadt. Die Häuser blieben meistens intakt, außer wenn Bäume auf die Dächer fielen; die meisten Bäume wurden erbarmungslos umgehauen. Sie lagen wie von einer Todessichel dahingerafft in schrägen Reihen in den Straßen. Sie erinnerten an lächerliche Riesen, die der Zorn Gottes getroffen hatte.

Das Unwetter dauerte beinahe eine ganze unruhige Nacht lang. Aus unserem Quartier hörten wir den Wind bellen und toben, das Haus erbebte in seinen Grundfesten. Fensterrahmen rasselten wie tanzende Skelette. Das Schlimmste aber war für mich als Mann aus dem Norden das Fehlen von Regen bei all dem Lärmen und Toben. Der Wind heulte und brauste. Am nächsten Morgen begann man mit der Beseitigung der Bäume. Etwas Vergleichbares hatte man seit unzähligen Perioden nicht mehr erlebt. Niemand konnte sich erinnern, jemals von einem solchen Sturm gehört zu haben.

Mevancy steckte den Kopf durch die Türöffnung, setzte ein böses Lächeln auf und sagte: »Ein prächtiger großer Baum ist voll auf Trylon Nanjis Merkaller-Kutsche gelandet. Plattgedrückt, der Wagen. Wirklich schade!«

Und ich sagte: »Wie schade.«

Zu hören war: »W'schad.«

»Kohlkopf!« rief Mevancy entzückt. »Man kann dich ja verstehen!«

»Verstehen, aber ohne Kraft«, sagte ich — oder etwas Ähnliches.

»Versuch es weiter. Halt die Zunge beweglich!«

»Jaa«, entrang ich meiner Kehle.

Der Verlust der Kutsche verzögerte die Weiterreise der Karawane. Dies war mir nur recht, denn so konnte ich die Entscheidung über meine eigenen Pläne weiter hinausschieben. Obwohl ich mich unglaublich anstrengte und wirklich schmerzhafte Übungen aller Art machte, nahm ich nicht an Kraft zu. Ich blieb schwach wie ein Woflo.

»Wie auch immer«, sagte Mevancy auf ihre neuerdings immer barschere Art, »du kannst jetzt schon ein bißchen reden und sogar einen Stift heben. Du kommst durch. Ich gebe dir das Gold, das du brauchst.« Sie schaute mich an und kniff die Augen zusammen. »Ich fühle mich für dich nicht mehr verantwortlich, Drajak.«

»Ich danke dir«, murmelte ich. »Ich werde mir eine Passage auf dem Fluß besorgen.«

»Na, solltest du es dir anders überlegen, beeil dich! Meister Pandarun wartet nicht auf Nachzügler, die es sich nicht leisten können, für dieses Privileg zu zahlen.«

So ging ich denn zum Hafen hinab und buchte eine Fahrt auf einem Flachboot.

Keinerlei Vorahnung erfüllte mich. Ich hatte meine Arbeit getan. Als Folge dieser Arbeit war ich noch nicht wieder ganz der alte, und das gefiel mir nicht, bei Krun! Ich verabschiedete mich von Mevancy und muß gestehen, daß mich leise Wehmut überkam. Ich schuldete ihr viel, verdammt viel mehr als nur Gold. Sie schenkte mir einen hübschen Lynxter, und ich wußte, daß ich dieses Abschiedsgeschenk in hohem Andenken bewahren würde.

Wir sagten unsere Remberees, und ich wanderte zum Fluß.

»Remberee, Drajak, Kohlkopf!« rief sie noch einmal hinter mir her.

Ich drehte mich um. »Remberee, Dame Mevancy nal Chardaz!«

Die Worte klangen beinahe, als kämen sie aus einer menschlichen Kehle.

Llodi erschien an meiner Seite und sagte, er würde mit mir zum Hafen hinabschlendern, da der Deldar sich mit einem Mädchen für den Nachmittag verabredet habe.

Ein riesiger Baum, der quer über der Straße lag, wurde von Sklavenhorden zertrennt. Die Krone lag dicht am Fluß, die Blätter berührten beinahe den Steg, an dem mein Flachboot festgemacht war. Llodi blieb zurück, um mich als erster am unteren Ende des Baumes vorbeigehen zu lassen. Die Wurzeln waren in Form eines riesigen Brockens Erde schräg in die Höhe gehoben worden, einige Pflastersteine des Bürgersteigs hatten sich mit hochgeschoben und bildeten eine Art Ring um den Stamm. Vorsichtig schob ich mich zwischen dem erdbehängten Ende des Baumes und einer Backsteinmauer hindurch. Es war ein schmaler Weg, denn der Baum hatte ein halbkreisförmiges großes Loch in den Boden gerissen.

Daß ich genau an dieser Stelle mit Strom Hangol zusammenstieß, überraschte mich wirklich nicht im geringsten.

Die Auseinandersetzung bahnte sich seit längerer Zeit an. Die Stelle schien von den unsichtbaren Schiedsrichtern des Hyr Jikordur für die einleitenden rituellen Beleidigungen ausgesucht worden zu sein.

»Aus dem Weg, Shint!« fauchte Hangol.

Nun ja. Ich verweilte einen Augenblick lang reglos und stumm, und in dieser kurzen Zeit hörte ich Llodis leise-nachdrückliche Aufforderung, dem anderen Platz zu machen. Trotz meiner anfänglichen Unentschlossenheit wußte ich sehr wohl, daß es das beste war, zurückzuweichen. Ich war nicht in der Verfassung, dem Cramph die Stirn zu bieten.

Er sah in meinem Zögern eine absichtliche Kränkung und hieb mit der Reitpeitsche nach mir.

Es wäre sehr untertrieben zu sagen, mir mißfielen Leute, die durch die Gegend gehen und andere Leute grundlos schlagen, ob mit Reitpeitschen oder etwas anderem. Normalerweise hätte ich ihm die Peitsche abgenommen und sie ihm um den Kopf gewickelt. Aber wie schon einmal reagierte ich langsam und schwächlich, so daß er einen schmerzhaften Schlag gegen meine Schulter landen konnte. Anstatt zurückzutorkeln, wollte ich schlau sein und einen alten Trick anwenden. Ich stieß einen durchdringenden Schmerzensschrei aus — der wirklich nur in geringem Maße vorgetäuscht war, bei Krun! — und stürzte scheinbar hilflos nach vorn.

Er war sehr schnell.

Er trat so energisch zurück, daß ich stolpernd weiterlaufen mußte und fünf oder sechs Schritte lang beinahe die Balance verlor. Als ich an ihm vorbeikam, schlug er erneut zu.

Ich kam wieder ins Gleichgewicht und machte kehrt. Hinter dem Wurzelballen des Baumes kam Llodi in Sicht, und auf seinem Gesicht zeigte sich ein Ausdruck tiefsten Bedauerns. Hangol drehte sich zu mir um, steckte die Peitsche langsam in den Gürtel und zog sein Schwert.

»Ich mußte deine Unverschämtheiten erdulden, du Rast, jetzt zahle ich sie dir heim!«

Es hatte keinen Sinn, länger an diesem Ort zu verweilen. Ich hatte mich wegen der umgestürzten Bäume bereits verspätet; am Boot würde man auf mich warten. Und wenn ich es zuließ, daß sich der Streit zu einem Schwertkampf auswuchs, hatte ich in meinem jetzigen Zustand keine Chance. Als ich zu dieser unschönen

Schlußfolgerung gekommen war, rückte Hangol mit erhobenem Schwert bereits gegen mich vor.

Er trug eine schlichte gelbe Tunika, darüber eine braune Robe, die er sich achtlos über die Schulter geworfen hatte. Auf seinem Gesicht zeichnete sich lebhafteste Vorfreude ab. Er ließ das Schwert fallen. Ich war nicht sicher, aber ich glaubte zwischen seinen Fingern einen winzigen Pfeil aus seinem Hals ragen zu sehen.

Jemand rief: »Lauf, Onker!«

Ich lief.

Ich huschte an dem gestürzten Baum entlang zum Bootssteg. Der Kapitän des Flachbootes stand oben an der Treppe und schaute mir entgegen. Als er mich erblickte, winkte er nachdrücklich, und ich eilte zu ihm und sprang förmlich in sein Boot.

»Du kommst wirklich im letzten Moment, Dom«, knurrte er, und seine Besatzung drückte das Boot mit Stangen vom Ufer weg.

7

Ich, Dray Prescot, Lord von Strombor und Krozair von Zy, war an jenem Abend, da ich die Beine über die Bordwand baumeln ließ und den Untergang der Zwillingssonne beobachtete, alles andere als glücklich.

Strom Hangol war brüllend und das blanke Rapier schwenkend hinter mir hergerannt. Ich hatte nicht gewartet. Rendi der Kiel, Kapitän des Bootes, hielt es ebenfalls für angebracht, nicht zu verweilen. Ich war also vor einem Feind ausgerissen. Nun ja, nicht zum erstenmal ergriff ich die Flucht und war — bei Vox! — ziemlich sicher, daß ich auch in Zukunft fliehen würde, wenn es mir richtig erschien. Ich bin nicht mehr der störrische, unbeugsame Dray Prescot, der unter die Sonnen von Scorpio verschlagen worden war.

Andererseits kann ich heute sturer und gewalttätiger sein als je zuvor. Im Verlauf der Jahresperioden hat sich allerdings die Richtung dieser Ausbrüche kanalisiert.

Der Fluß gurgelte unter mir, und ich versuchte mich mit meinem Schicksal abzufinden. Die Ufer wechselten in Höhe und Ausblick. Nach Osten hin erstreckte sich flaches Wüstenland. Die Bewässerungskanäle der Stadt bestimmten noch eine Zeitlang das Westufer, durchsetzt mit Gebäuden und kleinen Dörfern, die bald zurückbleiben würden. Der Fluß des Einsseins hatte vermutlich seine Quelle in einer großen Bergkette inmitten des Dschungels von Chem. Wenn er mich in den Westen des Südlohischen Meeres trug, konnte ich von dort nach Osten segeln und mein Königreich Djanduin besuchen. Dies schien mir eine besonders reizvolle Möglichkeit zu sein.

Die beiden Sonnen versanken in Strömen karmesinroten und jadegrünen, orangeroten und smaragdgrünen Lichts, das bis hin zu Gold und Umbrabraun wechselte. Luz und Walig rückten unter den Horizont, doch das

Licht wich nicht vom Himmel, denn die Sterne begannen zu leuchten, und die beiden sich ewig umkreisenden zweiten Monde Kregens verbreiteten ihren verschwommenen rosaroten Schimmer. Mondblütenduft wehte vom Ostufer herüber. Der durchdringende Geruch das Flusses, durchdrungen von Geheimnissen aus den Zeiten, ehe der erste Mensch über diese Gewässer segelte, stieg rings um das Boot auf. Nun ja, es stimmte mich traurig, Mevancy zurückzulassen; aber ich würde mich dazu zwingen, mein Schicksal hinzunehmen und die Dinge voranzutreiben, die auf Kregen getan werden mußten.

Im abschließenden Zusammenstoß der Farben, als der letzte Sonnenstreifen verschwand und die Sterne blinkten und die Zwillinge über mir kreisten, nahm ich durch das Grün und Rot und Rosa einen vagen blauen Schimmer wahr, der sich zwischen mir und den Sternen ausbreitete.

Das Blau wurde stärker und umströmte mich und bildete die Riesengestalt des Phantom-Skorpions. Eine seltsame Kälte überkam mich. Ich schnappte nach Luft, als ich in die Höhe gehoben wurde, denn einen verrückten kreiselnden Augenblick lang sah ich das Flachboot über meinem Kopf segeln, dann wurde ich mit heftigem Ruck im Dreck abgesetzt.

Als ich den Staub ausgespuckt hatte, der mir in den Kehle saß, tastete ich als erstes nach meinem Schwert. Es hing noch an meiner Seite. Der blaue Schein verschwand, mit ihm der durchscheinende Skorpion. Ich richtete mich auf. Also, wo war ich nur?

»Beim widerlichen baumelnden linken Augapfel Makki-Grodnos!« sagte ich schweratmend. »Bei der fröhlichen Hölle, welches Spiel treiben die Everoinye mit mir?«

Denn ich saß im Dreck einer Dorfstraße, und der Umriß der Kirche oder des Tempels am Ufer machte mir klar, daß wir an dieser Silhouette vor nicht allzu langer

Zeit vorbeigeglitten waren. Die Herren der Sterne wollten nicht, daß ich diesen Ort verließ.

Aber — was sollte ich nicht verlassen? Ich ächzte nicht, als ich mich auf die Füße stemmte; aber die harte Landung spürte ich in allen Knochen. Sollte ich bei der Karawane bleiben? Bei Mevancy? Hier in Ankharum? Vielleicht war einer der Angehörigen der Karawane das Objekt der Sorge der Herren der Sterne. Ich wußte es nicht.

Aber ich würde es herausfinden. Langsam begann ich den Rückmarsch.

Ich legte immer wieder Pausen ein, hielt sorgsam nach Gefahren Ausschau und beeilte mich nicht; so dauerte der Marsch durch schmale Gassen, über Bewässerungskanäle und durch Dörfer beinahe bis zum Sonnenaufgang. Schließlich kroch ich in unsere Unterkunft, fand eine bequeme Stelle auf einem Strohhaufen bei der Eingangstür und legte mich schlafen.

Etwas Hartes und Spitzes stieß mir in die Rippen. Ich rollte herum und sah, daß mich ein großer Zeh berührt hatte, dessen sorgfältig geschnittener Nagel rosafarben schimmerte.

Ich ließ den Blick hochwandern — vorbei an dem hübschen Zehennagel, an dem wohlgeformten Fuß, dem vollkommenen Fußgelenk und der prächtig geschwungenen Wade bis zum Rand eines violetten Handtuchs, das den Rest eines schönen Schenkels und der ausschwingenden Hüften verdeckte.

»Du verflixter Onker!« sagte sie. »Hangol, dieser Shint, hat sich wutschnaubend geschworen, dich beim ersten Wiedersehen sofort zu töten. Du hirnloser Nichtsnutz! Zum Teufel, weshalb bist du zurückgekommen?«

Was mir in diesem Moment auffiel, war der seidige Schimmer ihrer Haut. Ich schaute in ihr Gesicht — das nicht von auffälliger Schönheit war, aber seine Kraft aus der Entschlossenheit und seelischen Festigkeit des Mädchens bezog — und bemerkte darin schwarze Gewitterwolken, die geeignet waren, ein ganzes Regiment Luftkavallerie in Flammen aufgehen und abstürzen zu lassen.

»Nun ja«, sagte ich, hielt inne und wiederholte: »Nun ja.« Dann schwieg ich.

»Nun ja?« fauchte sie und zog das violette Handtuch enger. Auf den Unterarmen wirkte die lieblich glatte Haut irgendwie anders, in der Körnigkeit spiegelte sich das Licht auf andere Weise.

Ich hatte keine Geschichte parat, um meine Rückkehr zu erklären, und im Augenblick wollte mir auch nichts einfallen. Sie bemerkte meinen Blick auf ihre nackten Arme und lief rot an — was sie plötzlich noch viel attraktiver machte.

»Ach du!« entfuhr es ihr. »Na gut, du Kohlkopf! Wir frühstücken gleich, dann muß ich Rikky Tardish besuchen. Vielleicht kann ich dich irgendwie aus der Klemme holen, du Get-Onker!«

Nachdem sie sich angezogen hatte, frühstückten wir im oben gelegenen Raum — und die Speisen konnten sich wirklich sehen lassen, besonders für einen armen Kerl wie ich, der die ganze Nacht fastend gewandert war. Sie hatte die Ärmel ihrer Tunika enger als sonst zusammengezogen, so daß von der körnigen Haut nur kleine ovale Stellen zu sehen waren. Wenn sie als Kind einen Unfall erlitten hatte — vielleicht mit kochendem Wasser —, sollte sie sich dessen nicht schämen. Irgendwie hatte ich den Eindruck, daß sie sich, wenn sie wirklich durch einen Unfall entstellt worden war, nicht beschämt sein, sondern eher ärgerlich und trotzig reagieren würde.

»Ist dir denn völlig egal, was aus dir wird, Kohlkopf?«

»Normalerweise nicht«, antwortete ich ruhig. Ich muß ehrlich sagen, ich freute mich, wieder an Gesprächen teilnehmen zu können, auch wenn ich normalerweise eher zuhöre als spreche. »Aber es gibt Dinge, die Vorrang haben. Im Augenblick ist Frühstücken das wichtigste. Danach werde ich mir überlegen, wie ich meinem Tod entgehen kann.«

»Ich habe mir das schon überlegt. Du mußt Hangol aus dem Weg gehen — schau dich doch an! Du bist kaum stark genug, dir eine Scheibe Brot abzuschneiden!«

Sie übertrieb — aber nicht viel, bei Krun!

Sie fuhr fort, und ihre Nasenflügel waren dabei in heftigster Bewegung: »Um die Hauptstadt zu erreichen, müssen wir den Farang Parang durchqueren. Wenn wir erst dort sind, können wir ...«

»Vielleicht sollten wir uns das erst überlegen, wenn wir wirklich dort sind.«

Sie funkelte mich an. Dann: »Du bist verdammt frech, Drajak. Aber wahrscheinlich hast du recht.«

»Wer ist dieser Rikky Tardish?«

»Ah!« Sie wurde sichtlich munterer und erinnerte mich plötzlich an ein kleines Mädchen, das einen Streich plante. »Er hält sich für einen raffinierten Burschen, wird aber von allen ausgenutzt. Er leitet eine reisende Artistentruppe.«

Ich wußte sofort, was sie im Schilde führte.

Ich ächzte nicht. Bisher hatte ich dem alten Klischee ausweichen können, wie es in so manchen Geschichten der Erde und Kregens zu finden ist — wie der Held oder die Heldin sich in einem Zirkus oder bei einer Schauspielertruppe versteckt. Am nächsten war ich diesem Umstand gekommen, als ich mich bei Rollo dem Kreis und seinen Künstlern aufhielt. Zirkusse liegen mir nicht. Aber in dieser Sache hatte sie recht: Ich mußte Hangol aus dem Weg gehen, zumindest in der nächsten Zeit.

»Du wirst ein grünes Gesicht und eine rote Nase bekommen, und deine Ohren werden riesig sein.«

Sie schnalzte bei dieser Vorstellung nicht gerade mit der Zunge, doch ihre Augen funkelten, und ihre Lippen kräuselten sich, und ich wußte, daß sie ihren Spaß an der Entwicklung hatte.

»Du bist ja schlimmer als eine Hexe aus Loh!« rief ich und versuchte nicht hitzig zu sprechen.

Natürlich meinte ich diese Bemerkung nicht wörtlich — natürlich nicht!

Ihr Gesicht umwölkte sich. »Gegenüber Rikky Tardish«, sagte sie ernst, »darfst du Hexen oder Zauberer von Walfarg nicht erwähnen.« Sie blies die Wangen auf und fügte hinzu: »Es gab eine Zeit, da stand er im Bann einer Hexe von Walfarg und tat Dinge, die er vergessen möchte, Dinge, die ihm noch heute Alpträume bescheren.«

Ich dachte an Kov Vodun Alloran, der ebenfalls im Einfluß einer Hexe gestanden und in Vallia großen Schaden angerichtet hatte, ehe Drak und Silda ihn retten konnten. Kov Vodun hatte die Stimme gegen Hamal erhoben, so wie Cato sein ›Cetero censeo Cartharginem esse delendam‹ gesprochen hatte. Nun waren Vallia und Hamal Verbündete, und die Drohung war seit langem verstummt.

Diese Erinnerung an die große Welt, in der ich mich bewegte, war nicht entmutigend. Die Herren der Sterne hatten mich mit einem Auftrag hierhergebracht, der noch nicht ausgeführt war. In diesem endlosen, weiten Südloh waren die Menschen von der großen Welt abgeschnitten, das stimmt; aber sie hatten ihre eigene Art, die Dinge zu tun, sie hatten ihre Zivilisation und religiösen Überzeugungen. Sie waren nicht barbarisch. Was mich — abgesehen von meiner körperlichen Schwäche — hätte verstimmen können, war die Vorstellung, daß ich erst von hier fort konnte, wenn ich entdeckt hatte, was ich für die Everoinye erledigen sollte, und es dann erledigt hatte. So war ich, Dray Prescot, gewillt, noch ein Weilchen geduldig zu sein. Aber danach ...

»Wenn sich«, sagte ich bedeutsam, »dieser Rikky Tardish mit einer Hexe aus Loh eingelassen hat, einer Hexe aus Walfarg, wie ihr sie hier nennt, dann hat er verdient, was er durchmacht.«

Sie warf mir einen scharfen Blick zu. »Du redest beinahe, als hättest du selbst ...«

»O nein«, antwortete ich hastig. »So dumm bin ich nicht.«

Ich hatte keine Lust, Einzelheiten über meinen Kampf gegen Csitra preiszugeben, dieser Hexe aus Loh. Und bei Zai! Wie lange schien das doch alles zurückzuliegen!

»Nun ja«, sagte sie munter und warf sich eine Paline in den Mund, »dann wollen wir losziehen und grüne Farbe für dein Gesicht besorgen. Und große Ohren.« Geschäftig verließ sie den Frühstückstisch. Ächzend folgte ich ihr.

Wenn ein Mädchen seinem Opfer nicht mehr die Kissen aufschütteln kann, sucht es sich andere Wege, ihn teuflisch zu quälen. Ein grünes Gesicht! Und Ohren!

Nun ja, überlegte ich niedergeschlagen, während ich hinter Mevancy hermarschierte, immerhin konnte ich die rote Farbe meiner Nase als tröstend empfinden, bei Zim-Zair!

Rikky Tardish entsprach dem Bild, das Mevancy von ihm entworfen hatte. Ein lebhafter, intelligenter Mann, der sich selbst für einen Teufelskerl hielt, wie es in einem späteren Zeitalter heißen würde, wurde er in der kurzen Zeit, die Mevancy und ich mit ihm sprachen, dreimal übers Ohr gehauen. Einmal kam ein zerlumptes Subjekt, borgte sich Gold und verschwand pfeifend. Ein Mädchen sagte ihm, sie habe Kopfschmerzen, und durfte gehen, woraufhin sie später mit ihrem Liebhaber in einer heruntergekommenen Schänke gesehen wurde. Und einmal schwor ein Viehhändler, der Mytzer, den er anzubieten habe, sei bei bester Gesundheit; das Tier starb aber kurze Zeit später an fortgeschrittenen Koliken.

»Die ganze Zeit, Mevancy?« fragte Tardish.

»Die ganze Zeit«, antwortete Mevancy entschlossen, »bis du Makilorn erreichst.«

Ich öffnete den Mund, um etwas zu sagen, doch Mevancy kam mir zuvor: »Halt deine dumme Weinschnute, Drajak! Die ganze Zeit! Dernun?«

»Aber ...«, würgte ich hervor. »Die Ohren? Doch nicht die Ohren!«

»Die Ohren, Kohlkopf!«

Ich stöhnte. Die entschlußfreudige junge Dame verurteilte mich dazu, Tag und Nacht mit einem grünen Gesicht, einer roten Nase und aufgesetzten künstlichen Ohren zuzubringen. Gar nicht zu reden von dem lächerlichen Kostüm, das ich dabei tragen mußte.

»Ich kenne Strom Hangol zwar erst seit kurzem — zum Glück«, sagte Rikky Tardish, »aber er scheint mir ein ... ein ...«

»All das und noch mehr«, warf Mevancy ein. »Und nimm dich vor ihm in acht, er braucht keinen Vorwand, um seine Talente zur Schau zu stellen.«

»Ein grünes Gesicht!« stöhnte ich. »Mann!«

»Wie ich schon sagte, Kohlkopf: Ich fühle mich für dich nicht mehr verantwortlich. Wenn du weiter solche Fortschritte machst und deine rote Nase aus allem Ärger heraushältst, bis du Makilorn erreichst, müßtest du wieder bei Kräften sein. Ich wiederhole, ich möchte keine Entschädigung. Und jetzt ...«

»Du verläßt mich?«

»Richtig. Ich sage dir Remberee, Drajak. Ich fahre flußabwärts. Mein Flachboot wartet, ich will zur Mittstunde bereits unterwegs sein.«

8

Ich, Dray Prescot, Lord von Strombor, Krozair von Zy, König von Djanduin, Hoher Kov von Zamra, Strom von Valka, Vovedeer (und alles mögliche andere, Opaz verzeih mir!), ehemaliger Herrscher von Vallia, tupfte mir feierlich grüne Fettfarbe ins Gesicht, setzte eine große, scharlachrote, falsche Nase auf und behängte mich schießlich mit riesigen Eselsohren. Ich kleidete mich in einen Mischmasch aus roten, grünen, gelben und blauen Fetzen, übersät mit Fliegen und Rüschen, mit Bändchen und Spitzen, und griff schließlich nach einem buntbemalten Stock mit einer luftgefüllten Blase am Ende.

Dermaßen bewaffnet, marschierte ich auf die Bühne, um die braven Angehörigen der Karawane zu erheitern.

Wie Sie sich denken können, war ich der Prügelknabe der Farce.

Es dauerte nicht lange, bis mir die anderen männlichen und weiblichen Beteiligten die Blase wegnahmen und mir damit gründlich und immer wieder über den Kopf schlugen.

Naturgemäß gibt es beim kregischen Theater große Unterschiede — und wenn ich hier Kregen sage, meine ich Paz, unsere Gruppe von Inseln und Kontinenten, zu denen auch Vallia gehört. Das Theaterwesen hat sich hier sehr lebendig entwickelt und weist nicht nur von Land zu Land, sondern auch innerhalb benachbarter Regionen große Unterschiede auf. Schattenspiele sind beliebt, ebenso Pantomimen und Tänze, ein ganzer Kanon seltsamer Singspiele ist verbreitet und wird immer wieder aufgeführt. Nach burlesken Anfängen wuchs die italienische Commedia dell'arte zu nennenswerter Größe an — wer wäre denn größer als Jean Baptiste Poquelin? Hier vermengten sich Farce und Komödie und Tragödie und boten Raum für die großen Arbeiten kregischer Dramatiker. Einige Namen und Stücke habe ich in meinem Bericht schon erwähnen können.

Aber daß Sie sich nur nicht vorstellen, die prächtigen dramatischen Werke, der Stolz der kregischen Bühnen, kämen für Rikky Tardishs Reisetruppe in Frage. O nein! Ein grünes Gesicht, eine rote Nase und Eselsohren — o ja, so war etwa das Niveau. Und dieses Niveau gedachte Rikky Tardish zu halten. Er kannte die Mehrheit seines Publikums. Ich nahm an, daß Leotes und einige Angehörige seines Gefolges nur zu Gefallen des Volkes gekommen waren; sie saßen in der ersten Reihe und applaudierten — einen Sekundenbruchteil nach dem anderen. Strom Hangol genoß das Spektakel, obwohl ich mir vorstellen konnte, daß er auch andere, raffiniertere Kost genießen konnte. Und während ich herumhüpfte und Purzelbäume schoß und den Hieben mit der Blase auszuweichen versuchte, ahnte ich dennoch, daß diese Faxen auf ihre Weise gut waren. Entscheidend war die Improvisation über ein schlichtes Grund-Szenario; je erfindungsreicher die Komik daherkam, desto lauter klatschte das Publikum.

Der Kleine Klanch hüpfte in einem buntscheckigen Kostüm herein, um zu schlagen und geschlagen zu werden. Er kam von Ng'groga und war acht Fuß groß. Zwischen ihm und dem Dicken Naghan gab es einige kleine Scharmützel, und ich konnte mich einen Augenblick lang in den Hintergrund zurückziehen. Der Geruch nach Schminke, nach Staub und Öl und einem Anflug von Schweiß — dies war ein Bukett, an das ich mich erinnern würde. Ich schaute auf Hangol. Direkt gesagt, lachte er über das Pech der anderen am lautesten. Seine Silbermaske blinkte. Er genoß die Aufführung.

Die ganze Karawane saß in der Vorstellung, froh, daß Tardishs Truppe sie begleitete; man hoffte, daß jeden Abend etwas anderes geboten würde.

Ich hatte mitgehört, wie sich Hangol gegenüber seinen Freunden verbittert über Vallia äußerte. Offenbar hatte er sich die Gesichtswunde bei der Schlacht von Ovalia zugezogen. Ich erinnerte mich an diesen Kampf — o ja, bei Vox!, wie könnte ich den je vergessen? Meine vallianische Achte Armee hatte die eisernen Legionen Hamals und ihre fanatischen Verbündeten besiegt. Wir hatten die Dornefeu-Falle zuschnappen lassen und die Einheiten zersprengt, die unter dem Kommando Kapt Hangrols gestanden hatten, in Abstimmung mit dem Verräter Layco Jhansi. Nun ja, sie alle waren nun wie Rauch im Wind verweht.

Tardishs kleine Kapelle hockte in einer Art Orchestergraben und kratzte und blies, was das Zeug hielt. Er hatte nicht weniger als drei Plunklinglings besetzt, melodische Instrumente, deren Bezeichnung so manchen unverdienten Spitznamen auslöste. Es gab Tabors und Trompeten — alles in allem verbreitete die Kapelle einen interessanten Sound. Die Mädchen tanzten in ihren dünnen Röcken und warfen lächelnd die Beine, die Arme gegenseitig über den Schultern verhakt. O ja, Rikky Tardish bestand darauf, daß die Chormädchen lächelten, immer nur lächelten ...

Strom Hangol lehnte sich lässig in seinem Sitz zurück und machte aus dem Mundwinkel eine Bemerkung zu einem seiner Kumpane, einem schmalstirnigen Burschen mit schwarzem Haar und pockennarbiger Haut. Er hieß Gandil der Mak und war stets mit Schwert und Axt bewaffnet.

Nachdem die Mädchen ihren Tanz beendet hatten, sollte mir wieder auf den Kopf gehauen werden. Der Kleine Klanch richtete sich zu voller Höhe auf, rutschte aus, fiel auf seine Kehrseite und holte sich ein lautes Begeisterungsgeschrei aus dem Publikum. Er mühte sich auf und schwang das Schwert in meine Richtung. Ich wich aus. Ich warf die Hände hoch und sah mich in alle Richtungen um, signalisierte Angst, und das Publikum bekam meine Not schnell mit und schrie los.

»Ein Schwert! Ein Schwert!«

Rikky Tardish kam persönlich auf die Bühne; verkniffen lächelnd wirbelte er ein Schwert durch die Luft. Bestimmt gab es im Publikum keine Seele, die nicht wußte, daß ich das Opfer war und den kürzeren ziehen würde, was immer ich auch tat.

Dann sah ich die Waffe, die Tardish mir hinhielt. Eigentlich hätte ich nicht überrascht sein dürfen. Schließlich war die Beute der Banditen zurückerobert worden — ich hatte mein eigenes Rapier vor mir! Ich hatte auch keinen Zweifel, warum ausgerechnet diese Waffe ausgewählt worden war. Schließlich war ich der Clown, der eine seltsame, ausländische, fremde und daher komische Waffe bekommen mußte. Strom Hangol beugte sich vor und brüllte etwas; Leotes rief ihn zur Ordnung, woraufhin Hangol sich wieder entspannte.

Ein Mädchen — Fashti, eine hübsch gebaute Fristle — lief herbei und schlug mir mit ihrem Stock über den Kopf, und die Blase verfing sich an einem meiner Ohren und riß es ab.

Schon in diesem Augenblick ahnte ich wohl, daß Strom Hangol mich erkennen würde.

Seine Aufmerksamkeit galt bereits dem Rapier; zweifellos hatte er etwas dagegen, daß bei einer primitiven Farce dieser Art eine so gute Waffe verwendet werden sollte. In diesen Fragen war er bestimmt empfindlich, dieser Cramph. Er beugte sich vor und starrte mich an. Aber schon hieb der Kleine Klanch, immerhin acht Fuß groß, nach mir, und traf mich an der Kehrseite. Ich sprang hoch. Das Publikum war außer sich vor Lachen. Mein grünes Gesicht, meine rote Nase und das fehlende Ohr zeigten nur zu deutlich an, daß ich der Unterlegene sein sollte. Das zweite Ohr löste sich nun ebenfalls. Strom Hangol erhob sich von seinem Sitz, woraufhin ich meinem Ruf als Onker aller Onker gerecht wurde und ihn anstarrte. Der Kleine Klanch versetzte mir einen Hieb, der mir den dummen ausgestopften Hut vom Kopf fegte.

Ich sah Hangols Gesichtsausdruck.

Bei manchen Slapstick-Vorstellungen dieser Art gehört es zur Tradition, daß sich Angehörige des Publikums in die Vorgänge einschalten. So zeigte sich daher niemand überrascht, als Hangol auf die Bühne sprang. Vielleicht hätte sich Leotes über die Handlungsweise seines Cadades ein wenig gewundert. Hangol schwenkte sein Rapier.

»Hier kommt jemand, der es dir zeigen wird!« brüllte er.

»Strom! Strom!« skandierte das Publikum. »Bring's ihm bei! Bring's ihm bei!«

Hangol konnte diese Reaktion nur recht sein.

Er ließ die Klinge vor meinem Gesicht hin und her fauchen. Dann sagte er mit keuchender Stimme: »Shint! Ich kenne dich! Rast — du wirst sterben!«

Ich sparte mir den Atem und antwortete nicht. Ich steckte ziemlich in der Klemme. Gewiß, ich hielt ein Rapier, das ich kannte. Aber der dazugehörige linkshändige Dolch fehlte. Meine Körperkräfte waren so minimal, daß Hangol beim ersten Durchgang meine Klinge zur Seite drücken und kaum eine Gegenwehr spüren würde.

Wie gut war er überhaupt als Schwertkämpfer?

Seit meinem Einbruch bei Mefto dem Kazzur waren meine alten Ansichten über den Schwertkampf verstärkt worden. Ich konnte mir nicht mehr einreden, daß ich eines Tages einen besseren Schwertkämpfer vor mir haben würde — das war bereits geschehen. Vielleicht war Strom Hangol ein zweiter Kämpfer dieser Klasse. Solche Gedanken waren beunruhigend. Wenn ich in dieser Auseinandersetzung überhaupt eine Chance hatte, konnte sie sich nur von meiner Geschicklichkeit herleiten. Wenn dieser unbeherrschte Schinder sich auch nur ein bißchen auf den Jiktar und den Hikdar, Rapier und Main-Gauche, verstand, würde ich nicht ohne ernsthafte Verwundung davonkommen oder gar sterben, sollte er es darauf anlegen.

Ungeschickt hielt ich das Rapier. Wenn ich Ihnen sage, daß sich das Ding so schwer anfühlte wie eines der ungeheuren Zweihandschwerter aus den Blauen Bergen, können Sie sich meine Muskelschwäche vorstellen. Ich führte die Klinge hin und her.

Das Publikum spendete Beifall. Hangol lachte. Er sagte: »Ich werde dich nicht sofort töten. Langsam — so muß man das machen.«

Jäh griff er an, ließ seinen Stahl hell aufblitzen und eine hellgrüne Fliege von meinem Kostüm zu Boden flattern.

Nun ja, dazu war auch ein Anfänger in der Lage, wenn ihm nur gezeigt wurde, wie so etwas gemacht wurde.

»Parier ihn doch!« rief Rikky Tardish aus den Kulissen. »Spiel die Szene aus!«

»Ich werde die Sache mit dir ausspielen, du Rast«, sagte Hangol auf seine rachsüchtig-freundliche Art. »Und ich werde meinen Spaß dabei haben.«

Ich schwenkte das Rapier vor mir, als er wieder zuhieb. Seine Klinge schlug die meine zur Seite und entfernte eine gelbe Fliege.

Ich hatte keine Main-Gauche. Er hatte die seine noch nicht gezogen. Das war immerhin ein Vorteil. Ich legte die linke Hand auf den Griffschutz des Rapiers. Dann packte ich Knauf und Schutz in ungeschicktem Doppelgriff, eine pathetische Nachahmung des zweihändigen Griffs, wie ich ihn bei einem Krozair-Langschwert verwendete.

Vielleicht, vielleicht konnte ich mich geschickt genug anstellen und mich mit meinem beidhändig geführten Rapier heil aus diesem Kampf herausbringen.

Es war lebenswichtig, dabei munter auf der Bühne herumzustolzieren. Ich schlug die Hacken zusammen und tänzelte hierhin und dorthin, ohne den doppelten Griff zu lösen, und führte das Rapier in übertriebenen Gesten herum. Das Publikum tobte. Hangol atmete schwer. Er wollte ein paar hübsche Streiche landen, um mit mir zu spielen; aber nach kurzer Zeit hatte ich ihn durchschaut. Er war nur ein durchschnittlicher Schwertkämpfer. Offenbar war er nicht als Klingenkämpfer im Heiligen Viertel von Ruathytu unterwegs gewesen. Und auf keinen Fall hatte er sich im fernen Zenicce den Bravo-Kämpfern gegenüber gesehen.

So vermochte ich mir seine Klinge vom Hals zu halten — mit Hilfe meines Hüpfens und Springens und unter Aufbietung meiner letzten versagenden Kräfte mit dem außergewöhnlichen beidhändigen Griff.

O ja, es hatte schon Rapierkämpfer gegeben, die ihre Klingen packten und zweihändig schlugen; aber damit war nicht viel zu gewinnen, wenn der Gegner gelassen blieb und sein Können einsetzte und das Ziel suchte.

Was hätten meine Krozair-Brüder von dieser Vorstellung gehalten?

Die Farce ließ sich nicht mehr lange durchhalten. Zum einen würde das Interesse des Publikums erlahmen, wenn ihm nicht bald ein zufriedenstellender Höhepunkt geboten wurde. So eine Horde dürstete doch immer nach neuen Sensationen; nachdem die Mädchen getanzt und der Schlanke Varankey als Jongleur einige Tricks vorgeführt hatte, waren die Zuschauer nun zu einer neuerlichen Rauferei bereit. Hangol ahnte dies bestimmt und würde darauf dringen, den Kampf zu beenden. Da ich meinerseits Bescheid wußte, mußte ich die Sache schnell zu Ende bringen, ehe meine geringen Kräfte völlig aufgezehrt waren.

An diesem seltsamen Kampf kam mir am seltsamsten vor, daß ich nun die Kunst eines beidhändig gegriffenes Krozairschwerts mit einem Rapier gegen ein Rapier und eine inzwischen gezogene Main-Gauche einsetzen mußte. Dabei entdeckte ich einige neue Tricks — bei der Klinge von Kurin!

Er gab sich die größte Mühe. Ich fragte mich, wie vielen Zuschauern wohl klar wurde, daß Strom Hangol einen echten Treffer landen wollte, daß er mich wirklich zu töten gedachte. Vermutlich keiner. Selbst Leotes kannte sich mit dem Rapier nicht aus. Das Publikum ging lautstark mit. Die Leute trampelten mit den Füßen und brüllten und klatschten. Ich spürte, daß meine schwachen Kräfte zu versagen begannen.

Schließlich setzte ich eine halb komplizierte Routine aus dem Siebenten Kreis der Künste des Schwertes ein, geschrieben vor etwa zweieinhalbtausend Jahresperioden von San Zefan auf der Insel Zy am Auge der Welt von Turismond. San Zefan Krzy ließ mich nicht im Stich. Als ich die vorbereitenden Bewegungen beendete, unterbrach ich die zweite Passage, in der Hangol das Schwert von den Fingern fliegen würde. Statt dessen verlegte ich den Druck, stieß einen Schrei aus, so laut ich ihn in meinem Zustand fertigbrachte, stolperte mit ungeheurem Wirbel vorwärts und stach mein Rapier in den rechten Oberschenkel des Rasts.

Sofort wollte ich zurückziehen, aber natürlich war ich nicht kräftig genug, das verflixte Ding aus der Wunde zu lösen. Hätte er den Mut und die Willenskraft besessen, hätte er mich fertigmachen können.

Statt dessen stieß er einen schrillen Schmerzensschrei aus, ließ Rapier und Main-Gauche fallen und torkelte rückwärts, wodurch sich meine Klinge löste, und preßte die Hände um den Schenkel, aus dem dunkles Blut strömte. Es gelang mir zu verhindern, daß meine Klinge seine Kehle suchte — und bis heute will mir das wie ein Wunder vorkommen, bei Krun!

Ich wandte mich ab, torkelnd wie ein Betrunkener. Leotes brüllte mich zornig an, und Rikky Tardish faßte mich am Ellbogen und rief, es sei alles ein Fehler. Sein Gesicht war feucht von Angstschweiß. Er zerrte mich fort, während Hangols Freunde auf die Bühne sprangen und ihn fortschleppten. Eine Zeitlang herrschte ein unbeschreibliches Durcheinander, aber dann setzte sich bei Tardish der Instinkt des Bühnenmenschen durch, und er ließ seine Mädchen auftreten und die Beine schwingen und ihr unvermeidliches Lächeln aufsetzen.

Der Kleine Klanch beugte sich zu mir herab. »Du solltest dich ein bißchen dünnemachen, Dom. Bis sich die Dinge beruhigt haben.«

Ich schüttelte das Rapier und ließ einen Tropfen Blut zu Boden fallen. »Du hast recht, Kleiner, ich danke dir.«

Wenn ich ehrlich sein will, war mir zumute, als hätte ich zehn Jahre lang eine sechzehn Tonnen schwere Last einen Hügel hinaufgeschafft. Ich keuchte. Ich spürte ein Brennen in den Muskeln. Bei Krun! Welche Last ist es doch, schwach zu sein!

Rikky Tardish erschien schwitzend und zitternd.

»Verschwinde, Drajak. Ach, warum habe ich nur auf die glatte Zunge Mevancys gehört? Ich wußte, daß sie mir Ärger machen würde ...«

»Die Schuld kannst du Hangol geben, diesem Shint!« sagte ich barsch. »Mevancy hat dir Gold gezahlt.«

»Aye, aye, das hat sie getan, bei der Gnade Tsung-Tans. Nun verschwinde, schtump!«

Ich zögerte nicht und marschierte zwischen den Karren und Zelten fort. Ich hatte meine Reaktion auf den schlimmen Kampf noch nicht überstanden. Mein Val! So kämpfen zu müssen! Es war ein Wunder, daß ich nicht aufgespießt auf der Bühne lag.

Ein blauer Schimmer erschien in der Luft. Überrascht schnappte ich nach Luft und hob den Blick.

Hoch oben am Himmel führte eine breiter werdende Bahn blauer Strahlung zur Erde. »In einer Herrelldrinischen Hölle — was wollen die Everoinye denn schon wieder von mir?« rief ich. »Vermutlich willst du mich wieder bei Mevancy absetzen, Skorpion!«

Über mir loderte der riesige Phantom-Skorpion, als stünde er unter Feuer. Aus diesem Blickwinkel hatte ich ihn noch nicht gesehen. Er wirkte irgendwie entrückt. Die Umrisse kamen näher. Der Boden vor mir strahlte blau. Und doch hörte ich das Zirpen der Insekten im

Gras und spürte den schwachen Wind. Pulsierend-durchsichtig waberte der riesige Skorpion vor mir. Der Schimmer schmolz, strömte, zuckte und löste sich auf — und innerhalb von drei Herzschlägen war der Skorpion der Herren der Sterne verschwunden.

Ich atmete aus.

Ich stand ziemlich reglos da und riß die Augen auf und konnte nicht glauben, was ich sah. O nein, bei Vox! Das war wirklich nicht zu glauben.

Denn aus der Stelle, wo die blaue Strahlung des Phantom Skorpions erloschen war, trat eine Frau und kam auf mich zu.

Ich stand da, und die Augen hingen mir an Stielen aus dem Gesicht: Mevancy kam aus dem Skorpion der Herren der Sterne zu mir.

9

»Es sieht wirklich so aus, als könnte ich dich nicht allein lassen, Kohlkopf, ohne daß du gleich wieder in dumme Fettnäpfchen trittst. Ich war ganz sicher, daß der Shint dich unter der tollen Maske nicht erkennen würde.«

»Er hat es aber getan.« Ich murmelte eine Bemerkung über den Kleinen Klanch und die Fristle-Fifi Fashti. Wir saßen in Mevancys Zelt. Aber ich war nicht wirklich hier. Noch immer stand ich da draußen am Rand der Ebene und sah die blaue Strahlung vor mir erlöschen. Ich erinnere mich mit völliger Klarheit, daß sich der Duft von Mondblüten in jenem Augenblick mit dem Duft gebratener Momogrosses vermengte. Ganz in der Nähe sang ein Mädchen in einem Zelt ›Oh, das Schwert meines Liebhabers‹, eine traurige kleine Melodie voller langer Kadenzen und gedehnter Vokale, die Trauer anzeigen. Immer wenn ich das Lied höre, fühle ich mich auf die staubige Grasebene vor den Toren Ankharums zurückversetzt, wo ich zum erstenmal Zeuge wurde, wie die Herren der Sterne ein anderes Wesen durch den Raum beförderten.

Kein Zweifel — der Bedeutung dieses Ereignisses war ich mir bewußt!

Ich war schon früher anderen Kregoinyes begegnet, die für die Herren der Sterne arbeiteten.

Einmal war Pompino zu mir zurückgekehrt, von den Herren der Sterne dazu angehalten, seine Pflicht zu tun. Aber dies — es war völlig anders. Außerdem hatte ich es hier nicht mit einem Kregoinye zu tun, sondern mit einer Kregoinya.

Mevancy nal Chardoz war eine Kregoinya!

Ich saß in dem Zelt und schüttelte den Kopf und hörte ihre gereizten Worte wie durch einen Schleier: »Ich kann jetzt nicht zur Küste reisen, Kohlkopf. Also begleite ich dich einfach nach Makilorn.«

»Aber ja«, murmelte ich, wußte aber nicht, was ich da eigentlich bejahte. Nun gab es keinen Zweifel mehr, daß sie mich die letzte Strecke aus dem verdammten Feuer gezerrt hatte. Ich hatte vermutet, daß sie deswegen ein gewisses Verantwortungsgefühl für mich entwickelt hatte. Dabei hatte sie die ganze Zeit den Auftrag von den Herren der Sterne, für mich zu sorgen! Ich hatte angenommen, ich sollte auf Mevancy aufpassen. Nun sah es so aus, als wollten sie Mevancy dazu einsetzen, mich im Auge zu behalten.

Ich wies diesen Gedanken von mir.

Die ganze Sache glich immer mehr den Aufträgen, die Pompino und ich zusammen erledigen mußten. Zuweilen erkannten die Herren der Sterne, daß ein Team erforderlich war, und schickten dann nicht nur einen, sondern mehrere Helfer — in diesem Fall auch eine Kregoinya.

»Du redest undeutlich, Kohlkopf. Ich dachte, du seist auf dem Weg der Besserung.«

»Es ist sehr nett von dir, daß du dir den weiten Weg gemacht hast, um auf mich aufzupassen, Mevancy.« Ich hielt es für angebracht, einen Versuchsballon zu starten. »Ich kann mir nur den Grund nicht vorstellen.«

»Woher willst du wissen, daß ich einen weiten Weg hatte?« fragte sie.

»Ich habe es angenommen.«

»Hm. Nun ja, du kannst wirklich dankbar sein, daß ich Leotes davon überzeugen konnte, es sei nur ein Unfall gewesen. Hangol war — außer sich.«

»Er versuchte mich aufzuspießen, wollte mich töten.«

»Das wird niemand glauben, wenn du damit herumtönst — oder?«

Ich atmete tief ein. »Llodi würde es glauben.«

»Natürlich. Aber jeder andere wird sich fragen, warum ein hochstehender, mächtiger Führer — ein Strom! — wegen eines Clowns dermaßen aus dem Häuschen geraten sollte.«

»Es ist doch bekannt ...«

»Ja. Und wenn du Llodi in die Sache hineinziehst, geht es ihm an den Kragen.«

»Nun ja, dann muß ich eben aufpassen, das ist alles.«

»Du paßt nach vorn auf, und Llodi und ich halten dir den Rücken frei?«

Ich murmelte vor mich hin, und sie bekam mit, daß ich mich dankbar zeigte.

»Es liegt auf der Hand, daß Hangol, dieser Shint, sich noch einmal an dich ranmachen oder Leute beauftragen wird, dich umzubringen. Wenn wir heil bis nach Makilorn durchkommen, haben wir eine Chance.«

Nach dieser nicht sehr hilfreichen Bemerkung sagte sie, sie wolle sich zurückziehen, und schickte mich fort. Ihre gesamte Ausrüstung war vorhanden, Karren, Zelt und Ausrüstung. Sie hatte die gewohnte Kleidung getragen, als die Herren der Sterne sie von ihrer Flußfahrt zurückholten. Ich fragte mich, ob sich eine Sage entwikkeln könnte um zwei Leute, die auf Flachbooten den Fluß des Einsseins hinabfuhren, dann aber nach kurzer Zeit verschwanden.

Als ich ihr gute Nacht sagte, überlegte ich, daß die Everoinye sich um die Kregoinye kümmerten, die in ihrer Gunst standen. Mich hatten sie als Abgelehnten der Savanti aufgegriffen und für sich nutzbar gemacht. Früher hatte ich die Herren der Sterne verspottet und ihnen angedroht, daß ich noch weniger von ihnen halten würde, wenn sie mir Schild und Helm und Speer überließen — aber diese Einstellung, so richtig sie nach dem alten barbarischen Kodex noch sein mochte, schien auf Mevancy kaum anwendbar zu sein.

Ich suchte mir eine Ecke mit einem Häufchen Stroh und schlief den Schlaf des wahrlich ungerecht Behandelten auf dieser Welt.

Mein zweiter Gedanke beim Erwachen galt allerdings dem Rapier; ich war doch sehr froh, daß ich diese Waffe behalten hatte. Sollten Sie nicht wissen, wem mein erster Gedanke galt — nun es ist derselbe wie der letzte vor dem Einschlafen, und wenn Sie noch immer nicht klarsehen, nützt auch eine ausgedehnte Erklärung nicht mehr viel!

Beim ersten Frühstück schien mir Mevancy ein wenig niedergeschlagen zu sein. Ich führte dies darauf zurück, das sie von der Everoinye hierher zurückgezerrt worden war, um mich zu pflegen, obwohl sie doch eindeutig andere Pläne gehabt hatte. Auch Pompinos sonstige Pläne hatten sich stets in Rauch aufgelöst, wenn die Herren der Sterne ihn beriefen.

Die Vergnügungen des vergangenen Abends hatten die finsteren Vorahnungen, die in der Karawane zu kursieren schienen, nur vorübergehend aufgehellt. Mevancy stocherte lustlos in ihrem Speck und den Loloo-Eiern herum. »Du mußt dich sehr im Hintergrund halten, Kohlkopf.« Sie seufzte. »Vermutlich darf ich nun weiter auf die Gesellschaft Leotes' zählen. Wenigstens er scheint mir unter diesen Menschen kultiviert zu sein und ...« Sie bemerkte meinen Blick und unterbrach sich. »Du brauchst dich nicht über mich lustig zu machen, du Fambly!«

»Lustig machen?« fragte ich. »Wie könnte ich mich über eine große Dame wie dich lustig machen?«

Sie warf mir ein Stück Brot an den Kopf. Ich fing es auf, griff nach der Butter, strich sie darauf, sagte: »Oh, vielen Dank!« Und steckte mir den Brocken in den Mund.

Sie schnaubte ärgerlich durch die Nase. »Wenigstens werden deine Reflexe besser.«

Ich war nicht in der Stimmung, ihr zu erklären, daß es allein meine Reflexe und mein Können gewesen waren, die mich gestern abend am Leben erhalten hatten.

Aus diesem Gedanken ergab sich die Überzeugung, daß Mevancy von den Herren der Sterne wohl doch nicht zurückgeholt worden war, um mich zu schützen. In dem Fall wäre sie wohl schon eingetroffen, ehe Hangol sein Spielchen begann.

Diese Überlegung brachte mich zu folgender Frage: Welcher Unterschied bestand zwischen dieser letzten Rückkehr Mevancys — die nicht meiner Rettung galt — und dem Moment davor, da sie gerade rechtzeitig zurückgekehrt war, um den Geier zu erlegen — offenkundig, um mich zu retten? Oder irrte ich mich da auch? Die Beschreibung ihrer Flucht vor den Banditen klang irgendwie seltsam; angeblich hatte sie ihre Fesseln durchgebissen, sich fortgeschlichen und dabei die beiden Reittiere mitgehen lassen. O nein! Die Herren der Sterne hatten sie aus dem Banditenlager geholt und ihr Tiere, Kleidung, Waffen und Geld zur Verfügung gestellt. Wahrlich, für die Herren der Sterne war ich so etwas wie ein Bettelmann gewesen. Nun ja; hier sah ich den Ansatz für gewisse tiefgreifende Veränderungen, wie Sie noch erfahren werden.

»Du siehst aus, als hättest du eine Zorca verloren und einen Calsany gefunden«, sagte ich ein wenig heftig. »Ich weiß deine Fürsorge zu schätzen, aber ...«

»Aber nichts, Fambly! Ach du! Du erinnerst mich an den alten Pontior, den ich, während er mir anvertraut war, als Frau verkleiden mußte.« Sie legte den Kopf auf die Seite und musterte mich abschätzend. »Nein, dich kann ich mir in Frauenkleidern nicht vorstellen.«

»Dabei habe ich so etwas schon getragen«, antwortete ich gelassen. »Und das bestimmt nicht zum letztenmal.« Dann riskierte ich einen unfairen kleinen Vorstoß: »Ist es bei dir üblich, daß du durch die Welt ziehst und für andere sorgst?«

Sie hob den Kopf. Ein Stück Brot mit Butter und Marmelade verharrte vor ihren vollen Lippen. »Und wenn es so wäre — geht es dich etwas an?«

Ich kam mir sehr gemein vor.

Warum ich ihr nicht geradeheraus und sofort erzählte, daß wir ja beide für die Herren der Sterne arbeiteten, kann ich nur meinem natürlichen Hang zur Verschwiegenheit zuschreiben, denn meistens hing mein Leben von einem vorsichtigen Ertasten aller Möglichkeiten ab. Bestimmt würde der Tag kommen, da ich ihr alles erzählte. Damit mochte ich falsch liegen oder nicht — jedenfalls meinte ich, daß es noch nicht soweit war.

»Geht mich nichts an«, sagte ich — und das war eine Lüge.

Llodi kam herein und berichtete, Strom Hangol liege in seiner Sänfte. Seine Wunde sei entzündet, und der Nadelstecher habe Bedenken, ob er die Wunde unter den schwierigen Bedingungen der Reise ausreichend versorgen könne. Llodi lächelte nicht, während er uns dies meldete — zumindest nicht äußerlich.

»Wirklich schade für ihn«, sagte Llodi feierlich, »da er doch ein hoher Herr ist und so.«

»Dieser Hargon — ja ja, ich weiß, daß er sich gern ›San‹ nennen läßt — steht sich sehr gut mit Hangol«, sagte Mevancy zornig. »Leotes ist zu nachsichtig.«

»Ja, meine Dame«, antwortete Llodi. »Hargon war heute früh schon an der Sänfte. Was die da so zu bereden haben, weiß ich nicht.«

»Ich habe das unangenehme Gefühl, ich ahne es — und liege damit gar nicht mal so weit von der Wahrheit entfernt.«

Sie wirkte aufgebracht. Unwillkürlich fragte ich mich, wie weit sich die Freundschaft zwischen ihr und Leotes entwickelt hatte.

Die Bettlägerigkeit des Stroms war günstig, und so konnten wir in aller Ruhe dafür sorgen, daß ich außer Sichtweite blieb und den entscheidenden Leuten nicht unter die Augen kam. Ich setzte meine Unterstützung Rikky Tardishs fort. Allerdings brauchte ich nicht wieder auf die Bühne. Es wäre untertrieben zu sagen, daß ich herzlich froh war, das grüne Gesicht, die rote Nase und die Eselsohren loszuwerden. Und doch — und doch muß es solche Figuren geben, denn Farcen sind beliebt und bringen Geld. Wieso bildete ich mir ein, über solchen Dingen zu stehen? Was! Ich war lange genug der

Sündenbock gewesen und hatte mir erst in jüngerer Zeit eine neue Einstellung zu den Herren der Sterne zugelegt, einen Anflug von Ahnung dessen, was sie beabsichtigten.

Die Karawane zog in westlicher Richtung durch das südliche Loh. Hoch im Norden erstreckte sich der Dschungel von Chem über den Äquator. Südlich davon lagen savannenähnliche Gebiete, grasbewachsene freie Ebenen, angefüllt mit einem reichhaltigen Tierleben; dort gab es aber auch Straßen und Städte und Zivilisationen. In dem Maße, wie sich das Land änderte, wandelten sich Vegetation, Boden, Klima und Bewohner. Der Weg, den wir nahmen, der alte Lorn-Weg, folgte dem Gürtel zwischen Gras und Wüste. Ich stellte natürlich allerlei Fragen und erfuhr, daß die Völker des Nordens die hiesigen Tsungfariler bedrängten, so daß sie sich an den Flüssen und in den Oasen niederließen. Sie wagten sich in bewachten Karawanen durch die echten Wüsten des Südens, um mit den breiten fruchtbaren Küstenebenen einen lebhaften Handel zu treiben. Ng'groga, Zamrarn, Din'nagul und andere Nationen, ausnahmslos wohlhabend zu nennen, wurden regelmäßig besucht. Nach Westen, nach Tarankar, wagten sich die Tsunfariler nicht vor. War nicht allgemein bekannt, daß die bestialischen Tarankarer menschliche Kleinkinder brieten und aßen?

Trotz dieser wirtschaftlichen Verflechtungen und trotz seines ausgedehnten Gebiets war Tsungfaril ziemlich abgeschieden und isoliert. Die Menschen blieben unter sich. Nun ja, das ist bekannt. Auch meine Djangs verlassen ihre Grenzen nur, wenn sie etwas wirklich Wichtiges zu erledigen haben.

Während dieser Frage-und-Antwort-Gespräche kam die Sprache auch auf Leute, die Paol-ur-bliem genannt wurden. Meine natürliche Neugier stieß auf abgewendete Blicke, Kopfschütteln und Schweigen oder Themenwechsel. Auch Llodi machte sich hastig davon, sagte aber kurzangebunden: »Da mußt du mit einem Dikaster sprechen, der doch ein Zaubermensch ist und so.«

»Wo finde ich ihn?« rief ich ihm nach.

»Kann ich dir nicht sagen.«

»Kannst du nicht, oder willst du nicht?« Aber er verschwand hinter den angebundenen Lictrixes, und ich folgte ihm nicht, denn Strom Hangols Zelt war nicht allzuweit entfernt, und ich mußte in meinem noch immer geschwächten Zustand seinen Freunden aus dem Weg gehen.

Mevancy hatte allerdings mit ihrem Freund Leotes gesprochen, der einen klaren Befehl gegeben hatte. Hangol und seine Kerle mußten sich Zurückhaltung auferlegen.

Trotzdem war Vad Leotes viel zu nachsichtig. Sein roter Schnurrbart sträubte sich gutgelaunt, und er lachte gern und lange. Nun ja, bei Vox! — dazu hatte er auch jedes Recht, oder nicht? Er war reich und verwöhnt, wurde von oben bis unten bedient, tat keinen Handschlag für seinen Unterhalt und brauchte, soweit ich mitbekommen hatte, nichts zu tun, was ihm nicht behagte. Außer in einer Hinsicht.

»Manchmal sitzt ihm die Königin im Nacken, Kohlkopf.« Mevancy schüttelte den Kopf. »Leotes ist ihr überaus treu ergeben. Warum würde er sich wohl auf den alten Lorn-Weg wagen, wenn sie ihn nicht geschickt hätte?«

»Ist er verheiratet?« fragte ich brutal. Ich wußte, daß Ehen in Tsungfaril eine gebräuchliche Form des Zusammenlebens waren.

»Er war verheiratet. Seine Frau ist gestorben. Er hat allerdings Kinder ...«

»Dann tut er mir doppelt leid, zugleich freue ich mich für ihn.«

Wie erwartet, war sie so klug, meine Bemerkung zu verstehen. Sie legte den Kopf auf die Seite. »Du hast auch Kinder«, sagte sie.

»Ja.« Ich war nicht gewillt, ihr zu sagen, daß Drak Herrscher von Vallia, Zeg König von Zandikar und Jaidur König von Hyrklana waren. Ebenso behielt ich für mich, daß Lela noch immer um Prinz Tyfar von Hamal herumstrich und daß beide noch ziemlich viel Vernunft hinzugewinnen mußten; daß Dayra — nun ja, wo war Dayra, Ros die Klaue, und was führte sie im Schilde? Und die kleine Velia — nun ja, die kleine Velia war nicht mehr klein, sondern ebenso wie Didi ein Mitglied der Schwestern der Rose.

O ja, ich hatte Kinder; dennoch fühlte ich mich jung und vermochte, sobald ich nur die Sorgen des Reiches abzulegen wußte, mit der gedankenlosen Begeisterung des Jugend zu handeln. Mevancy warf mir einen langen Blick zu, dann wurde das Thema gewechselt. Allerdings vermittelte sie mir den Eindruck, daß Vad Leotes' Kinder unwichtig waren, völlig nebensächlich.

Wir überquerten den Farang Parang, schwierig, aber bei weitem nicht so unangenehm wie die Große Salzwüste. In einem etwas leichter zugänglichen Gebiet im Norden hauste ein gefährliches Nomadenvolk und versperrte uns den besseren Weg. Manchmal wurden Karawanen nicht nur von Berufsbanditen überfallen, sondern von Angehörigen solcher Nomadenstämme, der Glitch-Reiter. Sie galten auch als Geißel der zivilisierten Länder weiter im Norden.

Das Thema Kinder kam mir wieder in den Sinn, als ich Rikky Tardish auf den fehlenden linkshändigen Dolch ansprach, passend zu dem Rapier, das er mir gegeben hatte.

Bedrückt breitete er die Hände aus. »Der Vad hat natürlich die gesamte Beute von den Banditen eingesammelt, das ist sein Recht.«

Ich reagierte ein wenig unwirsch, denn ich fühlte mich meiner Main-Gauche sehr nahe und hatte wenig Lust, von irgendeinem verdammten Vad gebremst zu werden. »Und vermutlich bleiben die Sachen nun über

Generationen in seiner Familie«, sagte ich mürrisch, »seine Kinder erben alles ...«

»Ja und nein«, antwortete Rikky Tardish.

»Was soll das heißen?«

»Hier in Tsungfaril«, antwortete er und wandte den Blick ab, »loben wir Tsung-Tan und würden vor Ausländern lieber nicht die verfluchten Paol-ur-bliem erwähnen. Selbst nicht vor jenen, die guten Willens wären.«

Da er sich nicht weiter aushorchen ließ, entfernte ich mich und überlegte, warum Leotes, der wohl einer dieser rätselhaften Paol-ur-bliem-Menschen war, verflucht sein sollte. Rikky Tardishs langer achträdriger Frachtwagen geriet vorn rechts in eine kiesgefüllte Senke, zwei Räder wurden zerschmettert. Die zwölf Mytzer, die den Wagen zogen, wurden abgeschnallt, nachdem sie das Gefährt freigeschleppt hatten. Mürrisch starrte Rikky auf das Wrack. Leotes ließ ausrichten, daß die Karawane an dieser Stelle ihr Nachtlager aufschlagen werde, da er die verlassene Stadt Efeu-Lorn besuchen wolle. Rikky blies die Wangen auf.

»Der Vad ist ein guter Mann, Drajak.«

»Aye«, antwortete ich.

Als Welt ist Kregen wahrhaft bemerkenswert. Dennoch wirken Geographie und Naturkräfte, soweit sie nicht von den Weisen manipuliert werden, weitgehend wie auf der Erde. Der vor uns liegende Fluß der Treibenden Blätter, an dessen Ufern sich Makilorn erhob, war einst in südliche Richtung geströmt; sein Lauf ließ sich im Sand noch ablesen. Einst waren beide Flußufer reich an Vegetation gewesen, reich auch an Obst und Gemüse und fettem Vieh auf den Flußwiesen; Bewässerungsgräben hatten die prächtige Stadt unterstützt, deren Ruinen nun eine so starke Anziehung auf den Geist ausübten.

Strahlend verkündete Mevancy: »Leotes und ich werden die Ruinen erkunden, Kohlkopf. Vermutlich hätte es keinen Zweck, wenn du Rikky zu helfen versuchst.«

»Wohl nicht.«

Sie lachte und entfernte sich mit dem typischen Hüftschwung, und ich sah sie und Leotes aufsteigen und auf die verlassene Stadt zugaloppieren. Nun ja, wenn die Dinge so lagen, mich gingen sie nichts an. Ich verspürte einen Anflug von Unruhe und Verwunderung, wenn ich an Mevancy dachte; ich war mir noch immer nicht sicher, daß sie wirklich eine Apim war. Nicht daß das den geringsten Unterschied gemacht hätte.

Nach der kurzen Reise des Tages war ich unruhig und verspürte ebenfalls den Wunsch, mir die uralten Ruinen anzuschauen. Als der Fluß seinen Lauf änderte, hatten die Menschen aufgeladen, was sie mitnehmen konnten, und waren losgezogen, um das Wasser weiter westlich wiederzufinden. Die in der Trockenheit zurückgebliebene Stadt war noch erstaunlich gut erhalten. Einige Tempel wirkten noch immer eindrucksvoll, hoch aufragende Silhouetten vor dem nachmittäglichen Himmel.

Schniefer, die mir von Mevancy zur Verfügung gestellte Lictrix, warf mir einen nervösen Blick zu, als ich sie losband, obwohl sie doch gerade erst zu den anderen Tieren gestellt worden war. Sie stampfte auf den Boden, allerdings mit den mittleren Beinen, was mir anzeigte, daß die Erregung nicht zu schlimm sein konnte.

Ich hatte schon einen Fuß in den Steigbügel gestellt, als Meister Pandarun herbeilief. »Drajak!« rief er. »Einen Augenblick. Hast du den Vad gesehen?«

»Er ist zu den Ruinen geritten.«

»Ich weiß, aber ...«

»Ja, ich habe genau gesehen, wohin er geritten ist.«

»Zorcareiter! Sie haben eine dringende Nachricht der Königin gebracht. Der Vad muß sofort informiert werden. Ob du ...?«

»Natürlich.« Ich stieg auf, spornte Schniefer an und ritt mit dem Gedanken los, daß ich nun einen Vorwand hatte, mir die Ruinen anzuschauen.

Efeu-Lorn mußte eine großartige Blüte erlebt haben. Unwillkürlich verglich ich die Ruinenstadt mit anderen untergegangenen Städten auf zwei Welten. Efeu-Lorn errang dabei einen hervorragenden Platz. Langsam ritt ich über einen breiten, staubigen Boulevard, der von noch immer eindrucksvollen Fassaden gesäumt war. Schließlich entdeckte ich an der Flanke eines Tempels zwei Gestalten. Die beiden hatten offenbar ihre Tiere angebunden und waren dort hinaufgestiegen, um sich einen Überblick über das Panorama zu verschaffen. Sie saßen dicht nebeneinander und ließen die Beine baumeln. Ich sagte mir, daß Vad Leotes sicher nichts dagegen hatte, wenn ich den beiden von unten etwas zurief.

Ein Mauervorsprung verdeckte vorübergehend die beiden Gestalten, und als ich das Gebäude passiert hatte, war von ihnen nichts mehr zu sehen.

Ich spürte nicht nur Ärger. Im Grunde hatte ich nichts dagegen, selbst dort hinaufzusteigen und den Ausblick zu genießen. Ich band Schniefer an und begann den Aufstieg, der sehr leicht war.

Gewohnheitsmäßig gehe ich mit behutsamen Schritten und so leise wie möglich. Ein herabpolternder Stein lenkte meine Aufmerksamkeit wieder auf die Straße. Drei Gestalten liefen ins Freie und verschwanden in gegenüberliegenden Schatten. Ich runzelte die Stirn. Einer der Männer war Gandil der Mak, der zweite San Hargon, der dritte ebenfalls ein Kumpel Strom Hangols, ein Mann namens Nalgre der Frunicator. Voller Eile setzte ich meinen Weg nach oben fort. Ich spürte einen Klumpen in der Kehle. Bei Zair! Wenn ... Ich schlug mir den Gedanken aus dem Kopf und kletterte hastig weiter.

Als ich die Stelle erreichte, an der ich die beiden gesehen hatte, war von ihnen nichts mehr zu sehen. Ich rief: »Mevancy!«

»Kohlkopf!« rief eine Stimme direkt vor mir.

Vorsichtig betrat ich die hochgelegene Plattform und schaute über die Kante. Mevancy hing an einem schmalen Vorsprung, einer Schmuckleiste im Sturm, eine Armeslänge unter mir. Die Finger beider Hände waren um den Vorsprung gekrallt. Leotes hatte die Arme um ihre Hüften geschlungen und hing mit vollem Gewicht an ihr. Die Straße lag in tödlicher Entfernung unter den beiden. Mevancys Finger glitten ab. Viel Zeit blieb mir nicht. Sie neigte den Kopf und schaute herauf; ihr Gesicht war angestrengt verkrampft, und doch fragte sie nur: »Llahal, Kohlkopf. Kannst du etwas tun?«

Ich legte mich flach hin, steckte den Kopf über die Kante und starrte hinab. Wir waren ziemlich hoch. Ein Fehlgriff, und wir lägen zerschmettert in der Tiefe.

Beide Arme hinabstreckend, konnte ich knapp ihre Handgelenke erreichen. Als ich sie berührte, glitten ihre Finger weiter ab. Sie schnappte nach Luft. Ich spürte ihr Gewicht an mir ziehen, und mein Körper rutschte zwei Handbreit über die Plattform.

»Wir ziehen dich auch hinab!«

»Halt dich fest, Mevancy!«

»Meine Finger sind wie tot ...«

»Ich halte dich.«

»Du, Kohlkopf? Mit deinen Woflokräften?«

Wieder spürte ich, wie ich nach vorn rutschte. Ich hatte nicht die geringste Chance, die beiden hochzuzerren. In meiner Umgebung gab es nichts, wogegen ich mich hätte stemmen können.

Zum erstenmal meldete sich Leotes. »Wir ziehen uns alle in die Tiefe. Ich will nicht, daß du stirbst, Mevancy.«

Sie begriff sofort, was er meinte. »Nein, Leotes! Nicht! Es kommt bestimmt bald Hilfe ...«

»Du vergißt, daß ich ein Paol-ur-bliem bin, meine Liebe.« Er legte den Kopf in den Nacken, und ich sah seinen hochgezwirbelten roten Schnurrbart. »Mir tut nur die verschwendete Zeit leid. Wie auch immer, die Jugend wächst schnell heran, wenn es dafür einen Grund gibt.«

Ich wußte nicht, was er da plapperte. Ich wußte nur, daß mir eine denkbar schlimme Entscheidung bevorstand, wenn nicht verdammt schnell Hilfe eintraf.

Mir entrang sich eine Art heiser-schnaubendes Bellen: »Hilfe!«

Mevancy fiel sofort ein: »Hilfe!« schrie sie laut. »Hilfe dem Vad! Hilfe!«

Leotes unterbrach sie. »Wir rutschen ab. Keiner kann uns rechtzeitig helfen.«

Sie starrte zu mir herauf, und ihr Gesicht rötete sich. »Daß du es ja nicht wagst, den Vad fallenzulassen, Drajak! Daß du es nicht wagst!«

Sie mußte eine Bewegung seiner Arme gespürt haben, denn wieder erhob sie die Stimme. »Nein, nein!« rief sie außer sich. »Leotes! Nein!«

Wieder rutschte mein Körper ein Stück auf die Kante zu, die mir den Tod bringen würde.

Wenn ich nicht bald losließ, würde ich als roter Fleck in der staubigen Straße enden.

Ich spürte auch bereits, wie die Kräfte mir aus Fingern und Handgelenken wichen. Bei aller Opazschen Wahrheit — ich konnte nicht mehr lange durchhalten.

Dies las mir Leotes offenbar vom Gesicht ab.

Was er nicht sehen konnte, war das Schuldgefühl, das mich bis in alle Ewigkeit begleiten würde, denn ich wußte ohne jeden Zweifel, bei wem meine Loyalität lag. Mein Gürtel kratzte auf das Unangenehmste über den Boden. Gleich würde ich etwas unternehmen müssen oder sterben.

Mevancy beruhigte sich. Mit leiser Stimme sagte sie etwas, und Leotes lachte — es war ein absonderlich-fröhliches Lachen, das aus vollem Herzen zu kommen schien, ohne jeden Spott: unglaublich bei einem Mann in seiner Situation. »Du wartest, meine Liebe?«

Mevancy antwortete: »Natürlich, Lieber.«

Und Leotes ließ los und stürzte in die Tiefe.

Ich spürte sofort den Unterschied und wußte, daß ich Mevancy würde halten können.

In dieser Stellung wurden wir schließlich gefunden.

10

Mevancy sagte: »In der Karawane gibt es keinen zuverlässigen Mann, der mächtig genug wäre, den Shint im Zaum zu halten. Beeil dich, Fambly! Wir müssen in die Stadt reiten und dort so schnell wie möglich untertauchen.«

Sie war bekümmert und voller Trauer, das spürte ich. Bestimmt hatte sie in ihrem Zelt geweint, ehe sie voller Tatendurst wieder bei mir erschien. Sie war nicht durcheinander. Sie handelte wie ein Mensch, dessen Pläne unterbrochen worden waren — diesen klaren Eindruck gewann ich.

Eine Tragödie dieses Ausmaßes hätte sie vor Trauer verrückt machen müssen — so könnte man meinen. Aber nein, sie blieb gelassen und entschlossen, sie riß die Zügel an sich und organisierte unsere Flucht durch die Wüste nach Makilorn.

Meister Pandarun hatte uns gefunden, die Zorcareiter der Königin hatten uns hochgezogen. Angesichts der Szene bestand nicht die Gefahr, daß man uns den Tod des Vad zur Last legen würde. Aber das würde Hangol nicht bremsen. Eine Zeitlang hatte er freie Bahn und würde sich rächen. Ich, das darf ich sagen, legte großen Wert darauf, daß wir verschwanden.

Es überraschte uns kaum, als Llodi die Stimme verkündete, er wolle mit uns fliehen, denn Strom Hangol hatte es auch auf den kleinen Mann abgesehen.

Den Karren ließen wir im Stich, und Mevancy besorgte für Llodi eine Lictrix. Wir nahmen viel Wasser, ausreichend Proviant, unsere Waffen und zogen schließlich los. Wir ritten um unser Leben.

Ich weiß nicht, wie knapp unser Vorsprung war, wie bald Hangols Freunde uns zu suchen begannen, aber bestimmt war unser Vorsprung nicht groß, bei Krun!

Wir ritten im Eiltempo in die Nacht hinaus — in westlicher Richtung auf den Fluß der Treibenden Blätter zu. Unser Ziel war die große Stadt Makilorn, in der wir uns verstecken wollten. Was zwischen Mevancy und Leotes bestanden hatte, ging nur die beiden etwas an; ich hatte nur einige Brocken mitbekommen. Daß ich aus diesen Informationen keinen Sinn herauslesen konnte, ist nicht verwunderlich. Gedanken wehten mir durch den Kopf, aber nichts schien einen Zusammenhang zu ergeben. Meine intensive Beschäftigung mit der Frage war sicher der Grund, warum ich das Offensichtliche übersah. Ich erkannte nicht, was mit plötzlicher und nicht abzuwehrender Autorität in unser Leben treten würde.

Armer alter Llodi! Er würde wahrscheinlich überhaupt nichts mitbekommen.

Letztlich liefen die Dinge dann doch anders, als man bei ihnen hätte erwarten können.

Die Jungfrau mit dem Vielfältigen Lächeln stand am Himmel und beleuchtete strahlend die Öde des Farang Parang. Eine Vielzahl von Sternen funkelte. Die Nacht war kühl, aber angenehm, und die Hufe unserer Tiere klangen gedämpft im Staub. Von Zeit zu Zeit warf ich forschende Blicke nach hinten.

In einer solchen Nacht konnten räuberische Glitch-Reiter unterwegs sein, in der Hoffnung, eine Karawane zu überraschen. Auch gewöhnliche Banditen waren in diesem Gebiet anzutreffen. Wir mochten unter den Monden dunkle Umrisse ausmachen und nicht wissen, welche Reiter das waren — nur eines würde klar sein: sie wollten uns nichts Gutes.

Mevancy hatte berichtet, daß San Hargon grausam gelacht hatte, als die anderen beiden Gauner sie und Leotes über die Kante schoben. Er hatte in die Tiefe geschaut und auf die logische Frage geantwortet, daß man die beiden Opfer ruhig hängen lassen sollte, aus zwei Gründen: erstens würde man einen Unfall vermuten, und zweitens gefiel ihm der Gedanke an das qualvolle Leid der Opfer vor dem Tod.

Ein kaltes, reptilienhaftes Geschöpf, der asketische Hargon.

Als es dann geschah und mein dummer alter Voskschädel endlich mitbekam, was da passierte, stieß ich einen durchdringenden Schrei aus, in den sich Kummer und Zorn mischten.

Außerdem — das erwähnte ich bereits — geschah es auf eine Weise, die mir völlig neu war.

Über uns dehnte sich der Phantomschatten des riesigen blauen Skorpions. Llodi ritt mit gesenktem Kopf dahin; er hätte genausogut schlafen können, so wenig merkte er vor den Vorgängen. Ich spannte die Muskeln an, in Erwartung der Kälte, des haltlosen Gefühl des Stürzens, des Wappnens gegen den heftigen Aufprall. Mir zuckte die Angst durch den Kopf, daß man mich womöglich zur Erde zurückversetzen würde!

Der lautlose, unsichtbare Aufruhr nahm ein Ende. Noch immer ritt Llodi an der Spitze; von Mevancy war nichts mehr zu sehen.

Der blaue Skorpion war verschwunden.

Sofort zog ich die Zügel an. Bei den Glocken der Hölle! Ich würde zurückreiten müssen.

Die Aufregung war überflüssig.

Denn schon kam der blaue Skorpion zurück, eine unendliche Erscheinung, die den Himmel füllte und spöttisch auf mich herabzusehen schien. Wieder rechnete ich damit, hochgerissen und kopfüber herumgewirbelt zu werden, und mußte voller Erstaunen feststellen, daß ich dabei noch immer auf Schniefers Rücken saß. Gemeinsam wirbelten wir hoch und schlugen Purzelbäume im Nichts. Was die getreue Lictrix von alledem halten mochte, wußte ich nicht — was ich davon hielt, war mir um so klarer bewußt, bei Krun!

Wir landeten mit einem Ruck, der Schniefers sechs Beine nicht zu sehr beanspruchte.

Vor den Sternen erhoben sich die dunklen Umrisse von Efeu-Lorn. Direkt vor mir reihten sich die Zelte, die

Tiere, die Wagen. Damit war nun alles klar. Die Herren der Sterne wollten, daß Mevancy und ich einen Angehörigen der Karawane beschützten. Problem gelöst.

Ha!

Ich schaute mich vorsichtig im rosaroten Mondlicht um, konnte Mevancy aber nicht ausmachen. Also, wohin würde das Mädchen verschwinden? Vermutlich hielt sie es nicht für angebracht, ihr Zelt oder ihren Wagen aufzusuchen. Vielleicht schlich sie sich in das vornehme Zelt, in dem der tote Leotes aufgebahrt war. Das wäre gefährlich, war ihr aber zuzutrauen. Andererseits hatte ich irgendwo gehört, daß der Körper nicht mehr als wichtig galt, sobald der Tod eingetreten war. Allerdings stammte Mevancy nicht aus Tsungfaril; ich konnte mir schon vorstellen, daß sie sich mit Tsung-Tan eingelassen hatte.

Welch ein Durcheinander! Wir hatten gerade eine tolle Flucht hingelegt, da kamen die verdammten, rücksichtslosen Everoinye und zogen uns wieder mitten ins Feuer!

Rikky Tardish — also, das schien mir die beste Möglichkeit zu sein.

Bestimmt zitterte er von Kopf bis Fuß und hatte keinen Spaß an der Sache; aber ich dachte mir, daß er Mevancy Unterschlupf gewähren würde, wohingegen ich bei ihm bestimmt schlechtere Karten hätte.

Seine Mädchen lebten in dem achträdrigen Wagen, und mir kam der Gedanke, daß Rikky Mevancy vielleicht dort versteckte. Die übrigen Artisten wohnten in eigenen Wagen oder in Zelten. Ich wollte Schniefer nicht bei den anderen Tieren anbinden, wo der Sattel auffallen mußte — und für den Fall, daß wir schnellstens fortgaloppieren mußten, sollte Schniefer bereitstehen. Bei der nächsten Flucht wollte ich zu den Herren der Sterne hinaufbrüllen, daß wir uns nur ihretwegen zu retten gedachten. Ich zog dem Tier die Zügel über die Nase, tätschelte es und sagte ihm ins Ohr: »Braver Bursche. Bleib stehen!«

Wir Klansleute von den Großen Ebenen von Segesthes wissen eben mit Tieren umzugehen …

Ich ließ die Lictrix reglos hinter mir stehen und kroch durch das verschwommene rosafarbene Mondlicht auf Rikkys Zelt zu. Zwei der kleineren Monde waren aufgegangen und bewegten sich in niedrigen Bahnen über Kregens Oberfläche. Im vagen Licht sah ich Schatten, dann war eine helle, durchdringende Stimme zu vernehmen: »Bei Spurl! Ihr Cramphs hättet den Tod verdient, ihr gahamondverfluchten Shints!«

Ihre Stimme klang trotzig, mutig, ungebrochen. Ein heiseres Lachen antwortete ihr, dann war Strom Hangols volle, unangenehm klingende Stimme zu vernehmen.

»Bringt die Shishi in mein Zelt …« Er erblickte mich im gleichen Augenblick wie ich ihn. Er ritt eine Zorca und hatte ein gestrecktes Bein. Seine Gefährten umgaben ihn — kühne, prahlerische, ungehobelte Burschen, die eher um des Spaßes willen als wegen der Beute einen Mord begingen. »Ergreift ihn!« befahl er, und seine Stimme klang ziemlich leise. Grobe Hände packten mich. Ich wehrte mich und kam mir dabei vor wie ein Vogel in einer Schlinge.

»Du Onker!« rief Mevancy.

Auf dem Rücken seiner Zorca ragte Hangol hoch über mir auf. Er war mit einem Blatter bewaffnet, einem unangenehmen Stab, der sich dafür eignete, Menschen zu schlagen; ähnlich einem Amtssab aus Balass-Holz, wie er von manchen Vorarbeitern getragen wird. Die Zorca tänzelte im Kreis. Hangol handhabte das Tier mit einiger Sicherheit und zügelte es neben mir. Er starrte auf mich herab.

Die Fäuste, die mich festhielten, ließen sich nicht durch Muskeln aus Milch und Wasser vertreiben. Hangol genoß sichtlich seinen Triumph. »Also«, sagte er, »jetzt können wir die Sache wieder ins Lot bringen. Schafft ihn zusammen mit dem Mädchen zu mir. Wir werden die beiden lange Zeit schreien hören, bei Lem, das hoffe ich!« Er hob den Stab. »Und dies soll dich stillhalten, du Shint!« Das Holz zuckte auf meinen Kopf zu.

Ich versuchte, mich fortzudrehen und zu ducken. Der Hieb traf mich am Hinterkopf. Ich spürte ihn. Ich spürte, wie der Stock meine Schädelbasis und das obere Ende meines Rückgrats traf. Ich schrie, ich konnte nicht anders, und stürzte im Griff der mich haltenden Männer vorwärts. Ich konnte mich nicht mehr bewegen.

Im Fallen sah ich die Sterne gewissermaßen in einem Kreis herumgehen; ich sah die Jungfrau mit dem Vielfältigen Lächeln gelassen dort oben schweben, ich sah Mevancy, der man die Arme grausam auf dem Rücken verdreht hatte. Ich sah Strom Hangol lachend fortreiten, eine großmächtige Erscheinung auf seiner Zorca, den Stock hin und her schwingend.

Dann hatte ich das Gefühl, in einen Bottich kochenden Öls geworfen worden zu sein.

Mein Körper zuckte. Mein Mund öffnete sich zu einem Kreis verkrampfter Agonie, kein Laut kam über meine Lippen. Arme und Beine zuckten. Ich vibrierte wie eine Harfensaite, die man heftig gezupft hat.

Kochendes Öl überschwemmte mich, der Schmerz hüllte mich ein und explodierte in meinem Schädel wie eine irdische Granate. Ich erschauderte und erbebte, dann schrie ich. Ich brüllte. Ich kreischte. Stille kehrte ein, als ich schließlich mühsam den Mund zukniff, gefolgt vom Lachen der Hangolschen Freunde, die mich festhielten.

Gandil der Mak und Nalgre der Frunicator standen vor mir, während ihre beiden Freunde mich hielten. Ich führte die Arme zusammen, wobei ich die beiden Männer mitzerrte. Ich drehte die Handgelenke. Meine Hände waren frei. Ich schnappte mir die beiden armen Wichte an der Kehle und knallte sie mit den Köpfen zusammen. Ich ließ die Bewußtlosen zu Boden sinken und marschierte auf die anderen zu.

Gandil der Mak ergriff einfach die Flucht.

Nalgre der Frunicator war entweder langsamer oder dümmer. Ich drehte ihm das Genick um, ließ ihn fallen und nahm die Verfolgung Gandils des Mak auf.

Bisher wußte ich nur tief drinnen in meinem Schädel, was geschehen war, etwas, worüber ich noch nicht nachdenken, das ich noch nicht studieren, dessen mich mich noch nicht freuen konnte. Bei Zair!

Strom Hangols Zelt war wahrlich eine prächtige Sache. Nun ja, kein Wunder, denn bis zu diesem Abend war es Vad Leotes' Zelt gewesen.

Zwei seiner engen Freunde standen Wache vor der Zeltöffnung, als Gandil schreiend herbeilief. Beide waren mit Strangdjas bewaffnet. Gandil verschwand in dem Prunkzelt. Die beiden Wächter richteten ihre Waffen auf mich.

Ich machte mir nicht einmal die Mühe, das Rapier zu ziehen, das die Herren der Sterne mir rücksichtsvollerweise gelassen hatten. Ich duckte mich unter der ersten Strangdja hinweg, trat dem anderen Burschen zwischen die Beine, versetzte dem ersten einen Gesichtshieb und erledigte den zweiten, der sich keuchend zusammengekrümmt hatte.

Ohne innezuhalten, eilte ich ins Zelt; vor mir lag ein ausgedehntes, mit Leinen ausgelegtes Areal, offenbar der Vorraum zum eigentlichen Zelt; hier wurden Stiefel gereinigt, ehe man die walfargschen Teppiche und Läufer des Inneren betreten durfte.

Strom Hangol und Gandil der Mak traten soeben durch den mittleren Vorhang. Sie erblickten mich. Sie eilten über den Leinenstoff herbei, und Hangol zog Rapier und Main-Gauche, die einzigen Waffen, die er bei sich hatte. Gandil hob seinen Thraxter, die gerade Hieb- und Stichwaffe Havilfars. Beide rückten vorwärts.

»Dein Tod wird nun noch schmerzlicher für dich und noch erbaulicher für mich«, äußerte Hangol, und sein dunkles Auge blitzte, und die Silbermaske funkelte im

Licht der Samphronöl-Lampen. »Du und die Shishi werdet uns großes Vergnügen bereiten. Bei Lem, du wirst diesen Augenblick noch bereuen!«

Vermutlich geht es nicht anders, als daß zuweilen der alte, unduldsame, heißblütige, ungestüme, haltlose Dray Prescot früherer Tage wieder hervorbricht — Opaz stehe mir bei. Ich gebe offen zu, in dieser Situation überkam mich ein Gefühl, das ich zutiefst verabscheue. Ich agierte wie vor einem Publikum — oh, dieses Publikum bestand nicht aus den beiden Schweinehunden, die ich vor mir hatte. Das Publikum war unsichtbar, es befand sich in meinem Kopf, doch war es gleichwohl gut zu sehen; es beobachtete die Ereignisse mit kleinen zustimmenden Bewegungen des Kopfes, mit geschürzten Lippen, mit zustimmendem Gemurmel — oder aber mit Ablehnung, bei Vox!, denn diese Leute kannten mich, sie kannten mich!

Das geölte Leder an meiner rechten Hüfte ließ nur ein leises Summen hören, als das alte Seemannsmesser aus der Scheide glitt. Einen Herzschlag später war das Messer in der Luft, und wieder einen Herzschlag später hatte es sich Gandil in die Kehle gebohrt. Er stürzte zu Boden.

»Bei Lem!« kreischte Hangol. »Du Yetch! Ich werde dich lehren ...«

»Du Nulsh!« sagte ich beinahe besinnlich und zog mein Rapier. »Ich habe schon viele Tempel Lems des Silber-Leems angezündet!«

Ihm traten beinahe die Augen aus dem Kopf, dann fluchte er schändlich und griff an, entschlossen, einen schnellen Sieg zu erringen, mich wehrlos zu machen und dann seinen Folterspaß mit mir zu haben. Ich war nicht naiv genug, mir einzubilden, daß ihm der Tod seiner Freunde naheging.

Weil ich vor jenem unsichtbaren, aber real wirkenden Publikum spielte, wußte ich, daß ich den Kleesh nicht töten würde. Er war ein mittelmäßiger Schwertkämpfer, und es liegt mir nicht, einen Gegner kaltblütig zu töten. Ich habe so manches Todesurteil unterschrieben, das weiß ich. Ich wirbelte meine Klinge im Kreis, und wir machten uns ans Werk.

Er war ungebrochen selbstbewußt — und das war kein Wunder. War er schließlich nicht ein hamalischer Notor? War ich dagegen nicht ein Witz, ein Clown? Kannte er sich nicht bestens aus mit Rapier und Main-Gauche, dem Jiktar und dem Hikdar? War das Rapier, das ich führte, nicht eine absolut lächerliche Waffe?

Aber offenbar machte ihm meine Äußerung über Lem den Silber-Leem zu schaffen.

Bitte beachten Sie, ich genoß das Gefühl des Blutes, das mir durch die Adern rauschte, das Gefühl der Muskeln, die meinen Befehlen gehorchten, meines Körpers, der wieder dem entsprach, was ein Mann sein eigen nennen sollte.

Ich will ehrlich sein, es enttäuscht mich, daß der bösartige Hangol ein so jämmerlicher Rapierkämpfer war. Ein schwieriger Kampf wäre mir sehr willkommen gewesen. Wie auch immer, wenn es um die Regeln des Schwertkampfes geht, habe ich meine eigene Philosophie. Ich weiß, was ich weiß. Ich würde mich nicht dazu herablassen, mit ihm zu spielen, auch wenn das Aufeinanderkreischen der Klingen, der Aufprall von Metall auf Metall das Feuer in mir weckten: nein. Ich würde eine einfache Passage setzen, ihn herumwirbeln lassen — so wie jetzt, da sein Rapier durch die Luft flog —, dann seine rechte Hand mit der Linken packen, an seinem Dolch vorbeischlagen, während er mich auszuweiden versuchte.

Weil er linkshändig kämpfte — vermutlich wegen der Silbermaske über der rechten Gesichtshälfte —, gelang mir die saubere Entwaffnung nicht; seine mangelnde Erfahrung trug ihm einen Klingenstich ein. Verärgert zog ich die Waffe zurück. Er ging nicht sofort zu Boden. Er starrte mich an, seine sichtbare Augenbraue war gefurcht, beide Hände umklammerten den Unterleib.

Ich verzichtete darauf, ihm einen Tritt zu versetzen, als ich vorbeilief.

Drei verhängte Durchgänge weiter lag Mevancy gefesselt auf einem Diwan. Niemand sonst war zu sehen. Ich atmete zittrig auf, schüttelte den Kopf und machte mich an ihren Fesseln zu schaffen. Über dem Knebel blitzten mich ihre Augen an. Sorgsam arbeitete ich an den Seilen, die ihre Hand- und Fußgelenke umfaßten. Auch in diesem Augenblick fiel mir die körnige Beschaffenheit ihrer Unterarme auf, die glatte, aber zugleich gemaserte Pigmentierung ihrer Haut.

Als die rechte Hand frei war, riß sie sich den Knebel vom Gesicht. »Ach du, Kohlkopf!«

»Dir scheint es gut zu gehen.«

Sie atmete tief ein. »Strom Hangol?«

»Vielleicht ist er tot, vielleicht nicht. Ich weiß es nicht genau.«

»Ach? Wir sollten uns vergewissern, sonst ...«

»Draußen hat es ein kleines Durcheinander gegeben«, sagte ich wahrheitsgemäß; gleichwohl benutzte ich diese Wahrheit, um zu lügen. »Mach dich fertig. Ich schaue nach.«

Ehe sie etwas sagen konnte, war ich schon wieder zum Eingang geeilt. Gandil der Mak lag, wo er gefallen war, und ich brachte mein Seemannsmesser wieder an mich. Hangol war verschwunden. Nachdenklich säuberte ich meine Klinge und steckte sie wieder ein. Hangol war verschwunden. Lebte der Cramph etwa noch?

Während ich mich umschaute, erschien Mevancy hinter mir. »Es ist nicht schade um ihn«, sagte sie mit Blick auf Gandils Körper.

»Hangol ist verwundet«, sagte ich. »Ich dachte, es wäre eine schlimme Wunde. Aber wie du siehst, ist er nicht mehr hier.«

»Welche Armee war denn das?« fragte sie halb spöttisch, halb ernst. »Oder haben die Drikinger wieder angegriffen?«

»Keine Ahnung.«

»Und wie bist du so schnell hierhergekommen — woher wußtest du, wo du gebraucht wirst?«

»Das kannst du dir doch denken ...«, begann ich und hielt inne. Wir redeten um den heißen Brei herum.

Sie starrte mich gebannt an, und ihr Gesicht wirkte angespannt.

»Die Everoinye haben mich geschickt«, sagte ich.

11

Ihr Gesicht verspannte sich noch mehr. »Also wirklich, du Hulu! Ach, du!«

»Wir haben keine Zeit für lange Erklärungen«, versuchte ich mich auf dem üblichen Weg herauszureden. »Wir müssen zunächst ...«

»Ich meine auch, daß wir uns Erklärungen für später aufheben müssen.« Sie hatte einen Schock erlitten. Nun ja, das war zu verstehen. Bei Djan! Herauszufinden, daß noch jemand den Herren der Sterne diente, daß ein anderer ebenfalls Kregoinye war — so etwas konnte ein ziemlicher Schlag ins Kontor sein, das müssen Sie mir glauben. »Du hast es mir die ganze Zeit verheimlicht. Aber« — sie schaute zum Ausgang —, »immerhin erklärt sich damit einiges. Na schön, Kohlkopf. Wenn die Everoinye dich geschickt haben, um mir zu helfen, dann hilf mir! Wir müssen hier schleunigst weg.«

Darin stimmte ich mit ihr überein.

»Das Problem ist Hangol«, sagte ich. »Anscheinend müssen wir bei der Karawane bleiben. Das ist klar. Wenn Hangol ...«

»*Ich* stelle hier die Überlegungen an. Unbegreiflich ist mir nur, warum die Everoinye einen Schwächling einsetzen und warum sie ihn ausgerechnet mir aufhalsen, bei Spurl!«

Sie ließ mir keine Zeit zu antworten, sondern ging zum verhängten Ausgang, schaute hinaus und sagte, ohne den Kopf in meine Richtung zu drehen: »Komm, Kohlkopf.«

Mich durchzuckten Erinnerungen an Strom Irvil vom Pinienberg! Wenigstens nannte Mevancy mich nicht Leibsklave, wie es Strom Irvil auf seine direkte Numim-Art eingefallen war; überdies hatte er mich wie alle seine Leibsklaven Zaydo gerufen.

Sie huschte durch die Öffnung, und wieder einmal

bewunderte ich die schlanke Geschmeidigkeit ihres Körpers, dem man nicht anmerkte, daß er eben noch brutal gefesselt gewesen war.

Die Frau der Schleier war aufgestiegen und ließ die Welt in ihrem rosagoldenen Schimmer erstrahlen. Ich huschte hinter Mevancy her. Es war relativ ruhig im Lager, nur das Stampfen und Schnauben der Tiere war zu hören, sowie andere Nachtgeräusche, die keinen bekannten Ursprung zu haben schienen. Irgendwo bellte ein Hund — Dame Florias nervtötendes kleines Geschöpf, ein weißes Büschel aus Bauch und Zähnen. Wortlos und mit leisen Schritten näherte sie sich den beiden Wächtern. Die Fragen, die ich ihr stellen wollte, zuckten mir durch den Kopf; ihr mußte es umgekehrt ähnlich ergehen. Nun ja, das hatte natürlich Zeit. Wir mußten entscheiden, was zu tun war — beziehungsweise, Kregoinya Mevancy würde diese Entscheidung treffen! Auf eine Weise mußten wir vor allem eins in Erfahrung bringen: Wen wollten die Herren der Sterne schützen lassen? Mevancy marschierte zu ihrem Zelt und Karren, die wir bei unserer Flucht zurückgelassen hatten.

»Hol deine Sachen!« rief sie mir über die Schulter zu. »Wir nehmen, was wir brauchen, und folgen der Karawane in unauffälliger Entfernung. Wenn etwas passiert, können wir leichter eingreifen.«

Nun ja, immerhin war das eine Lösung.

Trotz ihrer zuweilen hochnäsigen Art war das Mädchen durch und durch zuverlässig; das spürte ich. Auch gefiel sie mir. Ich schlug mir also den Gedanken an eine Auseinandersetzung über die Frage aus dem Kopf, wer bei uns das Sagen habe.

»In Ordnung«, sagte ich und kehrte zum wartenden Schniefer zurück.

Ich stieg auf, zog dem Tier den Kopf herum und trabte auf Mevancys Zelt zu.

Es hätte mich nicht im geringsten überrascht, wenn

bei unserem Abritt der blaue Skorpion trutzig über uns erschienen wäre und uns ins Lager zurückgezerrt hätte.

Aber das geschah nicht.

Vielleicht verstanden die Everoinye, was wir planten: Vielleicht trauten sie Mevancy mehr als mir — auch wenn sich ihre Einstellung mir gegenüber offenbar veränderte. Ich sollte sie fragen, ob sie die verwirrende Welt voller Metallkästen kannte.

»Das reicht bis morgen früh«, sagte sie, zog die Zügel an und stieg ab. »Hinter dieser Anhöhe sieht uns niemand. Ich übernehme die erste Wache. Leg dich schlafen! Ich wecke dich, wenn du an der Reihe bist.«

Ich warf ihr einen Blick zu und stieg aus dem Sattel. »Ja, tu das«, sagte ich.

Ich schlief sofort ein und erwachte erst, als eine Hand mich an der Schulter berührte. Die Stellung der Sterne und Monde verriet mir, daß die Nacht etwas zur Hälfte vorbei war. »Nun schlaf gut, mein Mädchen!« sagte ich.

Sie legte sich nieder und sagte ruhig: »Ich bin nicht dein Mädchen, und du wirst dich mir gegenüber immer nur höflich äußern. Ich komme auch ohne deine Hilfe zurecht, vergiß das nicht.« Sie drehte sich um und fuhr mit veränderter Stimme fort: »Was für unmögliche Leute von den Herren der Sterne beschäftigt werden!« Sie wußte genau, daß ich sie gut verstehen konnte.

Mir war sofort klar, daß sie mich nur necken wollte — und das sagt einiges über meine Gefühle aus. Für rachsüchtig hielt ich sie nicht.

Dennoch traf ihre frühere Äußerung zu; sie führte das Kommando, und ich war einverstanden, die Dinge laufen zu lassen.

Die Nacht verging ohne Zwischenfälle, und am Morgen frühstückten wir, ohne ein Feuer zu machen, und schauten zu, wie die Karawane ihr Lager abbrach und sich langsam in Bewegung setzte.

»Man wird Leotes mitnehmen und mit großem Zeremoniell begraben«, sagte sie. »Ich werde an der Feier teilnehmen. Das steht fest. Du brauchst nicht dabei zu sein, Kohlkopf.«

Ich sagte: »Ich entscheide später darüber.«

Sie schluckte einen Brocken Brot und nahm einige Palines. »Drajak, während wir warten, kannst du mir von dir und deinem bisherigen Leben erzählen. Diesmal sagst du mir aber die Wahrheit!«

Ich erzählte ihr einige Geschichten, die sogar meistens stimmten, und berichtete ihr von der Rettung des alten Mog vor den Menschenjägern von Faol. »Ich wußte nicht genau, wen ich eigentlich rauspeitschen sollte, und schnappte mir etliche falsche Kandidaten. Die Everoinye ließen mich jeden in Sicherheit bringen, ehe sie mich wieder zwischen den Menschenjägern absetzten.«

»Erinnert mich an damals, als der alte Suringlas sich nicht darüber klar werden konnte, wer sein Ziel war ...«

»Suringlas war Kregoinye?«

»Natürlich, du Fambly! Wir legten uns mit einer Horde Gauner an, die den Kov in der Mangel hatten; dabei sollten wir uns um die Kovneva kümmern!«

Ich hielt es für angebracht, einen kleinen Versuch zu unternehmen. »Eigentlich sollte man doch meinen, daß die Everoinye, wenn sie so allmächtig und schlau sind, die Vernunft besäßen, uns zu sagen, wen sie wollen ...«

»Kohlkopf! Sei vorsichtig!«

Ihr Gesicht verriet, daß sie damit rechnete, eine Katastrophe werde über mich hereinbrechen. Ich seufzte innerlich. Da hatte ich es nun wieder mit jemandem zu tun wie Pompino: den Herren der Sterne treu ergeben, fest davon überzeugt, daß sie nicht fehlgehen konnten, sich stets in alle Richtungen verneigend. Pompino hielt sie gar für Götter. Ich ahnte, daß Mevancy nicht so weit ging. Was sie glaubte, war ihr vom Gesicht abzulesen; die Everoinye standen über jeder Kritik. Sie verlangten absoluten Glauben und Gehorsam und bekamen beides. Queyd-arn-tung!*

Sie sammelte sich und wollte etwas sagen, aber ich kam ihr zuvor: »Konntest du bei deiner Arbeit für die Everoinye ein bestimmtes Muster feststellen?«

»Muster? Ich weiß nicht, was du meinst.«

Vermutlich war sie noch nicht lange Kregoinya. Und offenbar hatte sie als Sekundantin gearbeitet. Das Kommando hatte der besagte Suringlas und der arme Rafael geführt, der nun nicht mehr lebte. Dafür schuf sie sich nun einen Ausgleich, indem sie das Kommando unseres neuen Teams übernahm. Dagegen hatte ich nichts einzuwenden.

»Einige Leute, die ich retten mußte, hatten Dinge getan, die erklärten, warum die Herren der Sterne sie weiter am Leben wissen wollten.«

»N-nun ja«, sagte sie gedehnt und kniff die Augen zusammen. »Nein, so etwas ist mir bisher nicht aufgefallen.«

»Zum Beispiel rettete ich einmal einen religiösen Lehrer und Propheten, der sich sehr für die sanftmütigeren Diff-Rassen eingesetzt hat. Ihr Leben hat sich durch ihn sehr verbessert.«

»Das war nicht in Loh!«

»Nein. In Hamal.«

»Ach«, antwortete sie. »Das ist in Havilfar.«

So hatte ich denn nun einen neuen Eindruck: Mevancy kannte den großen Kontinent Havilfar, der östlich von Loh lag, bisher nicht.

Und wieder mußte ich an Strom Irvil und an sein amüsantes Numim-Gehabe denken — das natürlich nur für mich amüsant gewesen war, denn er behandelte nach eigenem Bekunden seine Leibsklaven sehr streng. Meine Erinnerung wurde von Mevancys spontaner Re-

---

* Queyd-arn-tung: Dazu ist nichts weiter zu sagen! — *A. B. A.*

aktion ausgelöst, daß das nicht in Loh hatte sein können. Hier gab es einiges nachzudenken ...

Die Karawane brauchte noch einige Zeit bis zum Aufbruch, und wir setzten unser Gespräch fort; dabei achteten wir darauf, nicht zuviel zu offenbaren. Endlich setzten sich die Karren und Kutschen grollend in Bewegung, und die Reihen der Packtiere schritten rhythmisch durch den Sand. An der Stelle, wo sich das Lager befunden hatte, blieben zwei Gestalten zurück, die jeweils die Zügel einer Lictrix hielten.

»Worauf warten die?« fragte Mevancy unruhig.

Ich stand auf.

»Runter mit dir, du ...«

»Das sind Pondo und Nafty«, sagte ich. »Sie warten auf dich.«

»Was?«

Sie fand die Situation unfaßbar. Sie setzte zu einer Bemerkung an, überlegte es sich anders, stand auf, legte eine Hand über die Augen und starrte zu ihren beiden Mitarbeitern hinüber.

»Im Namen Gahamonds des Weisen — was tun die beiden da?«

»Sich ihren Lohn verdienen. Sich um dich kümmern.«

»Aber du Onker, es weiß doch niemand, daß wir hier sind!«

Ein Schatten huschte über Sand und Steine und über die Anhöhe; im Näherkommen verflachte er und trennte sich in zwei Schatten. Die Zwillingssonnen warfen Licht in die Schatten des anderen Gestirn; der Zwillingsschatten ging von einem fliegenden Wesen aus.

»Da ist noch jemand, der genau weiß, daß wir hier sind«, sagte ich.

Sie hob den Blick.

Ihr Gesichtsausdruck! Er entsprach der Reaktion Strom Irvils und Pompinos, die ebenfalls auf diese Weise zum Gdoinye emporgeschaut hatten, dem Spion und Boten der Herren der Sterne.

Sie schluckte. Plötzlich erschien ein strahlendes Lächeln auf ihrem Gesicht. Ihre nächste Geste erstaunte mich. Sie winkte dem riesigen Raubvogel fröhlich zu, der da mit seinem goldenen, scharlachroten und schwarzen Gefieder über uns schimmerte, eine stolze, hochmütige Erscheinung, die da oben wie auf der Jagd kreiste.

Der Gdoinye schwebte mit steif ausgebreiteten Flügeln abwärts, dann raste er mit großer Geschwindigkeit wieder in die Höhe. Dabei stieß er ein Krächzen aus. Im nächsten Augenblick war er nur noch als Punkt sichtbar, der sich dann unseren Blicken ganz entzog.

»Die Gdoinya«, sagte Mevancy und atmete keuchend aus. »Wir sind in guten Händen.«

Sie hatte deutlich Gdoinya gesagt — die weibliche Form des mir bisher bekannten Namens. Das ergab einen gewissen Sinn. Ich hatte schon immer geahnt, daß die Herren der Sterne mehr als einen Spion einsetzten, wofür ich auch schon gewisse Beweise hatte. Mevancy wußte so gut wie ich, daß weder Pondo noch Nafty die Gdoinya sehen konnten, und sagte nun: »Nun, das ist gut. Laß uns herausfinden, was die Famblys wollen.«

Sie schaute mich an. »Na, Kohlkopf! Worauf wartest du noch?«

Ich eilte also den rückwärtigen Hang hinab und schaffte ihre Zorca und Schniefer herbei.

Wir stiegen auf und ritten auf Mevancys Männer zu. Nafty begrüßte uns mit einem Lachen, und Pondo gelang es, nicht allzulaut zu murren.

»Llahal, meine Dame!« rief Nafty. »Wir sollen dir sagen, daß keine Gefahr mehr besteht.«

»Woher wußtet ihr beiden Hulus, daß ich hier bin?« wollte Mevancy wissen.

»Also — das hat man uns gesagt!«

»Wer hat das gesagt?«

»Tuong Mishuro«, antwortete Pondo, »der Gespenstische.«

»Er ist nicht gespenstisch«, widersprach Nafty. »Aber woher hat er dann gewußt ...?«

Die beiden begannen sich zu streiten, doch Mevancy machte der Auseinandersetzung ein schnelles Ende. »Shastum! Ruhe!« Dann fuhr sie fort: »Tuong Mishuro hat euch gesagt, ich warte da draußen, und ihr sollt mir ausrichten, die Gefahr wäre nun vorbei?«

»Genau, meine Dame«, antwortete Nafty und wirkte nun schon weniger gut gelaunt.

»Wie ich schon sagte«, wiederholte Pondo, als wir langsam hinter der Karawane herzureiten begannen, »der Gespenstische.«

Die beiden Krieger ließen keine Überraschung erkennen, daß ihre Herrin im Ödland verschwand und sich dort offenbar versteckte. Sie hatten sich aus dem Streit mit Hangol herausgehalten. Sie waren nicht versklavt, sondern Männer, die gegen Sold Karawanen bewachten; was ihre Chefin tat, konnte sie allein entscheiden. Es ging sie nichts an, sofern sie nicht das Schwert ziehen mußten, um sie zu beschützen.

Diese Überlegung brachte mich auf einen Gedanken. »Ich hoffe, es geht Llodi gut«, sagte ich zu Mevancy. »Er fragt sich bestimmt ...«

»Wenn er nur einen Funken Verstand hat, reitet er nach Makilorn.«

»Wahrscheinlich.«

»Und was soll das bedeuten, Drajak?«

Wäre ich ein anderer gewesen, hätte ich nun leichthin gelacht und eine ausweichende Bemerkung gemacht. So sagte ich nur: »Gute Gefährten liegen mir am Herzen.«

Aufgebracht fuhr sie mich an: »Willst du dich damit hinstellen und behaupten, ich wäre nicht ...«

»Ich sitze im Sattel«, antwortete ich gelassen.

Bei Vox! Sie nahm mich tüchtig ran, wie wir auf der Erde sagen — ihre Flinte ging mit beiden Läufen gleichzeitig los. Die Federn flogen nur so.

Nach einer Weile hielt sie inne, um nach Luft zu

schnappen. Ihr Gesicht war bis unter die Haare gerötet. Sie hatte ein Gesicht, das innere Kraft verhieß, nicht schön, aber angenehm anzuschauen mit dem großzügigen breiten Mund, der allerdings jetzt zu einer dünnen Linie zusammengepreßt war. Ihre Augen waren hell. Ihre Gesichtsrötung war beinahe besorgniserregend, und das Pulsieren des Blutes unter der weißen Haut überraschte mich in seiner Intensität.

Ich beschloß, die Dinge irgendwie zur Ruhe zu bringen. Ha! Ich, Dray Prescot, beschloß etwas! Der Gedanke daran läßt mich noch heute laut auflachen. »Beruhige dich, Mevancy«, sagte ich. »Sonst platzt dir noch eine Ader.«

Mein Val!

Sie begann wieder von vorn und fauchte und schimpfte und nannte mich den gemeinsten aller Undankbaren, den dümmsten aller Onker, den scheußlichsten aller Hulus. Schließlich gab ich Schniefer die Hakken zu spüren, trabte ein Stück voraus und schloß mich Nafty und Pondo an.

»Und glaub ja nicht, ich sage denen nicht auch Bescheid!« rief sie hinter mir her.

Was die Drohung anging, mich bei den Herren der Sterne anzuschwärzen — anders konnte ich ihre Bemerkung nicht deuten —, so verstand sie meine Beziehung zu jenen mächtigen, hochstehenden, aber im wesentlichen verlorenen Superwesen nicht. Sie wußten längst, wie sie mich strafen konnten. Wegen Ungehorsam hatten sie mich einmal einundzwanzig elende Jahre lang zur Erde zurückverbannt; inzwischen vermeinte ich eine bessere Grundlage mit ihnen gefunden zu haben. Gleichwohl wußten sie, daß ich sie und ihren Gdoinye verachtete. O nein. In ihrer Ehrfurcht vor den Herren der Sterne hatte die arme Mevancy keine Ahnung, wie ich diese Wesen behandelte.

Wahrscheinlich war es dennoch nicht falsch zu behaupten, daß in dieser Beziehung ich der Onker war.

Obwohl die Herren der Sterne der Menschheit längst hätten entwachsen sein sollen, wollte mir scheinen, daß sie noch immer etwas kleingeistig Menschliches hatten, denn sonst hätten sie mich nicht so streng behandelt, während sie mit Mevancy viel großzügiger umgingen. Aber natürlich konnte ich mit dieser engen Einschätzung völlig falsch liegen, und wenn ich ganz ehrlich sein will, so erkannte ich das wohl auch tief in meinem Herzen. Vielleicht, so redete ich mir ein, vielleicht würde ich bei der nächsten Begegnung auf einen Wortwechsel mit den Everoinye verzichten. Auch wenn so etwas dem Blutdruck überaus förderlich war, bei Vox!

Mein sinnloser Streit mit Mevancy hatte zur Folge, daß ich mich bei ihr nicht nach Leotes und nach der Bedeutung seiner letzten Bemerkung erkundigen konnte, ehe er freiwillig in die Tiefe stürzte.

Die hochnäsige junge Dame hätte mir vielleicht auch gar nicht geantwortet — mir, einem schwächlichen Onker, der ihr als dummer Helfer aufgedrängt worden war!

Gemächlich ritten wir weiter und holten die Karawane und Tuong Mishuro ein, der ein schwaches Lächeln aufgesetzt hatte. Er gab keine Erklärungen ab, sondern sagte nur, San Hargon sei zur Stadt vorausgaloppiert. Hangol war verletzt, und man suche eine bessere ärztliche Versorgung, als Dr. Slezen und Dr. Nalgre die Nadel, Leotes' Arzt, sie bieten konnten. Unerklärliche Morde waren geschehen, und man war ein wenig nervös. Trotzdem sollten wir bald in Makilorn eintreffen, wo dann alle in Sicherheit waren.

»Wer hat getötet?« wollte Mevancy wissen.

»Das weiß niemand«, antwortete Mishuro. »Aber das will wohl auch niemand wissen.«

Sie können sich vorstellen, daß mich das entmutigte. Als Herrscher von Vallia hatte ich mir eine Maxime zu eigen gemacht, die ich allerdings schon vorher kannte: Es ist die Pflicht des einzelnen, sich darum zu kümmern, was in einem Land geschieht. Es nützt nichts, dies dem Nächsten zu überlassen.

Mevancy sagte: »Danke, Lynxor Mishuro ...«

»Du kannst mich San nennen«, unterbrach Mishuro sie nachsichtig.

»Natürlich.« Tuong Mishuro war kein hoher Herr, sondern ein San, ein Weiser. Mevancy fuhr fort: »Danke, San. Wir klären das alles, wenn wir die Stadt erreichen.«

So zogen wir unserer Wege und erreichten im weiteren Verlauf von Tsung-Tans Zeit den Fluß der Treibenden Blätter und die große Stadt Makilorn, die sich an seinen Ufern erhob. Vielleicht war ich nicht der einzige, der sich fragte, was wohl als nächstes passieren würde.

12

»Ich muß eine Liste erstellen«, äußerte Mevancy nal Chardoz. Sie sprach im Brustton der Autorität. Wir saßen in einem Raum im Obergeschoß von Lulli Quincys Logierhaus. Auf dem Tisch vor uns befanden sich die Überreste des ersten Frühstücks, die Strahlen der Sonnen stachen schräg durch die quadratischen Fenster, und Mevancy gab sich überaus geschäftsmäßig.

Ich mußte an eine Verszeile aus einer Operette von Gilbert und Sullivan denken, in der von einer ›kleinen Liste‹ die Rede war.

»Ich meine es ernst, Kohlkopf. Ich habe dir noch nicht verziehen, daß du ...«

Offenbar hatte einer meiner Mundwinkel gezuckt, so daß sie sich einbildete, ich habe gelächelt. »Ich stimme dir zu, daß die Sache ernst ist«, entgegnete ich und versuchte mit Nachdruck zu sprechen. »Kannst du dich denn an alle erinnern?«

»Natürlich, du Fambly.«

»Vergiß nicht, daß ich flach auf dem Rücken lag und mich nicht rühren konnte.«

»Ach, ich erinnere mich ganz deutlich, wie ich dich ins Freie gezerrt habe.«

Ich wollte schon mit den Dingen dagegenhalten, die ich getan hatte, hielt mich aber zurück. Ein galanter valianischer Koter hatte es nicht nötig, das Gedächtnis einer Dame auf diese Weise aufzufrischen. Statt dessen sagte ich: »Ich habe ein kleines Schmuckstück aus Gold oder Messing aufgelesen, nach dem der arme Rafael greifen wollte ...«

»Ach! Also, wo ist es?«

»Die Drikinger haben es.«

Sie fluchte auf ihre damenhafte Weise, nahm sich dann aber zusammen. »Das heißt, das Ding könnte bei den Sachen sein, die Leotes von seinem Überfall auf das

Banditenlager mitbrachte. Du weißt schon, als wir das Rapier erbeuteten, das du wie ein Onker mit dir herumschleppst.«

»Was findest du denn so verdammt wichtig an dem Stück?«

Sie runzelte die Stirn. »Ich weiß es nicht. Und das ist die Wahrheit. Aber San Tuong Mishuro war sehr bekümmert, es verloren zu haben. Er fing immer wieder davon an.«

»Hm. Na, dann steht er also auf der Liste.«

Sie schrieb den Namen an das Kopfende des Papiers. »Und Dame Floria.«

»Die Lynxora Floria Inglewong, ja. Und Lynxor Nanji na Fuokane.«

»Nanji Tawang«, sagte sie und zog eine Grimasse. »Ja, vermutlich hast du recht. Er muß auch auf die Liste.«

»Erwähnt wurden ein Lynxor und eine Lynxora Shalang.«

»Ach, die dicke Thyllis. Die sind in Larishsmot geblieben.«

»Das wäre also alles ...?«

»Nein. Wenn du für die Everoinye arbeiten willst, mußt du dich klüger anstellen, Drajak. Anwesend waren auch die Bediensteten und Sklaven. Außerdem Olipen, ein Kaufmann aus Guishsmot, ein frischvermähltes junges Paar, Listi und Larrigen Partang aus Makilorn, Margon der Ron, ein Zhan-Paktun, und Frau Telso, eine Dame unbestimmten Berufes. Sie alle reisten mit der Karawane.«

»Und wurden alle gerettet?«

»Natürlich.«

»Nun«, sagte ich ein wenig mürrisch, »dann ist das ja keine kleine Liste mehr, oder?«

Mevancy klopfte auf das Papier. »Eine dieser Personen muß beschützt werden ...«

»Meiner Meinung nach handelt es sich um San Tuong

Mishuro«, legte ich mich fest. »Er ist typisch für die Art Person, um die die Herren der Sterne sich kümmern.«

»Deine Ansicht wird Berücksichtigung finden, wenn ich meine Entscheidung treffe«, sagte sie ernst. Ich lachte nicht laut auf.

Ich beschäftigte mich mit der irdenen Schale, die die Palines enthielt. Sie wenigstens war wirklich in dieser Situation, die für mich immer unwirklichere Züge annahm.

Aber ich ruhte in der Wirklichkeit. Ich wußte, daß die Herren der Sterne mich gnadenlos zur Erde zurückschicken würden, wenn ich hier und jetzt versagte.

Vielleicht ... vielleicht aber auch nicht — zumindest wenn ich meine jüngsten Berührungen mit den hohen Wesen berücksichtigte ...

»Ja«, sagte sie, »ich finde eher, daß Margon der Ron, unser Zhan-Paktun, gut passen würde.«

Behutsam fragte ich: »Hast du große Erfahrungen mit Söldnern?«

»Ich weiß, eine Person, die die goldene Pakzhan um den Hals trägt, ist ein großartiger Kämpfer und als Krieger berühmt.«

»Nun ja, auf manche trifft das zu.«

»Ach du!« entfuhr es ihr. »Was meinst du damit — außer den Widerspenstigen zu spielen?«

»Du meinst, ich sei eifersüchtig auf sie? Nein!« Ich spürte, wie sich meine Lippen spannten. »O nein!«

»Also, wir stellen jedenfalls fest, wo er wohnt, und schauen uns an, was es zu sehen gibt.«

»Als Anführerin der Expedition«, sagte ich, »könntest du deine Befehle nicht klarer formulieren. Geh voran, meine Dame!«

Im Vergleich zu anderen mir bekannten Städten — beispielsweise Ruathytu oder Vondium oder Zenicce — war das große Makilorn im Grunde klein. Wahrscheinlich hatte es nicht mehr als hunderttausend Einwohner. Die Stadt erstreckte sich an beiden Ufern des Flusses und bot so manche architektonische Überraschung. Viele Gebäude erinnerten mich an das Grabmal von Dschingis-Khan — Kuppeln, auffällige Dacherker, sechs oder acht Außenwände, feierlich wirkend. Dabei handelte es sich nicht um Grabmäler, sondern um die von Leben erfüllten Häuser einer geschäftigen Bevölkerung. Die Gräber befanden sich draußen im Ödland, die hier kaum noch Wüste genannt werden konnte. Das Land stieg steil an, und nach Sitten, die aus der Zeit stammten, da die Menschen ihre Höhlen noch nicht verlassen hatten, wurden die Toten in Mausoleen und Gräbern begraben, die aus dem Felsgestein herausgehauen worden waren. Als ich die Stadt der Toten im Ödland besuchte, fühlte ich mich nicht an die majestätischen Gräber von Ägypten erinnert; eher mußte ich an die geheimnisvolle Stadt Petra denken und die Reichtümer, die dort zu entdecken waren. Schließlich hielt sich Jean Louis Burckhardt, der mit Recht als der erste Europäer seit den Kreuzzügen bezeichnet wurde, der das legendäre Petra sah, lediglich einen Tag lang dort auf und opferte Harun eine Ziege. Etwas von diesem Glanz sah ich auch in Makilorn. O ja, in dem verschwommenen rosaroten Mondlicht Kregens ließ sich dieser Ort wahrlich mit der ›rosaroten Stadt, halb so alt wie die Zeit‹ verwechseln.

Denn infolge der Ereignisse um die Efeu-Stadt war Makilorn noch relativ jung.

Mevancy verlor keine Zeit. Forsch und umsichtig machte sie sich an ihre Arbeit für die Herren der Sterne.

Notgedrungen marschierte ich hinter ihr her.

Zugleich kam ich mir schon damals gemein vor, weil ich mich doch insgeheim über das arme Mädchen lustig machte. Sie brachte natürliche Talente für ihre Aufgaben mit. Die Dinge mußten getan werden, also erledigte sie sie nach bestem Vermögen.

Es gab in Makilorn nicht viele Blumen. Jeder Quadratzoll des Landes wurde vordringlich für die Ernährung benutzt — entweder als Weideland oder für die Landwirtschaft. Einige der größeren Anwesen zierten sich mit vereinzelten irdenen Wannen, in denen in nachlässig eingeschütteter Erde Blumen gediehen. Natürlich waren Palines die gebräuchlichsten Topfpflanzen.

Einige Tempel hatten ungeheure Ausmaße. Tsung-Tan, die allgemein anerkannte Gottheit dieses Landes, war gut versorgt. Ich sah Prozessionen, die sich durch die Straßen schlängelten, und mußte an zu Hause denken, wo sich Züge über die Alleen und Boulevards neben den Kanälen bewegten und der inbrünstige Ruf nach *OO*-lie *O*-paz! *OO*-lie *O*-opaz in sonoren Wogen zum Himmel aufstieg und die Tauben zwischen den Türmen kreisen ließ. Hier machten sich die religiös Orientierten mit Gongs bemerkbar und läuteten Glokken und sangen im Namen Tsung-Tans — und doch lagen Welten zwischen den religiösen Praktiken. In Vallia sind Opaz und der Geist des Unsichtbaren Zwillings Gottheiten, die als wohltätiger Oberherr der Menschheit verehrt werden — mit allerlei sich fortpflanzenden Konsequenzen in der Interpretation und im Leben der Gläubigen. Hier in Tsungfaril, in Makilorn, wurde Tsung-Tan als der große Versorger gefeiert, der dem einzelnen seinen Platz im Paradies des Gilium freihielt. Die Menschen gingen nicht so weit zu behaupten, das Leben auf Kregen sei mit dem Leben in der Hölle gleichzusetzen — jedenfalls die meisten nicht. Es gab eine große, individualistische Sekte, die diesen Anspruch erhob. Unter Gläubigen gab es kaum Reibungen; alle waren sich einig, das einzige Ziel im Leben sei es, in den Himmel befördert zu werden, an den Ort, den Tsung-Tan jedem einzelnen im Gilium reserviert hatte.

Dies führte zu einem Mangel an Interesse für das Hier und Jetzt, für die Befriedigung unmittelbarer Bedürfnisse.

Mevancy und ich hatten den Eindruck, als stünden die Tsungfariler im Bann einer Gleichgültigkeit, die sich in jeden Aspekt des Lebens spiegelte.

Ausländer eilten herum und erledigten allerlei Dinge, als Angestellte oder auf eigene Rechnung. Ich hatte Mevancy auf das Thema Paol-ur-bliem angesprochen, wohl wissend, daß ich mich auf schwankenden Grund begab, wenn ich wieder von Leotes anfing. Dennoch hatte er sehr munter gewirkt, obwohl er Tsungfariler gewesen war. Sie hatte mich allerdings abgewiesen. »Es wird kommen der Tag, an dem ich dir alles erzähle, Kohlkopf«, sagte sie.

Einige der Ausländer in der Stadt stammten aus Walfarg. Walfarg hatte einst über ganz Loh und Pandahem geherrscht, weite Ländereien östlich von Turismond. Dieses prächtige, riesige Lohische Reich war heute verschwunden. Hier und dort gab es kleine Überreste von Kultur und Lebensgewohnheiten. Tsungfaril selbst wies einige Hinweise auf. Die religiösen Überzeugungen und die Isolation des Volkes führten aber zu einer ganz eigenen Kultur. Ich sah Frauen mit Gesichtsschleiern unterschiedlicher Muster und Farben herumgehen, Frauen aus anderen Teilen Lohs. In der Stadt gab es eine Enklave von Häusern im walfargschen Stil, mit versteckten ummauerten Gärten, in denen sich die verschleierten Frauen ausruhen konnten.

Ich fand den Gedanken komisch, daß Mevancy vielleicht einen Schleier tragen müßte.

Der alte Lorn-Weg setzte sich in westlicher Richtung fort, und es gab im Süden der Stadt einen ordentlichen Fährendienst. Das Gebiet, das in einer normalen Stadt Drinnik der Reisenden genannt wurde, war hier nur widerstrebend zur Verfügung gestellt worden — wie die Erde in den Blumentöpfen. Wenn man aus einem Stück Boden keine Nahrung gewinnen konnte, war er wertlos; nach Möglichkeit nutzte man die Flächen praktisch. O nein, die Makilorner wußten, wozu solche Einrichtungen nötig waren, aber sie forderten von jedem, der den Fluß der Treibenden Blätter überqueren wollte, einen hohen Preis. Irgendwie konnte man sie verstehen. Mevancy allerdings begriff das alles nicht und ließ sich mit der Besatzung der Fähre auf einen hitzigen Wortwechsel ein.

Ich begab mich zu ihr, lehnte mich auf die Mauer und schaute über den Fluß.

»Unerhört!« ließ sich Mevancy vernehmen. »Zwei Leute, ohne Gepäck, die heute nachmittag zurückkehren wollen, eine garantierte Doppelpassage! Und ihr wollt mir dafür einen Ming abknöpfen! Seid ihr verrückt? Ein ganzes Goldstück?«

»Du kannst ja schwimmen, meine Dame.«

Der Fährmann trug einen schiefen Turban aus grauem Stoff; er war kein Sklave. Die Sklaven standen an den Tauen, mit denen die Fähre über den Fluß gezerrt wurde. Dabei handelte es sich um flache Nachen. Wollte ein Schiff quer zur Fährstrecke den Fluß hinauf- oder hinabfahren, wurden die Taue gelockert und sanken auf den Flußboden. Er herrschte ein ziemlich lebhafter Verkehr, und nicht wenige kleinere Boote schienen mit prallen Segeln um die Wette zu fahren.

Mevancy biß sich auf die Lippen und deutete auf das Wasser. »Schwimmen? Mit denen da?«

Die schwarzen Doppelflossen, die hier und dort aus dem Fluß ragten, wirkten nicht gerade einladend. Es waren nicht viele; aber einer dieser Raubfische reichte mit seinen Zähnen aus, um so ein Schwimmunternehmen zu etwas Endgültigem zu machen.

Meine Erinnerungen kehrten zum Fluß des Blutigen Bisses zurück. Ich unterdrückte die aufkommenden Gedanken an Seg und Milsi und meine Abenteuer am Kazzchun-Fluß. Mevancy fauchte: »Und wieviel für eine einzige Person, du hartherziger Drikinger?«

Der Mann blieb völlig ungerührt. Sein faltiges braunes Gesicht, aus dem Klugheit sprach, wandte sich dem Mädchen zu. Abschätzend musterte er Mevancy. »Du brauchst mich nicht zu beschimpfen, meine Dame, denn ich bin Aron der Fährmann, Sohn Arons des Fährmanns, und mein Glaube an Tsung-Tan ist unerschütterlich.« Dann schlug er zu wie ein Risslaca: »Fünfundvierzig Silber-Khans.«

Ich fürchtete schon, Mevancy werde einen Herzschlag erleiden. Ihr Gesicht lief rot an. Sie schüttelte vor der geldgierigen Nase Arons des Fährmannes die Faust. Sie brachte vor Erregung kaum noch ein klares Wort heraus. »Ein Gold-Ming enthält nur sechzig Silber-Khans!« keuchte sie schließlich. »Du bist ein ...« Heftig japsend atmete sie ein und schwenkte die Arme. Dann fuhr sie herum und starrte mich zornig an, der ich gelassen auf der Mauer lehnte.

»Und du brauchst da nicht so selbstgefällig herumzustehen, Kohlkopf!«

Ich war so vernünftig, den Mund zu halten.

Die letzten Karren und Tiere und Passagiere für die bevorstehende Überfahrt der Fähre drängten sich nur etwa einen Fuß über dem Wasser auf dem flachen Deck. Aron der Fährmann reckte sich und zupfte sich die braune Robe zurecht. In seinem Gürtel steckte ein unangenehm aussehender Krummdolch, der mich an einen havilfarischen Kalider denken ließ. So eine Waffe konnte mit einem Stich tückische Wirkung entfalten.

»Du mußt dich entscheiden. Wir legen jetzt ab.«

Das tonlose häßliche Knallen einer Peitsche fuhr durch die heiße Luft. Die Sklaven ächzten, stellten sich in Position und griffen nach den Tauen.

Ich mußte meine Gefühle im Zaum halten. Hier und jetzt vermochte ich nichts gegen die verabscheuungswürdige Einrichtung der Sklaverei zu unternehmen. Doch eines Tages, wenn Opaz wollte, würden meine Freunde und ich dafür sorgen, daß überall in Paz nur freie Menschen lebten.

»Ach, bei Spurl! Na schön! Du Räuber.« Mit diesen Worten schleuderte Ming Aron förmlich einen Gold-Ming zu und schob sich heftig an ihm vorbei. Ich folgte ihr.

Im Vorbeigehen fragte ich Aron: »Für die Rückkehr kostet es noch einen Ming?«

»Und ob, Walfger.« Er sprach mich nicht als Edelmann an, ›Walfger‹ war die lohische Bezeichnung für ›Herr‹ und entsprach etwa dem havilfarischen ›Horter‹ und dem vallianischen ›Koter‹.

Ich war nicht so töricht, ihn zu bedrohen oder zu sagen, daß ich mich bei den anderen Passagieren nach den Preisen erkundigen würden, die sie bezahlten. Ich würde es einfach herausfinden.

Das Westufer unterschied sich ein wenig von der Ostseite, vor allem wohl weil es weniger Tempel und mehr Gewerbegebiete gab. Es gab natürlich das Labyrinth schmaler Straßen und Gassen, das sich in den meisten Städten findet; hier aber verdiente das Gewirr der Wohn- und Arbeitsstätten kaum den Namen Aracloins, die umfassende Bezeichnung für Siedlungen und Sukhs.

Wir fanden die Anschrift, ein großes Gasthaus, das beinahe ebenso stilvoll war wie Lulli Quincys Logierhaus. Noch beim Eintreten beschäftigte ich mich mit den neuen Erkenntnissen, die ich über Mevancys Charakter gewonnen hatte. Für unsere Unterkunft mußte sie so ziemlich den Spitzenpreis zahlen; dagegen hatte sie sich wegen eines einzelnen Gold-Mings für die Überfahrt aufgeregt. Wobei ich nicht daran zweifelte, daß Aron der Fährmann ein hilfloses Opfer gewittert und tüchtig zugeschlagen hatte.

Ich kannte die Leute auf unserer kleinen Liste — oder sollte ich sagen: Mevancys kleiner Liste? — aus meiner Zeit bei der Karawane. Mevancy hatte mir gesagt, daß sie und Rafael die meisten in einer Gruppe ins Freie geschafft hatten, auf einem Weg durch das Feuer, das sich zunächst vor allem in Form von Rauch geäußert hatte. Erst später hatten die Flammen um sich gegriffen.

Eine liederlich wirkende große Frau, die Cham kaute, berichtete uns, daß der riesige Paktun sich empfohlen habe und es nicht schade um ihn sei.

Ich gebe zu, daß mich diese Nachricht doch sehr zufriedenstellte.

Da ich nicht recht wußte, was Mevancy mit ihrem Besuch bezweckte, hatte ich eine unangenehme Szene erwartet. Ich meine, wollte das Mädchen Margon den Ron Tag und Nacht bewachen lassen? Sie stand neben mir und schaute zu, wie die dicken Wangen der Frau sich mit der Ladung Cham bewegten. Schließlich sagte sie leise: »Danke, Walfgera«, und verließ ruhig das Haus.

»Einen können wir durchstreichen«, sagte ich.

»Anzunehmen. Er ist fort. Wäre er unser Ziel gewesen, hätte man uns längst hinter ihm hergeschickt.«

»Ja.«

Ich wollte schon fragen: ›Na, und wen hältst du jetzt für unseren Kandidaten?‹, als sie mit energisch zuvorkam: »Die Parfangs. Listi und Larrigen. Die beiden sind frisch verheiratet und haben nicht viel Geld. Sie wohnen auf dieser Seite des Flusses.«

Mit der komischen Zurückhaltung, die mir allmählich zur Gewohnheit wurde, wenn ich die nochnäsige junge Dame auf etwas hinweisen wollte, das sie wohl übersehen hatte, sagte ich: »Die haben es bestimmt nicht gern, wenn sie ständig beobachtet werden.«

»Die Flitterwochen sind doch wohl vorbei.«

Zynisch war sie auch noch, unsere junge Dame!

»In deiner Heimat gehen wohl viele Ehen schief, wie?«

Sie schenkte mir keine Antwort, sondern marschierte mit gewohnt geschmeidigen Schritten auf die schmale Straße zu, in der das Liebespaar wohnte. Larrigen Parfangs Beruf paßte wohl zu seinem ruhigen Temperament. Er war Schreiber und organisierte das Beladen von Schiffen, die auf dem Fluß fuhren. Er war in Larishsmot gewesen, um die Eltern seiner Braut zu besuchen. Angesichts der Entfernungen, die hier im Spiel waren, schien sich eine romantische Geschichte abgespielt zu haben. Karawanenmeister forderten und erhielten hohe Preise für ihre Dienste, dazu mußten Ausrüstung und Tiere gekauft oder gemietet werden. Kein Wunder, daß die Frischvermählten sich einschränken mußten. Ob sie unsere Kandidaten waren? Die Antwort war: durchaus möglich! Vielleicht würden sie ein Kind bekommen, das irgendeinen Teil dieser Zivilisation zu verändern vermochte, das vielleicht die Vernichtung von Millionen auslöste oder das die Geschichte in eine neue Bahn lenkte.

Die beiden waren nicht zu Hause, und Mevancy biß sich auf die Unterlippe.

»Was jetzt, meine Dame?« fragte ich grausam.

»Ach du!« fauchte sie, aber ihrer Reaktion fehlte die Schärfe.

»Ich glaube, ich spaziere mal zum Hafen hinab. Vielleicht finde ich sie dort.«

»Schön.« Sie warf den Kopf in den Nacken. »Ich gehe los und ...«

Ich unterbrach sie. »Ich halte es für am besten, wenn wir zusammenbleiben.«

»Kohlkopf, ich hab' dir schon mal gesagt — das Denken erledige ich!«

Sie ließ sich nicht umstimmen. Vermutlich hätte ich nicht allein zum Flußufer gehen sollen; damals hatte ich nur das Gefühl, daß es vielleicht ganz nützlich sei, wenn ich ein wenig Zeit für mich hätte.

Makilorn war den Anblick von durchreisenden Fremden gewöhnt, so daß mir ein Großteil der Fremdenfeindlichkeit erspart blieb, die sich in vielen Gegenden der Erde findet, allerdings erheblich weniger auf Kregen. Die Sonnen von Scorpio spiegelten sich im Wasser. Weiter hinten herrschte an den Fisch-Schuppen ein lebhaftes Treiben. Ich wandte mich zurück, um am Ufer entlangzuschauen; von Mevancy war nichts zu sehen. Ich wanderte zu den Fischern und erreichte ohne großes Gefeilsche, daß Kang der Haken uns in seinem Boot für einen Silber-Khan übersetzen wollte.

»Die Fährleute sind gierige Stranks«, sagte er und deutete mit einem braunen Daumen auf die Doppelflossen, die durch das Wasser schnitten. »Es kommt vor, daß sie Leute, die nicht bezahlen wollen, über Bord stoßen.«

»Das Geld bringen die Karren, weißt du«, sagte ein Bursche mit dicken Koteletten, der förmlich verstrickt war in das Netz, das er flickte.

»Aye«, bestätigte Kang, »die Karren und Tiere.«

»Ich bin in etwa einer Bur zurück«, sagte ich und machte mich auf, um Mevancy zu suchen.

Die Uferzone vor den Schuppen der Fischerleute war mit behauenen Steinblöcken aufgemauert worden. So wichtig die Fischer für die Stadt auch waren, hatte man sie nun auf einem schlammigen Stück Ufer vor den Schuppen zusammengedrängt. Natürlich erleichterte das das Zuwasserlassen der Boote.

Ich war der Auffassung, die Herren der Sterne würden dafür sorgen, daß wir in der Nähe der Person waren, die wir schützen sollten, sobald diese Person in Schwierigkeiten geriet. So hielt ich es für völlig sinnlos, überall in der Stadt herumzulaufen. Aber wie sollte ich dies meiner Kommandeuse begreiflich machen?

Hinter dem befestigten Ufer erhoben sich die Lagerhäuser mit ihren hohen Backsteinmauern. Hier irgendwo verbrachte Larrigen Parfang seine Tage, indem er die Frachtlisten der Schiffe erstellte.

Inmitten der Leute, die hier ihren Geschäften nachgingen, hielt ich die Augen offen.

Vermutlich hatte Mevancy eingesehen, wie sinnlos ihr Vorhaben war, denn sie kam mir am Ufer mit energischen Schritten entgegen. Ich beobachtete sie und bewunderte zum wiederholten Mal den geschmeidigen Schwung ihrer Hüften. Dann brüllte ich los.

»Mevancy! Hinter dir!«

Sie fuhr sofort herum. Die drei häßlichen Burschen, die sich plötzlich aus einer entgegenkommenden Gruppe Lagerarbeiter lösten, hoben schweren Knüppel. Sie waren in Lumpen gekleidet, die Gesichter schmutzig. Sie sprangen auf Mevancy zu, die allein am Ufer stand.

Sie streckte die Arme gerade nach unten, dann hob sie sie um fünfundvierzig Grad. Ich sah die Nähte ihrer Ärmel aufplatzen. Der erste der drei Banditen torkelte kreischend zurück und zupfte an seinem zerstörten Gesicht. Überall sickerte Blut. Der zweite versuchte auszuweichen, doch auch sein Gesicht zeigte sich plötzlich blutig und entstellt. Seine Züge waren bedeckt von Gebilden, die wie Nadeln aussahen. Der dritte Angreifer erreichte Mevancy und prallte aus vollem Lauf gegen sie.

Sie versuchte dem verzweifelten Angriff auszuweichen.

Beinahe wäre es ihr gelungen. Der Kerl versuchte sie zu packen, und ich sah, wie sein Gesicht förmlich aufplatzte. Die Anstrengung kostete Mevancy aber das Gleichgewicht.

Der Unhold kreischte, fuhr sich mit den Händen im Gesicht herum und torkelte zusammengekrümmt im Kreis.

Ich beachtete ihn nicht.

Mevancy stolperte, torkelte, versuchte wieder ins Lot zu kommen. Vergeblich.

Lautlos stürzte sie ins Wasser. Sofort näherten sich zwei Flossenpaare.

13

Mein altes Seemannsmesser glitt aus der geölten Scheide, und ich lief über die Ufersteine und hechtete mit einem langen flachen Kopfsprung ins Wasser.

Nun ja, ich gelte als guter Schwimmer und vermag Perioden unter Wasser zu bleiben, die Zuschauern unglaublich lange vorkommen. Ich tauchte unter und sah Mevancy wieder hochkommen und mit Armen und Beinen strampeln.

Hinter ihr zeigte sich der tödliche schlanke Umriß des Stranks als grau-, grün- und rosagefleckte Fläche. Die Zwillingsflossen ragten steif empor, das Maul war aufgerissen. Der zweite Raubfisch war ein blauer Schemen, noch ein Stück entfernt.

Ich zog die Beine an, trat aus und tauchte unter den Strank. Die beiden schwarzen Augen des Fisches, die wie Murmeln wirkten, waren auf das strampelnde Mädchen gerichtet. Mit heftigem Tritt gewann ich Höhe, und das Seemannsmesser bohrte sich tief hinein und zertrennte die Bauchdecke des Fisches. Die schuppige Haut bot heftigen Widerstand, aber meine Klinge war scharf, und meine Muskeln wurden von der Angst um Mevancy ebenso angetrieben wie aus Freude, sie wieder einmal richtig benutzen zu können.

Blut strömte ins Wasser.

Ich durfte mit diesem Burschen keine Zeit mehr verschwenden, denn der zweite Fisch raste herbei und schien es direkt auf mich abgesehen zu haben. Er würde seinen Kurs beibehalten. Das Blut im Wasser konnte ihn behindern; aber erst nachdem er mich zerfleischt hatte.

Danach würden seine Brüder und Schwestern und Vettern erscheinen ...

Wieder wirbelte ich mich unter ihn, als er anzugreifen versuchte. Er wollte den Kurs wechseln, aber das Seemannsmesser traf ihn hinter den Kiemen. Ich bewegte das Messer herum. Der Raubfisch rollte fort, und frisches Blut wallte durch das Wasser. Ich riß das Messer heraus und schwamm so schnell wie möglich auf Mevancy zu.

Ich erreichte sie von unten, umfaßte ihre Hüfte und hob sie an. Das war natürlich dumm gehandelt, ich öffnete damit dem Ärger Tür und Tor.

Sie versuchte mich am Kopf zu treffen, aber schon erreichten wir die Oberfläche.

Ich tat einen gewaltigen Atemzug und brüllte: »Tau!«

Vor mir erhob sich das gemauerte Ufer, eine grünschleimige Fläche. Darüber sahen wir verkürzt eine Reihe von Körpern und Köpfen, die zu uns herabschauten. Jemand hatte die Umsicht, uns ein Seil zuzuwerfen.

Ehe ich mich darum kümmerte, tauchte ich noch einmal und schaute mich im Wasser um. Keine Spur von einem weiteren Strank — noch nicht.

Ich legte Mevancy das Tau um, die keuchend und spuckend etwas zu sagen versuchte. »Halt den Mund, Mädchen, und nimm das Tau!« Ich brachte meine trainierte Seemannsstimme zur Geltung: »Hievt an, aber mit Schwung!«

Mevancy verschwand tropfend nach oben.

Wieder verschwendete ich keine Zeit. Ich atmete tief ein, tauchte unter die Oberfläche und schaute mich um, das Messer fest umklammernd.

Diesmal ließ sich ein Vetter blicken, den ich erledigte wie schon die ersten beiden.

Als ich diesmal den Kopf zum silbrigen Himmel streckte, sah ich das Seil an der Ufermauer baumeln und ergriff es mit der linken Faust. Das Seemannsmesser landete zwischen den Zähnen, mein rechte Faust packte ebenfalls das Seil, und so stemmte ich die Füße gegen die Steine und kletterte wie ein Bergsteiger hinauf.

Ich hätte schwören können, daß ich das Schnappen von Strankzähnen hinter mir hörte.

Mevancy lag ausgestreckt auf dem Pflaster, ein Mädchen sprang auf ihr herum, und Wassertropfen sickerten ihr aus dem Mund.

Laut murmelnd brachten die Zuschauer ihre Überraschung und ihr Entsetzen zum Ausdruck. Ich hielt nach den drei Banditen Ausschau, konnte sie aber nicht sehen.

Mit einem Gurgeln wie ein verstopfter Ablauf, der sich vom Unrat eines Monats befreit, brachte Mevancy heraus: »Du! Ach du!«

Das Mädchen, das auf ihr herumgetrampelt war, stellte die Behandlung ein.

»Danke, Walfgera«, sagte ich zu ihr.

Sie wischte sich eine Haarsträhne aus dem Gesicht und schürzte die Lippen. Dann sagte sie: »Man weiß nie, was das Richtige ist. Aber ihr seid Fremde.«

»Vielleicht hätte man sie zur Pracht Tsung-Tans bekehren können, Ysbel!« rief eine alte Frau, die sich einen Schal um den Kopf gebunden hatte. »Man weiß nie!«

»Walfgera Ysbel«, sagte ich, »du hast genau richtig gehandelt, und ich danke dir.«

Mevancy blubberte ein wenig und schüttelte den Kopf und spuckte und schluckte und lenkte die allgemeine Aufmerksamkeit damit wieder auf sich. Als sie aufstand, fanden die Zuschauer, daß das Schauspiel vorüber war. Niemand machte eine Bemerkung über den Vorfall.

Es dauerte nicht lange, da waren alle verschwunden und setzten ihren Tagesablauf fort. Nur Ysbel und ihre Schwiegermutter waren noch bei uns und starrten Mevancy an.

»Deine Arme ...«, sagte Ysbel schließlich.

Mevancy hatte die aufgerissenen Ärmel darüber gezogen; der nasse Stoff konnte aber den löchrigen Zustand ihrer Haut nicht verbergen.

»Ach«, sagte Mevancy und warf den Kopf in den Nakken, »das liegt am Wasser.« Wie ein Chavonth fuhr sie zu mir herum. »Na, Kohlkopf? Willst du den ganzen Tag Löcher in die Luft starren? Wir haben Arbeit.«

Ich richtete meine Antwort an Ysbel. »Ich danke dir noch einmal. Ich finde, deine Tat wäre eines Goldeslohns wert.« Dann fügte ich hinzu: »Für die Pracht Tsung-Tans.«

Ysbels Schwiegermutter lachte heiser.

Mevancy riß ihren Geldbeutel auf und schaufelte Ysbel einige Ming zu. Ich wandte mich ab. Ich konnte mir allmählich vorstellen, welchem Problem Ysbel gegenübergestanden hatte, als diese anscheinend ertrunkene Fremde vor ihr lag.

Ysbel schlug nicht die Augen nieder, als sie sagte: »Danke, meine Dame. Wärst du ein Paol-ur-bliem gewesen, würdest du mir gar nicht danken!«

Mevancy kniff die Lippen zusammen und antwortete nicht.

Nachdem wir höfliche Remberees gewechselt hatten, trennten wir uns. Wir schritten am Ufer entlang, und Mevancy sagte barsch: »Dahinter steckt bestimmt Hangol!«

»Wahrscheinlich«, antwortete ich. »Ganz sicher wissen wir es nicht.«

»Das sollen normale Verbrecher gewesen sein?« Sie schüttelte den Kopf. Sie hatte sich schnell wie eine Katze wieder erholt. »Nein, das glaube ich nicht.«

Als ich sie zum Boot Kangs des Hakens führte, warf sie den Kopf in den Nacken, sagte aber nichts, sondern ging an Bord und bezahlte den Silber-Khan, ohne auch nur mit der Wimper zu zucken. Ich spürte, daß sich ein neues: *Ach, du!* in ihr staute.

Die Überfahrt dauerte nicht lange, und Kang ließ sich lang und breit darüber aus, wie töricht es gewesen sei, ins Wasser zu springen, und wie sehr ich die Dame lieben müsse; und wie groß ihre Liebe zu mir zu sein habe. Ich merkte, es dauerte nicht lange, bis Mevancy wie ein kochender Kessel explodieren würde; zum Glück erreichten wir das andere Ufer und verließen das Boot, ehe diese Katastrophe eintreten konnte. Trotzdem! Der Gedanke belustigte mich.

Auf dem Rückweg zu unserem Logierhaus sagte sie: »Morgen ist die Beerdigung.«

Ich war nicht so dumm zu fragen, ob sie hingehen wolle. »Wahrscheinlich werden die anderen Leute von der Karawane dort sein«, sagte ich statt dessen.

»Vielleicht.«

»Ja. Ich glaube, ich werde mich unter die Leute mischen.«

»Wie du willst.«

»Aron der Fährmann hat dich kommen sehen«, sagte ich. »Du warst ein Hühnchen für ihn, das er rupfen konnte. Nein, es macht mir keinen Spaß, mich der Menschenmenge anzupassen. Aber ich finde, unsere Chancen stünden besser, wenn wir nicht auffielen wie zwei bunte Hühner.«

Sie blieb stehen und fuhr zu mir herum: »Du! Kohlkopf! Vergiß nicht ... wer du ...«

»Ich weiß das sehr gut — Hühnchen«, antwortete ich und ging weiter.

Sie richtete erst wieder das Wort an mich, als wir gegessen hatten und in der oberen Gaststube überlegten, was von unserem ersten Tag in Makilorn noch übrig war.

»Kohlkopf!« sagte sie plötzlich.

Ich hob den Blick. »Ja, Hühnchen?«

Sie atmete schwer durch die Nase, sehr schwer. Dann: »Du hast dir meine Arme angeschaut.«

»Aye.«

»Dann muß ich es dir wohl sagen. Auf jeden Fall muß ich sehr viel essen.«

»Mir ist schon aufgefallen, wie sehr du dich vollstopfst.«

»Ich muß das verlorene Gewebe so schnell wie möglich ersetzen. Ich habe so ziemlich alle meine Bündel verbraucht.«

»Waren das die Dinger, die in den Gesichtern der Schurken steckten?«

»Natürlich.«

»Und im Auge des Rapas, und als Hangol getroffen wurde?«

»Unten am Fluß war ich überrascht. Ich reagierte heftig. Ich habe viel zu viele abgeschossen. Viel zu viele.«

»Ja, du hast die Kerle ziemlich übel zugerichtet.« Ich griff nach einer Paline und drehte die gelbe Beere zwischen den Fingern. »Darf ich ...?«

»Warum nicht? Hier ...« Sie streckte den rechten Arm aus. Die glatte, seidige Haut endete an Handgelenk und Ellbogen. Dazwischen lag eine narbige Fläche, die mich an Bienenwaben erinnerte. In den Schlitzen steckte nur noch etwa ein Dutzend der tödlichen kleinen Stäbchen, der Bündel. Sie erzeugten den körnigen Effekt, der mir schon aufgefallen war. Sie fuhr fort: »Sie werden durch Blutdruck abgeschossen. Leichter ist es, wenn ich zornig bin, was gewöhnlich der Fall ist. Häufiger allerdings habe ich Angst.«

»Willkommen im Klub«, sagte ich.

Sie zog den Arm zurück. Ich war fasziniert von diesem neuen Einblick in die vielfältige Natur Kregens. Aber — vielleicht war dies nicht das Ergebnis einer natürlichen Evolution, sondern ein weiteres Beispiel dafür, wie die uralten Savanti in die Natur eingegriffen hatten?

»Zu Hause sind alle so?«

Ihr breiter Mund erweiterte sich zu einem Lächeln. »O nein. Nur die Frauen.«

Nun ja, das erklärte ein wenig ihren Hochmut.

»Sag mal, Mevancy, wo liegt denn das Land, aus dem du stammst?«

Ich rechnete eigentlich nicht damit, daß sie antworten würde. Aber vielleicht hatten die Ereignisse einen Damm in ihr brechen lassen, denn sie sagte nur: »Ich stamme aus Sinnalix. Es gab dort einst eine Kultur, die so fortgeschritten war wie jede andere Nation auf Kregen; aber dann überrannte man uns, und jetzt leben wir kaum besser als Barbaren. Es ist eine Schande.«

Ich kannte die Geschichte. Die Sinnalixi bewohnten ein lohisches Gebiet südlich von Murn-Chem, nordwestlich von hier. Mevancy war also gar nicht weit von zu Hause entfernt. Ihr Land war Teil des Walfargschen Reiches gewesen; ihr Volk hatte schlimme Zeiten durchmachen müssen, und obwohl es Barbaren unterschiedlichster Ausprägung gibt, wußte ich, was sie meinte. Ich hatte nichts gewußt von der erstaunlichen Fähigkeit der Sinnalixi-Frauen, sich durch den Abschuß winziger Pfeile gegen Angreifer zu verteidigen. Alles in allem hatte ich nichts dagegen.

Mevancy berichtete, daß sie aus einer guten Familie stammte, die schwere Zeiten durchmachte. Nun ja, — bei Zair! — auf wen traf das nicht zu? Nachdem sich in Sinnalix die Barbarei ausgebreitet hatte, eine Barbarei, die im Materiellen wie auch im Geistigen wirkte, hatte das Land jeden Zusammenhalt verloren. Das Leben war verroht. Mevancys Vater — ich mutmaßte, daß er in der Gemeinde Besitztümer hatte, die ihm Gehorsam eintrugen — hatte Erfolg gehabt und ein reiches Mädchen aus einem befreundeten Stamm geheiratet. Vielleicht ließ sich die langanhaltende Unwissenheit, die über dem Land lag, allmählich vertreiben. Das Erbe des Walfargschen Reiches mochte noch positive Folgen haben.

»Ich fiel auf, weil mit mir nicht leicht Palines essen war.« Sie äußerte sich, ohne mich anzuschauen, und schob dabei eine gelbe Beere auf ihrem Teller hin und her. »Meine Mutter starb bei einem Überfall auf unsere Siedlung, und das war der Anfang der schlimmen Zeiten.«

Ich dachte an Jilian die Süße. Die beiden Mädchen hatten kaum Ähnlichkeit miteinander, doch hätten sie in gewisser Weise auch Schwestern sein können.

»Suringlas hatte eine Aufgabe für mich, und ich half ihm. Das eine führte zum anderen, und schließlich war ich mehr als froh, meine ganze Zeit den Everoinye widmen zu können.«

Die nüchterne Beschreibung, wie sie von den Herren der Sterne aufgegriffen worden war, überraschte mich mehr als alles andere.

»Du hast seither nur für sie gearbeitet?«

»Seit Suringlas nach Sinnalix kam.«

Ich nahm mir vor, nicht zu fragen, wie lange das her war. Vermutlich nicht lange.

»Wie lange ...?« fragte sie.

»Ich habe mich mit den Everoinye nicht immer gut gestanden«, antwortete ich. »Manchmal war ich ungehorsam, und sie haben mich bestraft.«

Sie schnaubte durch die Nase. »Nun ja, damit mußte man wohl rechnen, Kohlkopf, nicht wahr?«

Dagegen ließ sich nichts sagen, bei Krun!

Ich lehnte mich in meinem Sitz zurück und wählte sorgfältig die Worte und sprach so beiläufig wie möglich. »Nachdem nun Pondo und Nafty nach Larishsmot zurückgekehrt sind, erhebt sich wieder die Frage nach Helfern.«

Natürlich ist es übertrieben zu sagen, daß es mich nicht überrascht hätte, wenn sie ihre restlichen Bündel auf mich abgeschossen hätte. So drückte sie lediglich das Rückgrat durch und warf mir einen durchdringenden Blick zu. Dann sagte sie: »Du meinst, wenn wir sie unten am Fluß bei uns gehabt hätten, wäre ich nicht ins Wasser gefallen?«

»Möglich.«

»Hm.« Sie wandte den Blick ab und spielte weiter mit der Paline herum. Kurz bevor sie sie sich in den Mund warf, sagte sie: »Schön.«

»Das ist immerhin eine Erleichterung.«

»Mein Geldbeutel ist nicht bodenlos.«

Ich faßte diese Äußerung als Bemerkung und nicht als Kritik auf und konnte daher leichthin sagen: »Gewiß statten dich die Everoinye mit Mitteln aus.«

»Von Zeit zu Zeit.«

An ihre gelassene Einstellung zu Dingen, die ich noch

immer als Wunder empfand, würde ich mich noch gewöhnen müssen.

»Nun ja, dann wirst du schon nicht verhungern.«

»Da du mein Assistent bist, gilt das gleiche ja wohl für dich, Kohlkopf.«

»Vielen Dank, Hühnchen«, sagte ich bescheiden und mußte mich wirklich zusammennehmen, um das Lächeln, das in mir aufstieg, nicht nach draußen dringen zu lassen.

»Dir ist nicht wohl?«

»Doch, doch. Alles in Ordnung. Mir kam nur ein Gedanke.«

»Na, den laß mal schnell hinter dir, wenn dein Gesicht davon so verzerrt wird.«

»Quidang!« sagte ich nach bewährter militärischer Art.

»Ja«, bemerkte sie schniefend. »Ach, ich ahne schon seit einiger Zeit, daß du Paktun bist.« Sie musterte mich verschlagen. »Eher wohl ein Masichieri — ein Bandit, der sich als ehrlicher Söldner ausgibt.« Sie begann sich in eine neue Sache hineinzusteigen. »Und vermutlich stehst du sogar weit über einem einfachen Mort-Paktun — nein! Du bist sogar Zhan-Paktun, ein Hyr-Paktun und trägst die goldene Pakzhan an einer seidenen Schnur um den Hals!«

Ich muß sagen, ich war eher verwirrt, als daß ich verlegen oder verärgert gewesen wäre, doch tat sie mir leid. Für ihr Verhalten gab es nur eine sehr unschöne Erklärung — die mir beängstigend erschien. Hatte ich wirklich Angst davor? Nun ja, jedenfalls begrüßte ich diese Erklärung nicht, o nein, bei weitem nicht. Ich hatte mir im Umgang mit räuberischen Frauen, die auf Dinge aus waren, die ihnen nicht gehörten, einen gesunden Instinkt der Selbsterhaltung entwickelt. So fragte ich mich, ob meine Erklärung wohl stimmte, und begann nun doch Mitleid mit ihr zu empfinden.

Ihre Augen funkelten, sie atmete lebhaft. Und ihr Gesicht war gerötet — auffällig gerötet. Diese Farbe, die ich zuerst für den Hinweis auf einen ungesunden Blutdruck gehalten hatte, war nun erklärt. Und sie aß wirklich überaus viel! Ihr Körper war damit beschäftigt, frische Bündel wachsen zu lassen, die in den Vertiefungen der Unterarme die verschossenen Pfeile ersetzen sollten. O nein, bei Djan!, ich hatte wirklich keine Lust, ein solches Geschoß ins Auge zu bekommen!

Am Nachmittag ging ich hinunter, stellte Frau Quincy einige Fragen und kehrte zu Mevancy zurück.

»Kannst du mir vier Gold-Mings leihen?« fragte ich sie.

»Ach?«

»Ich muß mir Kleidung kaufen, die nach Makilorn paßt. Einen braunen Umhang ...«

»Ah, jetzt willst du dich stutzerhaft schmücken, Kohlkopf?«

Ich sah, wie ihre roten Lippen zitterten, und sagte geduldig: »Ich will mich bei der Beerdigung unter die Leute mischen und dich dabei im Auge behalten, Hühnchen. Das fällt mir leichter, wenn ich nicht von vornherein als Fremder zu erkennen bin.«

»Ja, ja, das verstehe ich. Hier, Kohlkopf, hier!« Sie schleuderte mir praktisch eine Handvoll Silber- und Goldmünzen entgegen. Die Stücke schepperten und klirrten in der Gaststube.

Bedrückt mußte ich mir eingestehen, daß ich mit ihr wohl Schwierigkeiten bekommen würde. Welch eine Tragödie! Wir sollten ein bestens aufeinander eingespieltes Team sein und für die Herren der Sterne arbeiten. Statt dessen drohte nun dieses Problem.

Ganz bewußt lenkte ich mich von dem wahrhaft unglaublichen Gedanken ab, indem ich sagte: »Uns allen wird Leotes fehlen.«

Sie war offenkundig mit etwas anderem beschäftigt, denn sie antwortete, ohne nachzudenken: »Oh, der wird sich tummeln, der wird sich tummeln.«

14

Die Beerdigung Leotes' li Ningwan, des Vads von Sabiling, verlief doch ganz anders, als ich es erwartet hatte — nicht daß ich mir darüber sonderlich viele Gedanken gemacht hätte.

Obwohl Kregen eine riesige Ansammlung von Völkern mit unterschiedlichen Gebräuchen ist, konnte man Rituale und Ehrenbezeigungen erwarten — so unterschiedlich sie auch ausfallen mochten. Leotes aber, so wollte mir scheinen, während ich im Schatten einer breiten Säule in einer finsteren Kuppelhalle stand, wurde schlichtweg aus der Welt geschafft.

Sein Körper, von vier Sklaven hereingebracht und auf dem Scheiterhaufen abgelegt, war noch immer in das Leinentuch gewickelt, in dem er bei der Karawane aufgebahrt gewesen war. Seine Kinder traten zu dem Leichnam, schauten ihn — wie mir scheinen wollte uninteressiert — an und entfernten sich wieder. San Hargon war zur Stelle, streng wie immer; offenbar wirkte er als eine Art Aufseher. Strom Hangol war nicht gekommen. Mevancy hielt sich abseits, sie war bleich und nervös; sollte Hargon gewalttätig werden, so wollte ich nicht weniger rücksichtslos reagieren als er. Tuong Mishuro und sein Jünger Lunky standen in der Nähe Mevancys. Außer diesen Leuten sah ich keine Karawanenangehörige. Soviel zur Kameradschaft der anstrengenden Reise.

Sklaven warteten unterwürfig. Auf Hargons ungeduldiges Zeichen wurden Fackeln zwischen die dünnen Holzscheite geworfen. Flammen zuckten empor, schwärzten das Leinentuch, flackerten und erstarben wieder.

Offenbar war nicht annähernd genug Brennstoff vorhanden, um den Scheiterhaufen aufflammen und einen menschlichen Körper verzehren zu lassen. Rauch erhob sich in dünnen Fahnen. Niemand sprach oder rührte sich, bis San Hargon seinen goldenen Stab hob: Augenblicklich eilten Sklaven herbei, ergriffen das angesengte Leinenbündel und marschierten hinaus.

»Man hat bei ihm viel Holz gebraucht«, hauchte mir eine Stimme ins Ohr. »Sehr viel. Nun ja, das war zu erwarten, da er doch ein reicher Vad war und so weiter.«

Ohne mich umzudrehen, fragte ich: »Bist du noch intakt?«

»Mehr oder weniger. Es ging zuweilen ziemlich knapp zu, da mußte ich mich gehörig ducken und so.«

»Was passiert jetzt mit ihm?«

»Na, man bringt ihn über den Fluß und steckt ihn in seine Höhle.«

»Einfach nur so?«

»Also, bei Lohrhiang von den Fünf Handflächen, das ist doch nur sein alter verbrauchter Körper.«

»Ich hätte angenommen, daß man ihm ein wenig mehr Respekt entgegenbringt.«

»Na, das tut man doch, oder? Schau dir doch das viele Holz für den Scheiterhaufen an.«

Ich kam nicht weiter. Ich drehte mich noch immer nicht um und fuhr fort: »Ich behalte Hargon im Auge. Ich glaube, er legt es darauf an, Dame Mevancy etwas anzutun.«

»Dann durchbohre ich den Shint mit einem Pfeil!«

»Wir haben bedauert, daß du auf unserem Ritt in die Stadt nicht dabei warst. Dame Mevancy freut sich bestimmt sehr, wenn sie erfährt, daß es dir gut geht.«

»Gut geht es mir, aber hungrig bin ich!«

Seine Einstellung gegenüber Hargon interessierte mich, doch ich stellte meine Überlegungen dazu zurück. Die Sklaven, die Leotes' Leiche trugen, waren fort, und San Hargon folgte ihnen. Er schaute Mevancy nicht an und bemerkte Llodi und mich nicht in den Schatten. Er verließ das Gebäude.

Mishuro näherte sich Mevancy. Er sprach leise, aber deutlich: »Du bist mutig, aber töricht, meine Dame. Ich glaube, du schwebst in großer Gefahr.«

»Da hast du sicher recht, San.«

»Ja, und?«

»Wenn ich töricht bin, liegt das bestimmt daran, daß ich eine Fremde bin und eure Sitten nicht kenne. Ich wollte noch einmal Leotes' Gesicht sehen.«

»Das kann ich sicher bald bewerkstelligen, wie ich schon sagte, da du dazu berechtigt bist. Das Problem ist nur, daß Hargon den Wachdienst leitet.«

»Ich weiß nicht recht, was ich dagegen unternehmen kann.«

»Den Shint mit Pfeilen spicken!« hauchte mir Llodi ins Ohr.

»Vielleicht später«, sagte ich. »Du solltest deinen Bogen lieber auf die Burschen richten, die da hinten herumschleichen ...«

»Schon gesehen!«

Ich hörte, wie ein Bogen gespannt wurde, wie ein Pfeil die Sehne verließ, wie jemand nach einem zweiten Pfeil griff. Die Spitze traf ihr Ziel. Der erste der schwarzgekleideten Männer, die da in den Schatten des fernen Ausgangs heranschlichen, schrie auf. Es gab vier weitere Angreifer, die nun lossprangen, noch immer lautlos, obwohl sie entdeckt worden waren. In ihren Fäusten funkelten Schwerter.

Llodi schickte seinen nächsten Pfeil auf den Weg und schaltete einen der Attentäter mit einem Armschuß vorübergehend aus.

Mein neuer brauner Umhang hatte es mir ermöglicht, mich unter diesen Leuten zu bewegen, ohne Aufmerksamkeit zu erregen. Dabei mußte ich das Rapier natürlich verborgen halten. So zog ich nun den Lynxter, den Mevancy mir gegeben hate, und sprang vor.

Der erste Attentäter zupfte sich bereits an den blutigen Augen herum, Blut rann ihm über die Wange.

Für mich blieben also noch zwei.

Die Angreifer waren nicht bestürzt über ihre Ausfälle. Es handelte sich um echte Profi-Stikitche. Die dunkle

Kleidung, die Lautlosigkeit ihres Handelns, der schnelle Angriff — alles deutete darauf hin. Der Mann, der einen Pfeil im Arm stecken hatte, erholte sich und verschwand hinter den beiden Männern vor mir, die meine Aufmerksamkeit erforderten. Ihre Klingen zuckten mir vor den Augen herum.

»Du Onker, Kohlkopf!« kreischte Mevancy. »Halt dich da heraus!«

Sie hatte den Dolch gezogen, den sie zu benutzen verstand. Natürlich! Sie hatte nicht geglaubt, daß ich Hangols Wächter niedergeschlagen hatte, um sie zu retten; sie glaubte, ich sei noch immer schwach wie ein Woflo, eine Täuschung, die ich weiter aufrechterhalten wollte. Aber hier und jetzt, da Mevancy in Lebensgefahr schwebte? Lieber nicht, bei Krun! Keine noch so raffinierte List wog das Leben dieser hochnäsigen kleinen Dame auf, zu der ich große Zuneigung empfand. Sie mußte gerettet werden, da gab es gar keine Widerrede.

Ich unterlief den ersten Hieb und drehte mich und stach zu, und mein Lynxter leuchtete rot.

Mevancy schleuderte ihren Dolch. Die Klinge pfiff mir verdammt dicht am Ohr vorbei und bohrte sich mit dumpfem Geräusch in das Gesicht des zweiten Attentäters, der mich eben in den Kampf ziehen wollte.

Als der Unhold zusammenbrach, sah ich, daß hinter ihm der Mann stand, der zunächst einen Pfeil in den Arm bekommen, hatte; schon aber steckte ihm ein zweiter Pfeil im Hals. Llodi hatte seine Arbeit zu Ende gebracht.

»Also wirklich!« sagte Mevancy mit gereizter Stimme.

»Diese Stikitche sind Profis«, sagte ich. »Allerdings nicht von hoher Qualität ...«

»Weil sie ihr Ziel nicht erreicht haben, Walfger Drajak?« fragte Mishuro.

»Ja, und weil sie keine Masken und keinen Körperschutz trugen.«

»Es gibt die verschiedensten Sorten Meuchelmörder auf Kregen«, sagte Mishuro ein wenig salbungsvoll. »Diese fünf wären für mich gut genug gewesen, vielen Dank.«

Mevancy lachte. »Du hast recht, San.« Sie bemerkte meinen Blick, und ich runzelte die Stirn und machte eine allgemein gebräuchliche fragende Geste. Wer war denn nun das Ziel dieser Männer gewesen — sie oder er? War er die Person, zu deren Schutz die Herren der Sterne uns entsandt hatten? Ich war immer mehr davon überzeugt. Mevancy streckte mir nicht die Zunge heraus; ihr Gesichtsausdruck verriet, daß ich es ihrer Meinung nach verdient hätte.

»Ich glaube, sie hätten mich gleich mit getötet«, sagte Mishuro. »In dieser sündigen Welt ist den Stikitchen kaum etwas heilig.«

»Hargon auch nicht«, sagte ich ein wenig hitzig. »Er und Cramph Hangol haben diese Mörder angeworben. Du weißt doch, San, daß es Hangols Männer waren, die in Anwesenheit Hargons Leotes und Dame Mevancy in die Tiefe stießen.«

»Mevancy behauptet das jedenfalls. Sie hat dafür keine Zeugen.« Ich wollte schon mit heftigen Worten reagieren, als er fortfuhr: »Ich glaube ihr. Aber auf legalem Wege läßt sich nichts unternehmen.« Er ließ die Worte ausklingen.

Na schön! Er mochte wie ein alter Buddha aussehen, entrückt, selbstlos, jedem engstirnigen Streben und Verlangen sterblicher Seelen enthoben; dabei wollte er hier etwas erledigt haben. Ich bin nicht umsonst ein erfahrener Leem-Jäger. Ich spürte sofort, daß sich hier die Rädchen von Absichten und Verschwörungen drehten. San Hargon hätte sich wohl gefreut, wenn San Mishuro bei dem Attentäter-Angriff mit ums Leben gekommen wäre; hier sahen wir nun die Kehrseite dieser Medaille, kein Zweifel, bei Krun!

Leute strömten herein, um nachzuschauen, was das

Lärmen sollte. Wir überließen es ihnen, die Toten zu beseitigen und den Saal zu säubern. Mishuro verlangte, wir sollten ihn zu seiner Villa begleiten.

Unterwegs sagte Mevancy mit ernster Stimme: »Du hattest Glück, Kohlkopf, daß der Bursche sich geradewegs in dein Schwert stürzte und sich selbst aufspießte. Sonst wäre dein Kopf über den Boden gerollt.«

»Großes Glück.« Sie glaubte also noch immer, daß ich kraftlos war; ich konnte meine kleine Scharade fortsetzen! Na schön, blieb ich also dabei.

Ich hatte mein Schwert an der schwarzen Kleidung der Toten gesäubert. Ich bemerkte, daß Llodi sich zwei seiner Pfeile zurückgeholt hatte; der dritte war zerbrochen. Er setzte den großen lohischen Langbogen ein. Obwohl wir uns auf dem Kontinent Loh befanden, ist das keine dumme, überflüssige Bemerkung, denn die flachen und zusammengesetzten Bögen sind hier ebenso verbreitet wie sonst in Paz. Was Llodis Geschicklichkeit im Umgang mit dem Bogen anging, so konnte ich darüber nur Vermutungen anstellen. Immerhin war er Strangdjim; wäre er als Bogenschütze gut gewesen, hätte er doch wohl entsprechend Verwendung gefunden und wäre nicht als Speerträger herumgelaufen.

Zumindest ich hätte nichts dagegen gehabt, wenn man ihn überredet hätte, sich bei Mevancy zu verdingen.

Mishuros Villa besaß kühle Arkaden und umfriedete Gärten; es herrschte großer Komfort. Den Herrn versorgte eine kleine Armee von Dienstboten und Sklaven. Dies paßte nicht zu dem Bild, das er während der Karawane abgegeben hatte; damals hatte ihn nur sein Jünger Lunky begleitet. Hier betraten wir nun eine Villa voller Menschen. Mir fiel auf, daß er eine eher kleine Truppe Söldner unter dem Kommando eines dicken schwitzenden Cadades beschäftigte, dessen Hauptaufgabe darin zu bestehen schien, die große Haupttür zu öffnen und zu schließen.

»Natürlich«, antwortete er auf meine Frage, »dächte niemand im Traum daran, mir zu schaden.«

»Undenkbar«, sagte Llodi. »Ich bitte dich, Sucher sind wie die Todalpheme: unantastbar.«

Wir bekamen eine üppige Mahlzeit vorgesetzt, und ich kam zu dem unangenehmen Schluß, daß ich doch einige Fragen stellen mußte, Fragen, die die Zuhörer meiner Geschichte sich bestimmt schon selbst gestellt und wohl auch schon beantwortet haben. Ich kann meine Blindheit nur damit entschuldigen, daß ich noch keine ruhige Minute gefunden hatte, die Situation zu durchdenken.

»Soweit ich die Dinge verstehe«, sagte ich, »sind Sucher etwas sehr Geheimes — und verzeih mir, San, wenn ich sage, daß ich keine Ahnung habe, was ein Sucher ist oder tut.«

»In der Tat«, antwortete Mishuro. Er stützte sich auf den Tisch und schälte mit einem kleinen Messer mit Goldgriff eine Squonch. Der angenehme saftige Duft füllte das kleine Speisezimmer. »In der Tat.« Starr schaute er Mevancy an und richtete dann den Blick auf mich. Letztlich aber betrafen seine Worte Llodi und waren auch für ihn bestimmt. »Ich spüre hier etwas Seltsames. Llodi die Stimme, ich bitte dich, bei mir als Leibwächter in Dienst zu treten. Was meine Geheimnisse angeht: Ja, es gibt sie: Ich werde nicht umsonst Sucher oder Dikaster genannt.«

Mevancy wollte etwas antworten, aber er fuhr fort: »Etwas Böses lauert hier. Etwas Böses, das ich spüre und das mich mit schlimmen Vorahnungen erfüllt.«

»Geht es um Zauberkräfte?« wollte Mevancy wissen.

»Ich ... ich weiß nicht recht ...«

»Ein verdammter Zauberer aus Loh!« sagte ich und fügte hinzu: »Ich meine, Zauberer aus Walfarg.«

»Nein, ich glaube nicht.« Mishuro ließ das Schälmesser einen Augenblick lang ruhen und wischte sich mit dem Handrücken über die Stirn. »Nein. Wenn das der

Fall wäre, läge unsere Sache viel schlimmer. Ich habe wirklich das starke Gefühl, daß böse Kräfte am Werk sind. Ich bitte dich, mir zu helfen.«

Ein Scharren war zu hören, dann eine rauhe Stimme, die eher knarrend als heiser klang: »Ich bin hier, Herr.«

»Ja, ja, Lunky, du bist ein braver Bursche. Aber ich glaube, hier und jetzt brauchen wir eine kräftige Hand. Llodi ...«

»Eine starke Hand!« entfuhr es Lunky. »Also, Walfger Drajak ist schwach wie ein Woflo ...!«

»Ja!« sagte Tuong Mishuro, Sucher, und Lunky schwieg verschüchtert.

In der Annahme, daß wir diesen Mann im Auftrag der Herren der Sterne beschützen sollten, nahm ich den Auftrag gern. Ich hätte daran denken müssen, daß Dame Mevancy unsere Schar leitete, bei Vox!

»N-nun ja«, sagte sie gedehnt und schürzte die Lippen. »Wir haben zahlreiche Verpflichtungen.«

Er legte den schweren Buddhakopf schief und schaute unter schweren Brauen zu ihr hinüber. »Ja, das verstehe ich. Ich kann dir die Gastfreundschaft meines Hauses anbieten, eingeschlossen den Schutz, der damit verbunden ist — so wie du mir hilfst.«

»Der San spricht klug«, sagte ich. »Es tummeln sich böse Kräfte. Für mich sähe ich hier die Lösung einiger unserer Probleme.«

»Ja, ja, Kohlkopf. Aber überlaß das Denken mir.«

Llodi war so unhöflich, schnaubend auszuatmen. Ich hielt mich zwar auch nicht für einen vornehmen Herren, blieb aber stumm und schaute das Mädchen an — nicht zornig oder bekümmert, sondern in staunender Bewunderung.

»Also gut, San«, sagte sie schließlich forsch. »Ich bin froh, dein freundliches Angebot annehmen zu können.« Stirnrunzelnd schaute sie mich an. »Das gleiche gilt für Walfger Drajak.«

Llodi schloß sich uns nur zu gern an, zumal es Sold

geben sollte. So wurde die Vereinbarung getroffen und das einfache Bokkertu abgeschlossen.

Tuong Mishuro schickte eine Gruppe Sklaven unter dem Kommando eines stellvertretenden Majordomo zum Logierhaus von Lulli Quincy, um unsere Sachen abholen zu lassen, so karg unser Gepäck auch sein mochte. Anders war es wohl nicht möglich. Wenn sich Hangol und Hargon mit uns auseinandersetzen wollten, könnten sie ohnehin leicht feststellen, wo wir steckten. Ich fragte mich unwillkürlich, ob Hargon, der asketische Rast, wie sein verbrecherischer Kumpan Hangol aus Hamal stammte.

Was die bösen Kräfte anging, die wir spürten — wenn sie keinen magischen Ursprung hatten, sollten wir damit fertigwerden. Waren Zauberkräfte am Werk, mußte ich wohl davon ausgehen, daß San Tuong Mishuro, ob er sich nun Sucher nannte oder nicht, keine thaumaturgischen Kräfte aufbringen konnte, die gegen einen Zauberer aus Loh wirksam wären. Mishuro hatte gemeint, wenn hier Magie im Spiel wäre, dann nicht als Werk eines Zauberers aus Loh — oder eines Zauberers aus Walfarg, wie er hier in Loh genannt werden müßte. Immerhin gab es viele andere magische Kulte und Geheimgesellschaften auf Kregen. Selbst wenn wir es mit einem dieser geringeren Magier zu tun hatten, würde wohl Mishuros Können kaum ausreichen.

Ich konnte mich an zwei Gefährten wenden, die ebenfalls Zauberer aus Loh waren; sie konnten helfen, wo immer sie sich in Paz befanden. Khe-Hi hielt sich in Valka auf, Deb Lu war im Auftrag von Herrscher Drak ins vallianische Vondium gereist. Und wenn ich sage, daß sie ›helfen konnten‹, so meine ich natürlich, daß ich davon ausging, sie wären in der Lage zu helfen. Zauberer aus Loh, ob man sie nun Gefährten nennen darf oder nicht, sind auf höchst seltsame Weise empfindlich, wenn es um ihre Künste geht — etwas, das sich der normale Mensch nicht vorstellen kann. Was Ling Li anging, nun ja, sie war bestimmt bei Khe Hi. Als Gefährtin hatte sie uns bei manchem magischen Kampf beigestanden. Hier und jetzt konnte ich nur inbrünstig hoffen, daß die drei Magier aus Loh wieder zur Stelle sein würden.

Verfolgt von dem starken Squonch-Aroma, gingen wir los, um uns um unsere Sachen und die Unterbringung zu kümmern. Ich meinte, ein wenig Licht in die Frage der Sucher oder Dikaster gebracht zu haben. Der Mann oder die Frau selbst mochten nicht geheim sein; das Geheimnis betraf die Art und Weise, wie sie ihre Arbeit verrichteten. In gewalttätigen Umständen ist es immer wieder überraschend, Leute zu finden, die bereit sind, andere in Ruhe zu lassen. Diese seltsame Gewohnheit gibt es hier und dort aber auch auf der Erde — so könnte eine Gruppe Priester unbelästigt über ein Schlachtfeld gehen. Dennoch hatte Mishuro, unantastbar oder nicht, Angst um sein Leben. Soviel stand für mich fest.

War Strom Hangol, dieser Rast, nun tot oder nicht?

Meine Überlegungen brachten mich zu der Überzeugung, daß San Hargon die größere Bedrohung darstellte.

Aber er war kein Zauberer. Zumindest ergaben das die wenigen eigenen Erkundigungen, die ich hatte anstellen können; außerdem war auch Mishuro dieser Ansicht. Vielleicht stellte er sein Licht unter den Scheffel, vielleicht spielte er auf ähnliche Weise raffiniert wie ich mit meinen Körperkräften. Die Zukunft dieser Affäre schien mir sehr im dunkeln zu liegen, sehr im dunkeln.

Im weiteren Verlauf des Nachmittags erhielt Mishuro Besuch von einer Gruppe ernst aussehender Leute. Sie zogen sich etwa eine Stunde lang mit ihm zurück. Als sie fort waren, berichtete er uns, man habe ihm keine Erkenntnisse über die Identität der Attentäter melden können. Nun ja, das überraschte niemanden, bei Krun! Er fuhr fort: »In der nächsten Woche werde ich sehr beschäftigt sein. Ich werde für nichts anderes Zeit haben.«

Sein Gesicht spiegelte eine konzentrierte Anstrengung, als mache er sich auf eine große Mühe gefaßt. »Zu unserer aller Wohl hielte ich es für das beste, wenn ihr mich begleiten würdet.«

Ohne nachzudenken, platzte ich heraus: »Und was sollst du ...?«

Mevancy hieb wie ein Meißel dazwischen: »Warte, Kohlkopf!« Sie wandte sich halb zu Mishuro um. »Dies alles ist für Leotes, San?«

»Ja.«

»Dann begleiten wir dich natürlich.«

Und noch immer ahnte ich nichts von dem Hintergrund für alle diese Dinge! Vermutlich hatte der Hieb auf den Kopf meinen Verstand doch nachhaltiger gelähmt. Es war alles so offensichtlich, daß ein Blinder es hätte sehen müssen. Damals aber ermahnte ich mich nur zur Wachsamkeit. Ich wollte weitermachen und sehen, was passierte.

Aber bei Makki Grodnos vereitertem, heraushängendem linken Augapfel — genau das war manchmal gleichbedeutend mit einem Leem-Schlund, in den man seinen dummen Kopf steckte!

15

Die Frau sagte: »Herr, das Kleine ist gestorben.«

Mishuro betrachtete die Frau sehr aufmerksam. Auf ihrem Gesicht zeigten sich Falten der Erschöpfung, ihr Haar war zerzaust, und der bleiche schwache Mund verriet Resignation. Sie stand an der offenen Tür ihres Hauses, eines Lehmbaus, eines von vielen in der Zone zwischen den landwirtschaftlich bebauten Flächen und der Wüste. Sie trug ein schlichtes sackähnliches Kleid, einst fröhlich-gelb, jetzt aber von ausgewaschenem Braun. Sie trug keinen Schmuck. Ihr Mann schuftete irgendwo auf den Feldern, und sie hätte jetzt an seiner Seite gestanden, wäre da nicht die kürzliche Geburt des Kindes gewesen, das gerade gestorben war.

»Die Frau lügt!« behauptete Hargon mit barscher Stimme.

Tuong Mishuros Gesicht blieb ohne jeden Ausdruck. »Zeig uns das Grab!«

Sie schwenkte die Hand zum Fluß und die kahle Wüste, die dahinter begann.

»Nein«, sagte Hargon, »nein, ich glaube dir das nicht. Zur Seite!«

Der Geruch der bewässerten Anlagen, Schlamm, Vegetation, die Nässe in allem — dies stand wie eine Wolke über der Erde. Die Familie lebte und arbeitete hier seit langer Zeit. Ich sagte mir, daß der Tod eines Säuglings ein schlimmer Rückschlag sein mochte — oder eine segensreiche Befreiung. Damals wußte ich es nicht. Was ich wußte und was ich mir hätte in Erinnerung rufen müssen, war der Umstand, daß jede Familie anders war, wie immer die Umstände im einzelnen auch aussahen.

Die Frau machte eine jämmerlich-abwehrende Bewegung, um Hargon am Betreten ihrer Hütte zu hindern. Ein Söldner, einer von Leotes' Leuten, stieß sie zur Seite. Mir fiel auf, daß er die Frau nicht unnötig grob behandelte. Gefolgt von Mishuro und Llodi, trat Hargon ein. Mevancy schaute zu mir herüber. Ich ahnte ihre Gedanken. Wie kamen wir nur dazu, in solcher unmittelbaren Nähe von Hargon zu arbeiten? Immerhin waren wir es, die ihm die Ermordung Vad Leotes' zur Last legen konnten. Er hatte versucht, uns aus dem Weg zu räumen, und würde sich bestimmt weiter bemühen, uns zu töten. Die Sache war höchst ungemütlich.

Die Sonnen von Scorpio schickten ihr vermengtes Licht über die Felder und spiegelten sich in den Bewässerungsgräben. Die Frau hatte zu weinen begonnen, schimmernde Tränen liefen ihr über die Wangen. Mishuro erschien an der Tür. Sein Gesicht hatte den Ausdruck nicht gewechselt.

»Kling Koo«, sagte er — dies war der Name der Frau. »Es ist nicht das richtige.«

Die Frau sank auf die Knie und hob die Hände. Ihr Gesicht strahlte.

»Lob sei Tsung-Tan!« rief sie. »Lob und Pracht im Übermaß!«

Hargon kehrte ins Freie zurück; sein Gesicht wirkte verkniffen. »Man sollte die Frau bestrafen. Sie ruft Tsung-Tan an, doch gleichzeitig trotzt sie ihm. Das Kolleg ist ausdrücklich ermächtigt, ohne Ausnahme eine Inspektion zu verlangen. Sie ist zu bestrafen.«

»Ich glaube nicht, daß das in diesem Fall wirklich nötig ist.« Mishuro äußerte sich fest und entschieden; gleichwohl schien er zu wissen, daß er sich auf unsicherem theologischen Boden bewegte. »Niemandem ist geschadet worden. Du siehst selbst, warum die Frau gelogen hat.«

Hargons Faust näherte sich dem Dolch. Ich würde dem Cramph den Kopf abschlagen, ehe er die Klinge in Mishuros Nähe schwingen konnte.

»Ja, einige lügen, andere nicht. Sie halten es für eine Schande.« Eine hektische Röte lag auf seinen Wangenknochen. »Ich werde dem Kolleg Meldung machen.«

»Das ist dein Recht.« Mishuro wandte sich halb zu Lunky um. »Wo ist das nächste?«

»In einem Haus an der Nordmauer, Herr. Sohn eines Wächters.«

»Schön. Gehen wir!«

Wir entfernten uns, folgten gemächlichen Schritts den beiden Sans. Hargon schien keinen Lehrling zu haben; den Grund dafür kannte ich nicht. Wenn Sie glauben, daß mein enger Kontakt zu diesem mörderischen Cramph mir Schauder über den Rücken laufen ließ — dann haben Sie recht, bei Vox!

Die Situation war für mich höchst seltsam und geladen mit Gefühlen und Leidenschaften, Sehnsüchten und Forderungen. Die Menschen glichen Kesseln, die vor dem Überkochen standen. Wer ihnen in den Weg geriet, war in Gefahr, sich zu verbrennen.

Diesen wirren Gedanken anhängend und hinter den anderen herstolpernd, stellte ich mir die Frage: Konnte Mishuro das Opfer sein, das die Herren der Sterne beschützt sehen wollten? Mevancy ging nicht davon aus. Widerstrebend freundete sie sich mit dem Gedanken an, daß unsere Zielperson einer von zwei unangenehmen Menschen war: Oberherr Nanjy oder Dame Floria.

Im Gehen fühlte ich mich plötzlich bewogen, zu der Frau zurückzuschauen, die sich überschäumend erfreut zeigte, daß Mishuro und Hargon ihr Kind nicht ausgewählt hatten. Wie ich schon sagte: Der Soldat, der in Leotes' Gefolge gedient hatte, war sanft mit ihr umgegangen, eigentlich freundlicher, als es die Natur der Sache erwarten ließ. Nun sah ich einen anderen Soldaten, der von Hargon frisch eingestellt worden war, an der Frau vorbeigehen, die neben ihrer Tür kniete. Sein Tun erschien ihm wohl ganz natürlich. Eigentlich war sie ihm nicht im Weg, wie er da, die Strangdja über der Schulter, an ihr vorbeimarschierte.

Jedenfalls versetzte er ihr einen kräftigen Tritt und ließ sie gegen den Türpfosten krachen. Er lachte.

Ich blieb stehen. Ich verharrte auf der Stelle. Ich wartete, während die anderen weitergingen und der Frauentreter näher kam.

Er hob den Kopf und warf mir einen fragenden Blick zu. »Was ist mit dir, Dom?«

Ich bedachte ihn nicht mit einer Antwort, jedenfalls nicht zuerst. Ich versetzte ihm einen kräftigen Hieb auf das Kinn und brachte ihn damit zu Boden. Er war voll bei Bewußtsein. Die Strangdja fiel ihm klappernd von der Schulter. Mit zornig gerötetem Gesicht starrte er zu mir auf.

»Du hast die Frau getreten«, sagte ich. »So hat sich das angefühlt.«

Und ich trat ihn energisch und ohne Rücksicht.

Er wand und krümmte sich vor Schmerzen am Boden.

Ich wanderte hinter Mevancy und den anderen her.

Ich fühlte mich in diesem Augenblick nicht selbstgerecht, ebensowenig hatte ich Spaß daran, diesen üblen Burschen zu treten, Opaz verhüte das! Wie auch immer, der arme Kerl war in seinem Leben bestimmt oft getreten worden und wußte genau, wie sich so etwas anfühlte. Da hatte ich nur seine Erinnerung ein wenig aufgefrischt.

Der Zwischenfall hatte sich am Ende der Prozession ereignet, und niemand hatte etwas davon bemerkt. Ich bewegte mich unauffällig und erreichte Mishuros Sklaven; sie trugen vergoldete Kisten voller Papiere und Bücher. Lunky achtete sorgfältig auf diese alten Bände. Mishuro brauchte sie offenbar nur selten, um seine Erinnerung anzuregen; als wir die Hütte des Wächters an der Mauer erreicht hatten, winkte er Lunky zu sich und ließ sich von ihm ein in Risslacaleder gebundenes Buch bringen. Er schaute einen Augenblick lang hinein, dann betrat er mit Hargon die Hütte. Lunky, das Buch haltend, folgte mit Llodi. Wir warteten draußen. Die Sonnen schienen. Nach einiger Zeit kam Llodi heraus und machte eine flache Handbewegung, die uns anzeigte, daß wir nicht gefunden hatten, was wir suchten.

Unser nächstes Ziel, so tat Lunky Mishuro kund, war ein Holzkaufmann unten am Hafen. Hargon hatte zwischendurch ständig Nachrichten erhalten oder mit Sklaven abgeschickt, etwa wie ein Buchmacher, der seine Wetten und Gegenwetten machte. Nun übernahm er die Spitze und eilte auf den Fluß zu. Mishuro paßte sich dem Schritt an und begann dabei ein Gespräch mit Mevancy; ich war es zufrieden, ein Stück hinter den beiden zu gehen. Soldaten trampelten in ihrer Rüstung und mit ihren genagelten Sandalen dahin, die Waffen schräg über die Schultern gelegt, die Gesichter verschwitzt, staubig und ausdrucklos.

Der Bursche, den ich getreten hatte, warf mir einen Blick zu; er sagte nichts.

»Warum geht er nur hier entlang?« fragte Mishuro und schien damit niemanden im besonderen zu meinen.

Mir war es gleichgültig, auf welchem Wege wir zum Fluß gelangten. Wir bewegten uns im vermengten Licht der Sonnen. Die Straße, die Hargon wählte, führte an hohen Gebäuden vorbei, die im Licht grellweiß aufragten und den Freuden des Lebens gewidmet waren.

Bestimmt war es kein sechster Sinn, wie man diese geheimnisvolle Macht normalerweise begreift. Ich bin ein erfahrener Kämpfer und bleibe nicht nur aufmerksam und konzentriert, sondern habe es mir zur Gewohnheit gemacht, alles, was um mich herum vorgeht, im Auge zu behalten und in Frage zu stellen. Die Ereignisse ringsum werden bemerkt, vergegenwärtigt und gespeichert, und entweder reagiere ich darauf oder beachte sie nicht.

Und ich beachtete die Statue des Strangdjim nicht, die auf einem Mauervorsprung des nächsten Gebäudes stand. Viele Steinfiguren schmückten die Häuser: Tanzmädchen, Musiker, Clowns, Soldaten. Mevancy und Mishuro, die in ihr Gespräch vertieft waren, gingen dicht an der Mauer, und die Statue des Soldaten wackelte, kippte und stürzte auf sie zu.

Ich sparte mir den Aufschrei.

Ich sprang einfach vor, warf den beiden je einen Arm um die Hüfte und preßte sie im Weiterfallen gegen die Wand.

Und der idiotische Soldat, der an der Seite marschierte, ging einfach weiter und reagierte viel zu spät. Er hätte hübsch munter aus dem Weg springen müssen. So knallten Mishuro und Mevancy gegen die Mauer, die Steinfigur landete krachend neben uns, und der Soldat war geradewegs daruntergelaufen.

Als ich mich umwandte, ragte unter den Resten des Steinsoldaten ein Arm und Bein des Fleisch-und-Blut-Soldaten hervor. Nun ja, vielleicht hätte ich brüllen sollen. Ich hatte mich aber entschieden, nicht zu rufen, um Mishuro und Mevancy nicht zu erschrecken, was dazu geführt hätte, daß ich sie nicht so leicht hätte packen können. Vielleicht war das falsch gewesen.

Als den Leuten klar wurde, was da geschehen war, klangen erregte Stimmen auf.

»Dank sei Tsung-Tan, daß du am Leben bist, Herr!«

»Ja, Lunky, danken müssen wir auch Walfger Drajak.«

»Du hast schnell reagiert, Kohlkopf.«

Ich wollte es besonders schlau anstellen, rieb mir die Arme und sagte: »Ich hatte das Gefühl, mir würden die Arme ausgerissen.«

Es war für die beiden wirklich ein Schock gewesen. Langsam sagte Mishuro: »Deshalb wollte er also hier entlang zum Fluß.«

»Dieser Shint!« fauchte Mevancy gefühlvoll.

Ich sagte nichts mehr. Ich hatte mir überlegt, was ich unternehmen sollte.

Wie es sich ergab, war der Sohn des Holzkaufmanns auch nicht der richtige, woraufhin wir uns alle zurückzogen; offenbar war das verrückte Geschäft für heute erledigt. Mishuro schüttelte den Kopf und schaute Hargon und seinem Gefolge hinterher.

»Es fällt mir schwer zu glauben, daß er die Hand gegen einen Sucher erhöbe. Zumal er ein Bewahrer ist. Nein, er wollte dich umbringen, meine Liebe.«

Dessen war ich mir nicht so sicher. Hargon hatte zwei Fliegen mit einer Klappe erledigen wollen.

So zog ich denn meine Erkundigungen ein, die ich als bloße unwichtige Neugier ausgab, und wartete nun, nachdem ich erfahren hatte, was ich wissen wollte, bis Mishuros Haushalt sich zur nächtlichen Ruhe begab. Seinen Wächtern ein Schnippchen zu schlagen, war einfach; ich glitt wie ein Aal über die Mauer. Unter einer einfachen grauen Tunika trug ich den traditionellen scharlachroten Lendenschurz und war mit Lynxter und Rapier bewaffnet. Meine Stimmung, das muß ich zugeben, war ziemlich aufgewühlt. Ich konnte mir mit schrecklicher Klarheit ausmalen, daß der Arm und das Bein, die unter der Statue hervorragten, nicht dem Soldaten gehörten, sondern Mevancy. Außerdem meine ich, wenn er nicht die Frau getreten hätte und dafür selbst getreten worden wäre, hätte er sich vielleicht nicht so sehr darauf konzentriert, mir Böses zu wünschen, und wäre wachsamer gewesen.

Die Frau der Schleier stand am Himmel und legte ihr rosagoldenes Licht über die Stadt. Ich wußte genau, wohin ich wollte, und bewegte mich schnell durch das Wohnviertel, in dem mir nur wenige Leute begegneten. Ein Wachmann am Tor ließ sich getrost übersehen. Ich marschierte an der Mauer entlang nach hinten und betrat Leotes' Anwesen auf dieselbe Art, wie ich Mishuros Haus verlassen hatte — hier wohnte nun Hargon.

Er hatte keine Ahnung, daß ihm von mir körperliche Gefahr drohte. Bei jedem amtlichen Verfahren hätte sein Wort gegen Mevancys gestanden, denn ich war nicht Zeuge des Verbrechens gewesen — wer würde schon einer Ausländerin glauben gegen den angesehenen San, der überdies noch Bewahrer war? Das Gesetz war auf Hargons Seite.

Ein Soldat, der an einer Pforte Wache stand, begann im Stehen zu schlafen, und ich ließ ihn zu Boden gleiten. Ich kannte ihn aus der Karawane. Langsam schlich ich weiter und fand eine Tür, die in die rückwärtigen Räume der Villa führte. Es war ein prächtig ausgestattetes Haus, wie es einem Vad geziemte. Tiefe Stille lag in den Sälen und Korridoren, und die Erklärung hierfür fand ich im dritten oder vierten Raum, in den ich schaute. Es handelte sich um den Vorraum zu einem Schlafzimmer. Vorsichtig trat ich ein, denn ich hoffte, daß Hargon hier zu finden sei.

Eine Frau saß dösend in einem Sessel. Sie bewegte sich nicht, als ich an ihr vorbeiging. In dem dahinterliegenden Schlafzimmer fand ich Strom Hangol.

Sein Gesicht hatte die Farbe und den Glanz einer alten Kerze. Es schimmerte vor Schweiß, die Haut wirkte durchscheinend, Schatten lagen unter den geschlossenen Lidern. Er atmete kaum. Ich schaute eine Zeitlang auf ihn hinab, dann seufzte ich und entfernte mich. Selbst in diesem Zustand trug er seine silberne Halbmaske.

Zwei Türen weiter fand ich San Hargon.

Zwei hübsche Jungen lagen, von mir bewußtlos geklopft, auf den Teppichen. Sie hatten mich nicht kommen sehen; dagegen Hargon um so mehr, denn er fuhr erschrocken im Bett hoch. Er versuchte zu schreien. Doch ich tat ein paar Riesenschritte, erreichte ihn und krampfte ihm die Hand um die Kehle. Sein Mund wölbte sich nach außen. Er gab ein lustiges Miauen von sich, aber um Hilfe konnte er nicht mehr betteln. Die Augen traten ihm allmählich aus dem Kopf.

»Hör mir zu, du Kleesh, hör mir sehr gut zu!« sagte ich ihm ins Ohr. Ich schüttelte ihn, um ihm begreiflich zu machen, daß ich es ernst meinte. Er zog die rechte Hand unter der Bettdecke hervor, in der — oha! — ein

Dolch blinkte. Ich nahm ihm die Waffe mit der freien Hand weg und steckte ihm die Spitze in die Kehle — ein kleines Stück.

Mit Fingern und Daumen kniff ich ihm in die Wangen, und mir war egal, ob ich ihm dabei die Zähne eindrückte. »Ich habe gesagt, du sollst mir zuhören und nicht irgendwelche dummen Dolchspielchen treiben.« Seine Augen rollten herum. Ich fuhr mit deutlicher Stimme fort: »Du hast versucht, Dame Mevancy zu töten. Das wird dir nicht gelingen; aber du störst mich irgendwie, wie eine Pestfliege. Versuch es nicht noch einmal! Ich werde dich jetzt nicht töten. Glaub mir, versuchst du noch einmal, Dame Mevancy ein Leid zuzufügen, stirbst du so sicher, wie sich Luz und Walig morgen früh am Firmament erheben werden.« Ich war stolz, daß ich mich so gut beherrschen konnte. Doch plötzlich überkam mich eine Vision — das Bild von Mevancys Arm und Bein, die unter der Statue hervorragten, das Bild Mevancys im Maul eines Stranks, das Bild Mevancys, die gefesselt in Hangols Zelt hockte. Ein Schauder durchlief mich. Ich schleuderte den Dolch in eine Ecke des Zimmers und setzte San Hargon die Faust aufs Auge.

Er zuckte zurück, und ich ließ ihn los und versetzte ihm, schnell wie ein Leem-Biß, einen Hieb auf die Wange. Bewußtlos sank er in die Kissen.

Nun ja, soviel zu meinem Vorsatz, den alten Leem Dray Prescot zu bändigen.

Der Rückweg war so leicht wie der Hinweg. Ich kehrte zu Mishuro zurück; dabei kam ich mir sehr klein und unbedeutend vor, spürte nach wie vor das seltsame Kribbeln im Rücken und war gar nicht sicher, ob San Hargon meinen weisen Rat befolgen würde.

16

Die städtischen Wachen kamen mich holen, als Luz und Walig in den blassen kregischen Himmel zu steigen begannen.

Nun ja, was hatte ich sonst erwartet?

San Hargons Temperament war nun einmal nicht dazu geeignet, sich eine solche Kränkung, den Überfall und die Prügel, gefallen zu lassen. Zweifellos hatte er, kaum daß er wieder zu sich kam, nach seinen Leuten gebrüllt, hatte die Stadtwächter gerufen, war notfalls sogar zur Königin gerannt, um meine Verhaftung, meine Einkerkerung, den Prozeß und die Strafe in die Wege zu leiten. Diese Strafe würde das Todesurteil sein.

Ich verschwand über die rückwärtige Mauer, als die Wächter zur Vordertür hereinkamen. Llodi rief: »Ich habe dich nicht gewarnt, damit du allein abhaust! Wart auf mich!«

»Nein, Llodi. Du bleibst bei Mevancy.«

»N-nun ja, bei Lohrhiang vom Geraden Wege! Gut, gut!«

So zog ich ab und huschte in eine erwachende Stadt hinaus, in der sich im Laufe des Tages die Suche nach meinem Skalp verstärken würde.

Die braven Bürger würden sich über meine Frechheit aufregen — wenigstens stellte ich mir das vor. Ein Bewahrer war bestimmt von der gleichen Bedeutung wie ein Sucher — aber da sollte ich mich irren.

Außer meinen Waffen hatte ich unter dem braunen Mantel eine graue Tunika mitgenommen. In meinem Beutel klapperten die Reste der goldenen Mings und Silber-Khans, die meine hochnäsige Herrin mir zugeworfen hatte. Ich würde also keinen Hunger leiden, zumindest nicht sofort. So setzte ich denn ein schlichtes, aufrichtiges Gesicht auf, das mich nicht zu sehr schmerzen würde. Deb-Lu-Quienyin hatte mich die Kunst gelehrt, auf unmerkliche Weise mein Gesicht zu verändern — eine Täuschung, die mehr auf Irreführung denn auf wesentlichen Veränderungen basierte, und mit der Zeit hatte ich darin eine ziemliche Übung gewonnen. Auf den ersten Blick wirkte ich wie ein einfach gestrickter Bursche, der außer Luft kaum etwas zwischen den Ohren hatte.

Bei Vox! Ich hatte sowieso den Eindruck, daß ich so ein Kerl war!

Trotzdem war noch nicht alles verloren. Aus der Dekkung der Menge konnte ich Mevancy und Mishuro im Auge behalten. Sollte Hargon — oder Hangol, falls er sich wieder erholte — gegen sie vorgehen, wäre ich zur Stelle. Das versprach ich nicht nur den Herren der Sterne, sondern auch mir selbst.

Gekrönt von der Masse meines weißen Turbans, das Rapier unter dem braunen Mantel verborgen, sah ich aus wie jeder andere einfache Bursche, der in dieser Stadt anzutreffen war. Ich mischte mich unter die Menge und bestaunte, was sich da alles tat in Makilorn am Fluß der Treibenden Blätter. Die Stadt war lang und schmal angelegt, mit zwei ausgedehnten Fronten zum Flußufer hin, mit einigen parallel verlaufenden Prachtstraßen und zahlreichen Quergassen. Es dauerte nicht lange, bis ich ein Viertel erreicht hatte, das die Spuren von Armut, Gier und Verkommenheit trug. Ich schaute mir an, was trotz der frühen Stunde hier im Gange war, und näherte mich dann langsam wieder Leotes' Villa.

Die Gerüche ringsum veränderten sich unmerklich. Unten am Fluß roch es vorwiegend nach Schlamm und Schilf; weiter oben kam das scharfe Aroma von Gewürzen dazu, der Biß der Gerbdämpfe oder die feinen Düfte aus einem Sukh für Frauen. Wie ich schon mehrmals angemerkt habe, wirkt die prächtige kregische Luft auf jedem Kontinent anders; ich war sicher, daß ich die Luft Lohs wiedererkennen würde.

Zwischendurch: [redacted] Der Held huschte in die erwachende Stadt hinaus: Er hat seine Waffen und noch die Reste der goldenen Mings und Silber-Khans. Er würde also keinen Hunger leiden. Doch wird er überhaupt zum Essen kommen – in einer Stadt, die seinen Skalp sucht? [redacted] Wir sind da in einer besseren Situation – denn wir können das Geschehen einfach anhalten, wenn wir das Buch aus der Hand legen und uns selbst etwas gegen den kleinen Hunger zwischendurch bereiten: Stärken wir uns also jetzt mit der… [redacted]

An der Hauptpforte schloß ich mich einer kleinen Menschenmenge an, die dabei zuschaute, wie die hohen Persönlichkeiten herauskamen. Ich kaute auf einigen klebrigen Datteln herum, wünschte, ich hätte ein zerteiltes Stück Brot mit Zwiebeln und Voskscheiben, und hatte alles in allem das Gefühl, daß ich mit meiner Umgebung verschmolz. Zuerst kamen die Wächter, dann Sklaven und Schreiber. San Mishuro unterhielt sich leise mit Mevancy, und Llodi ließ die beiden nicht aus dem Auge. Lunky bemerkte ich nicht. Weitere Wächter bildeten den Abschluß; die Horde ging die Querstraße entlang zum nächsten Boulevard — dem Boulevard der Sieben Bäume — und bog dort nach rechts ab. Langsam rückte ich mit den Zuschauern nach und freute mich. Llodi hatte mich direkt angeschaut, ohne mich zu erkennen. So blieb ich den Ereignissen auf den Fersen. Plötzlich hörte ich schnelle Schritte hinter mir.

Ich drehte mich halb zur Seite und sah Lunky aus dem Tor stürmen, einige flatternde Papiere in seiner Mappe.

Als er an mir vorbeikam, rief er keuchend: »Du hast in ein Hornissennest gestochen, Drajak. Hargon ist außer sich vor Wut. Nimm dich lieber in acht!«

Ich war bekümmert. »Du glaubst, du kennst mich, Dom?« fragte ich ein wenig heftig.

Er verlangsamte seinen Schritt. »Ob ich was? Ach, du trägst ein komisches Gesicht, wie ich sehe. Also, San Mishuro meint, ich werde als Sucher weitaus besser sein als er — und das scheint mir zu stimmen!« Er sprintete weiter.

Mein Ärger wandelte sich zu Belustigung. Hinter dem ungeschickt wirkenden Lunky steckte mehr, als auf den ersten Blick zu sehen war. Ich war ziemlich sicher, daß Mishuro mich, als er an mir vorbeikam, nicht erkannt hatte. Natürlich hätte er meine Fassade durchschauen und mich mit seiner Reaktion verraten können. Mevancy hatte den San angeschaut und nicht mich.

Ich folgte der Prozession in einiger Entfernung und beobachtete, wie sich San Hargon und seine Leute anschlossen. Der vergrößerte Trupp begab sich zu einem überreich verzierten Gebäude mit grüner Kuppel und hoch aufragenden Dachgauben; die wichtigsten Leute traten ein.

Nach einiger Zeit kamen sie wieder heraus, und es gab ein allgemeines Kopfschütteln. Der Trupp folgte schließlich dem Boulevard der prächtigen Tore, kam aber an der zweiten Querstraße ins Stocken. Ich sah, daß sich eine zweite Prozession angeschlossen hatte, die ähnlich zusammengesetzt zu sein schien. Vorsichtig schob ich mich durch die Zuschauer, die hier in großer Zahl zusammenliefen, und erblickte eine prächtig gekleidete Frau an der Spitze eines Gefolges. Ihr Gesicht lag im Schatten eines juwelenverkrusteten Turbans im weiblichen Stil — ein großer Unterschied zu den Turbanen, die von Männern getragen wurden. Ihre Kleidung war steif von Edelsteinen. Schmuck glitzerte an den Fingern. Ich vermutete, daß sie die Königin war.

Aus den Gruppen, die ihr folgten, löste sich schließlich ein gedrungener kleiner Mann, der sich mit den Sans Mishuro und Hargon unterhielt. Alle anderen blieben zurück. Der kleine dicke Mann führte nicht weniger Juwelen spazieren als die Frauen. Ich wußte nichts davon, daß die Königin auch einen König hatte; vielleicht war er das.

Ich hatte keine Mühe mit der Entscheidung, den narbengesichtigen Burschen neben mir *nicht* zu fragen, wer der Mann und die Frau waren. Immerhin trug mein Nachbar ein unangenehm aussehendes Krummesser in der Scheide, und seine schmutzige Robe roch schlecht. Die Person neben ihm war eine gutgelaunte Frau mit einem Topf auf dem Kopf und einen Kind an der Hand. Auch sie fragte ich lieber nicht. Wenn ich den Rast richtig einschätzte, hatte Hargon einen Preis auf meinen Kopf ausgesetzt. Diesen Leuten wäre es nur recht, sich auf ganz leichte Weise einen Goldschatz zu verdienen.

Die Frau machte eine unbestimmte Geste, und sofort eilten Lunky und ein anderer junger Mann und ein Mädchen zu der Gruppe. Das Edelsteinfunkeln der beiden Frauen und Männer stand im Gegensatz zur schlichten Aufmachung Hargons, Mishuros und Lunkys.

Die Lehrlinge waren also zur Konferenz hinzugezogen worden. Ich vermutete allmählich, daß das herausgeputzte Paar gar nicht König und Königin waren, sondern vielleicht Dikaster.

Während wir zuschauten, wie sich die hochvermögenden, bedeutsamen Leute berieten, umgeben vom geschäftigen Brausen einer großen Stadt, kam mir in den Sinn, daß ich gestern nacht vielleicht zu voreilig gehandelt hatte. Ich behielt Mevancy im Auge. Ich nahm mir vor, mir einen lohischen Bogen und zwanzig gute Pfeile zu kaufen. Ich hatte es viel zu leichtfertig zugelassen, von ihr getrennt zu werden. Außerdem würde sie sich Sorgen um mich machen, nicht wahr?

Endlich setzte sich die Prozession wieder in Bewegung; der Weg führte zu einer Fischerhütte, die ein gutes Stück vom Viertel Kangs des Haken entfernt lag.

Als Mishuro die Hütte verließ, hielt er ein in einen Schal gewickeltes Bündel mit beiden Händen in die Höhe.

Offensichtlich hatte man das Kind gefunden, das man suchte.

Die Mutter des Kindes, die ein zerlumptes graues Kleid trug, schlich barfüßig hinter dem San her, kauerte sich nieder und blickte zu ihm auf. Ich wußte ihren Gesichtsausdruck nicht zu deuten; sie empfand Angst und Bedauern — aber zugleich schien sie sich sehr zu freuen. Haarsträhnen fielen ihr ins Gesicht, und sie strich sie mit einer erstaunlich anmutigen Geste fort.

Ganz in meiner Nähe stand ein Fischer, auf dessen

Schultern sich silbrige Schuppen ausgebreitet hatten. »Siloni«, sagte er, »hat vorgestern ihren Mann verloren, die Stranks haben ihn erwischt. Wenn der Bewahrer sie gerecht behandelt ...«

»Der braucht nichts für sie zu tun«, sagte eine Frau, die einen breiten, mit einem Tuch verdeckten Korb auf dem Kopf trug. »Das ist das Gesetz.«

»Trotzdem ...«

»Und das ist San Hargon. Du weißt selbst, wie er ist. Nur schade, daß er gestern nacht nicht ...«

»Halt den Mund, Frau!« Mehr als ein Augenpaar schaute angstvoll in die Runde.

Wieder war ich nicht so töricht, mein Leben mit der bloßen Annahme zu riskieren, daß die Äußerungen der Frau bedeuteten, man würde mich hier bejubeln. O nein, bei Krun!

Das Kind wurde in eine Wiege gelegt, die dann von Sklaven an Stangen hochgehoben wurden. Hargon wandte sich zum Gehen. Die Frau näherte sich, niedergekauert wie ein Hund, blickte zu ihm auf und sagte etwas. Er schaute zu ihr hinab und drehte sich weg, ohne von ihr Notiz zu nehmen. Sie ließ sich vornüber in den nach Fisch riechenden Schlamm fallen.

Mevancy griff ihr unter die Arme und zerrte sie hoch.

Ich spannte die Muskeln an, denn ich war auf eine Gewalttätigkeit gefaßt und hoffte nur, daß sie ausbleiben würde.

Es kam nicht dazu, denn San Mishuro trat herbei und sprach, nachdem er dem juwelengeschmückten Mann zugenickt hatte, mit der edelsteinfunkelnden Frau. Sklaven traten vor, um sich um die Mutter das Kindes zu kümmern, und sie verschwand mit der Prozession.

Die Frau mit dem Korb auf dem Kopf schnaubte durch die Nase. »Wie ich schon sagte. Wenigstens erspart er sich damit eine Amme.« Sie zupfte sich die Röcke zurecht und marschierte fort. »Tsung-Tan möge über sie wachen«, sagte sie dabei.

Der Fischer wandte sich kopfschüttelnd ab. Er sah mich, sagte aber gleichwohl halb zu sich selbst: »Man sollte den Suchern ruhig das bißchen mehr Macht geben. Wie auch immer, es ist der Verfluchten Gesetz, da läßt sich jetzt nichts dran ändern.«

Er sprach nicht, als sei das ›Verfluchte‹ als Adjektiv gemeint, offenbar handelte es sich dabei um Menschen oder Mächte.

Einigermaßen zu spät — bei Vox! — nahm ich mir vor, mich gründlich und tatkräftig um die Fragen zu kümmern, die mir durch den Kopf wirbelten.

Zuerst begab ich mich in die Straße der Bögen. Immerhin war ich in Loh. Die Bogenschützen aus Loh sind nach allgemeiner Auffassung die besten Vertreter ihrer Art, auch wenn ich mit meinem Gefährten Seg so manche lebhafte Diskussion über die Verdienste des zusammengesetzten Bogens und der Armbrust geführt hatte. In der Straße versuchten mich zahlreiche Schilder anzulocken. Hier florierte das Hork-Handwerk. Ich genoß die Atmosphäre und betrachtete die Auslagen jener Schaufenster, deren Riedabdeckungen zur Seite geschoben worden waren.

Auf dem schmalen grünen Streifen zwischen Fluß und Wüste war Holz überaus kostbar. Natürlich kamen die Holzflöße aus dem Dschungel von Chem den Fluß herab; aber Holz wuchs eben nicht gewissermaßen vor der Tür. Der heftige Sturm, der einen Großteil der prächtigen Bäume Ankharums vernichtet hatte, wäre hier als allesvernichtende Katastrophe empfunden worden. Ankharum und Makilorn, beides an Flüssen gelegen und jetzt durch Eroberung derselben Nation angehörend, unterschieden sich sehr.

Schließlich wählte ich einen unauffälligen kleinen Laden, dessen Schild verkündete:

TWANG UND TÖCHTER
HERSTELLUNG VON BÖGEN UND PFEILEN

Mich begrüßte der Geruch, den ich so gut aus Segs Räumlichkeiten kannte. Tief atmete ich ein und ließ die Erinnerungen wandern.

Der Besitzer lächelte mich an und sagte: »Llahal. Kann ich dir helfen?«

Er trug eine ordentliche Tunika aus gelbem Leinen, und sein Gesicht war braun und faltig, die Augen waren grau. Mir fiel auf, daß die Finger der rechten Hand fehlten; ich kannte den Grund, der wirklich einer üblen Praxis entsprang. Ich nickte.

»Llahal. Ein Bogen bitte.«

Er holte Kästen mit Bogenstäben hervor, und ich traf eine erste, rein optische Auswahl, während wir ein beiläufiges Verkäufer-Kunde-Gespräch führten. Schließlich wandten wir uns der angenehmen Aufgabe zu, einige Bögen zu spannen. Als ich ein halbes Dutzend gefunden hatte, die mir sehr annehmbar erschienen, sagte er: »Wie ich sehe, verstehst du dein Handwerk.« Sein Ton war sehr freundlich. »Auch wenn du kein Bogenschütze aus Loh bist.«

»Ich wurde von einem Mann aus Erthyrdrin unterrichtet.«

»Ah!« In diesem Ausruf lag die ganze Erklärung. Von allen Bogenschützen aus Loh sind die aus Erthyrdrin die besten.

Wir begaben uns auf den Hof hinter dem Haus. Die Pfosten standen am anderen Ende. Twang hängte eine Zielscheibe auf, ich suchte mir einen Pfeil aus, legte ihn auf die Sehne, zog und schoß. Und traf das Auge des Chunkrahs.

Nach drei Schüssen mit jedem Bogen traf ich meine Wahl.

Twang lächelte.

»O ja, vielleicht möchtest du eine Erfrischung.«

Dies war keine Frage, und als wir in den Laden zurückkehrten, brachte ein hübsches Mädchen, offensichtlich seine Tochter, ein Tablett mit Bechern. Ich setzte mich und fragte: »Hast du es mal mit Stahlhaken versucht, Walfger Twang?«

Er hob seinen Becher. »Ja, und Horn und Elfenbein, Bronze und Holz. Man kommt damit zurecht, aber mehr ist dazu nicht zu sagen.« Ich konnte ihm nachfühlen, was er meinte. Ein Bogenschütze, dem man die Finger amputiert hat, ist ein bedauernswerter Fall; Finger aus kaltem künstlichen Material und nicht aus Fleisch und Blut können den Verlust nicht ausgleichen. Er bemerkte meinen Gesichtsausdruck. »Meine vier Töchter bauen die Bögen. Sie sind auch die besten Pfeilschnitzer, die ich kenne. Ihre Mutter ist bei Tsung-Tan, dessen Name gelobt sei, im Gilium. Während ich darauf warte, ihr ins Paradies zu folgen, stellen unsere Töchter die besten Waffen in ganz Makilorn her.«

Ich leerte den Becher, dankte ihm und brachte die Sprache auf den Preis.

Er gab mir Auskunft.

»Ich wußte, daß Bögen viel kosten«, sagte ich. »Leider wußte ich nicht, wie teuer sie wirklich sind.« Ich breitete den Rest meiner Barschaft, die ich von Mevancy erhalten hatte, auf dem Tisch aus. »Nimmst du dies als Anzahlung an und hebst den Bogen für mich auf, bis ich zurückkehre?«

»Du willst nicht handeln?«

»Nicht für einen Bogen, der soviel wert ist wie dieser.« »Verstehe. Ich bewahre den Bogen für dich auf, Walfger ...« »Chaadur«, sagte ich und benutzte damit einen Namen, der mir nicht völlig fremd war.

»Womöglich Chaadur der Horkandur?«

»Nein, Walfger Twang. Das überlasse ich meinem Gefährten.«

Als ich ging, hatte ich keinen Bogen bei mir. Aber der kleine Mann hatte mich aufgemuntert; er war nicht mehr geeignet für den Beruf, der ihm vielleicht von seinem Großvater vererbt worden war; aber er hatte aus dem Schutt seines Lebens wieder etwas gemacht.

Nicht nur auf den Schlachtfeldern Kregens oder der Erde finden mutige Taten statt. Nein, bei Opaz!

Ich hatte wieder mein schlichtes Gesicht aufgesetzt, während ich, solchen Gedanken nachhängend, zur prächtigen Villa San Tuong Mishuros zurückkehrte.

Ein gewisser schwerfälliger Nebel, der mir den Kopf seit dem Feuer und der Lähmung eingehüllt hatte, schien sich zu verziehen. Ich hatte den Eindruck, plötzlich mit viel größerer Klarheit sehen und denken zu können.

Das war auch wirklich nötig — bei Krun! —, wenn ich bedachte, was vor mir lag!

17

»Aber Kohlkopf, was hast du nur mit dem schrecklichen Mann angestellt?«

Sie legte den Säugling wieder in die Wiege. Ich hatte gewartet, bis seine Mutter ihn zu Ende gestillt hatte, ehe ich durch das Fenster ins Haus einstieg. Es hatte mir keine Mühe gemacht, in die Villa zurückzukehren, und jetzt wollte ich mich mit Mevancy mal gründlich aussprechen.

»Ich habe ihm gesagt, er soll uns in Ruhe lassen. Offenbar hat er die Warnung in den Wind geschlagen.«

»Ach du! Hast du damit gerechnet, daß er auf dich hört?«

Ich trug wieder mein eigenes Gesicht zur Schau und sprach in einem passenden entschuldigenden Tonfall, der einige meiner temperamentvolleren Freunde überaus belustigt hätte.

»Also, ich hatte gehofft ...«

Sie seufzte. »Was soll ich nur mit dir anfangen? Überhaupt« — ihre Stimme wurde schärfer —, »glaube ich nicht, daß du die Kraft hast.«

»Wie ich sehe, hat man das gesuchte Kind gefunden.«

»Ja, ja. Leotes ist wirklich ein kleiner süßer ...«

»Leotes? Du gibst dem Kind diesen Namen — dem Sohn eines Fischers ...?«

Sie schaute mich an und seufzte erneut. Sie trug ein langes lavendelblaues Gewand, das sich an Hüften und Brüsten aufreizend anschmiegte. Ihre Arme waren wie üblich bedeckt, und ich fragte mich, wie weit die Regenerierung ihrer Bündel gediehen sein mochte. »Wahrscheinlich mußt du es früher oder später doch erfahren. Die Everoinye müssen einen Grund gehabt haben, dich mir zu schicken.«

»Wie immer der aussehen mag.«

»Sie entziehen sich jeder Kritik, Kohlkopf! Also, ich werd's dir sagen: Vielleicht hilft uns das, die Person zu finden, die wir schützen sollen. Ich gebe zu, daß ich noch immer im dunkeln tappe.«

»Die Wahrscheinlichkeit spricht dafür, daß es Mishuro ist. Aber erzähl mir nur alles.«

Es hätte ihr ähnlich gesehen, sich wieder aufzuregen; aber sie warf mir nur einen funkelnden Blick zu und sagte: »Der Junge ist Leotes.«

»Nun ja, wenn ihr ihn so nennen wollt ...«

»Ach du! Du begreifst einfach gar nichts. Er *ist* Leotes!«

Eine Ahnung um die Dinge, die sich hier vor meinen Augen abgespielt hatten, ließ mich wohl erkennen, daß Mevancys Worte stimmten. Wenigstens für jene, die Tsung-Tan anbeteten. Mir fehlte noch eine Erklärung für die Verfluchten, ebenso für Paol-ur-bliem. Aber ich war erfahren genug, um zu begreifen, was hier geschah. Ich fragte: »Warum ist der Säugling hier, und nicht in Leotes' Villa?«

»Die Mutter mußte sich um ihn kümmern, und Mishuro hat Rechte, bis die Sonnen untergehen.«

»Dann aber zieht er in Leotes' Villa?«

»In seine Villa — ja.«

»Schön, schön.« Ich atmete tief ein. »Ich begreife einiges, eine ganze Menge sogar, glaube ich. Aber erzähl mir alles. Die Everoinye wollen sich hier nicht umsonst einmischen.« Ich versuchte meiner Stimme und meinem Auftreten die gewöhnte Barschheit zu nehmen, die das Mädchen nur widerspenstig gemacht hätte. »Mishuro scheint unsicher. Eben noch hat man es auf ihn abgesehen, dann plötzlich besitzt er wieder die Unantastbarkeit eines Suchers. Wenn die Everoinye wollen, daß wir hier etwas erledigen, dann müssen Leotes, Mishuro, Hargon irgendwie damit zu tun haben.«

Sie biß sich auf die Unterlippe. »Aber wie?« fragte sie schließlich.

»Erzähl mir von Leotes, von den Paol-ur-bliem, von den Verfluchten.«

Sie bedeutete mir, ihr in einen innen gelegenen Raum zu folgen. »Man wird bald kommen, um Leotes in seine Villa zu bringen. Wir haben Zeit.« Sie warf sich auf ein Sofa und starrte zu mir herauf. »Also, Kohlkopf, die Geschichte geht so.« Sie war sichtlich nervös, berichtete aber in ruhigem Ton. »Vor etwa dreitausend Jahresperioden rückte die neue Religion um Tsung-Tan in diese Länder vor. Dieser Teil Lohs ist ziemlich abgeschieden vom sonstigen Treiben der Welt. Tsung ist die Gottheit, sein Wort wurde von einem Fanatiker namens Tan gepredigt. Als Tan starb, wurde er ins Gilium erhoben, um Teil der Gottheit zu werden. Die Leute hier glauben absolut und unerschütterlich, daß sie nach dem Tod ins Gilium einrücken, ins Paradies, soweit sie dieses Glück verdient haben.«

»Wenn nicht, enden sie im Todesdschungel von Sichaz.«

»Laß mich erzählen, Kohlkopf — wenn du die Geschichte erfahren willst.«

Ich ließ sie weiterreden. Anscheinend hatte Tsung-Tans neue Religion alte Bindungen an andere Pantheone nicht völlig ausmerzen können; es hatte einige blutige Kämpfe gegeben. Besonders die Priester eines Gottes, Loctrux des Lahmen, schürten einen ständigen Zwist gegen Tsung-Tan. Im Laufe der Jahre aber gewann Tsung-Tan alle Einwohner für sich, und die letzten unerschütterlichen Loctruxiten wurden verbannt.

»Dann aber schürte ein böser Zauberer Verrat; sein Name wurde aus allen Unterlagen getilgt. Er stellte sich gegen Tsung-Tan und verlangte die Rückkehr Loctrux'. Er versammelte Gefolgsleute um sich, die viele Scheußlichkeiten begingen, barbarische Taten. Nun ja ...« Nach kurzem Schweigen sprach sie weiter: »Also, soviel wußte ich schon in Sinnalix. Schließlich siegte ein Großpriester Tsung-Tans namens Lohrhiang und rettete die Religion. Tausendundeine Personen, die sich nicht zu Tsung-Tan bekennen mochten, wurden gefangengenommen. Das Kolleg sprach das Urteil über sie, bestätigt durch Lohrhiang in Form eines wundersamen Erscheinens der Gottheit Tan persönlich.«

»Die tausendundeine Personen erhielten in der Gnade des Gottes eine Gelegenheit. Sie wurden nicht vernichtet, sondern dazu verurteilt, einhundert Leben zu leben, ehe sie das Gilium betreten durften.«

Ich schloß den Mund. So etwas Ähnliches hatte ich erwartet; aber doch ganz anders. Bei Krun! Ich hatte falsch gelegen. Ich war von einer einfachen Reinkarnationstheorie ausgegangen, vor allem wegen der Tatsache, daß ›Paol‹ die terrestrische Hälfte von Paol-Vaol bezeichnete, und ›bliem‹ ein Wort für das Leben ist. Leben auf Kregen, hundertfache Reinkarnation, als Strafe, ehe man das Paradies betreten durfte! Nein, hier lag keine einfache Reinkarnationsverschwörung vor!

»Leotes wußte also, daß er nicht getötet werden konnte.«

»Das macht seine Taten nicht weniger mutig!« rief Mevancy überaus heftig.

»Nein, natürlich nicht.«

»Und die Paol-ur-bliem, die Verfluchten, können getötet werden, damit sie nicht in einem anderen Körper zurückkehren können. Dieses schreckliche Wissen ist wenigen vorbehalten.«

Dieses Wissen war natürlich gefährlich. Vermutlich gehörte dazu ein Ritual, wie man es auch auf der Erde kennt. Stammesangehörige schnitten ihren Feinden die Köpfe ab, um vor ihren Geistern sicher zu sein. Hier sorgte das Ritual dafür, daß der Feind starb und nicht als Reinkarnation zurückkehrte.

»Du meinst, er fährt geradewegs in die Hölle, ohne Hoffnung auf das Gilium?«

»Ja.«

»Und Mishuro — die Sucher?«

»Sie dienen ein Leben lang. Weißt du, Kohlkopf, die Leute hier glauben wirklich, daß die Verfluchten gezwungen sind, zur Strafe auf diese Welt zurückzukehren, Leben um Leben. Die Sucher werden von kleinauf ausgebildet; sie müssen in dem Körper eines Neugeborenen die Persönlichkeit des gerade verstorbenen Paolur-bliem aufspüren.«

»Das ist wohl alles sehr kompliziert?«

»Sehr. Und doch erscheint das alles irgendwie ehrfurchtgebietend. Man glaubt wirklich zu spüren, daß San Tuong übersinnliche Kräfte hat, mit denen er die Persönlichkeit des Toten im Körper eines Neugeborenen findet. Es ist unheimlich.«

Sie sprach gefühlvoll-nachdrücklich, ohne mich anzuschauen, und verschränkte die Finger wie ein Fischernetz in ihrem Schoß. Ich würde sie nicht fragen, ob sie selbst davon überzeugt war.

»Und die Bewahrer? Ein Rast wie Hargon?«

»Bewahrer sind Wächter. Sie leben bei der Familie und beobachten alles, was sich ereignet. Wenn der Paolur-bliem stirbt und neu geboren wird, holt der Bewahrer aus dem Geist des Kindes die Erinnerungen an frühere Leben heraus.«

»Eher ist wohl anzunehmen«, sagte ich, »daß er den Kopf des Kindes mit allerlei neuen Sachen vollstopft.«

Mevancy nickte bleich. »Auch ich mußte an diese Interpretation der Funktion der Bewahrer denken. Ich weiß eben nicht, wie es wirklich ist. Alle sind so ... so angespannt-eindeutig, wenn es um dieses Thema geht.«

»Das Kind nebenan ist also wirklich Leotes. Und du willst darauf warten, daß es erwachsen wird?«

»Ich ...« Sie stockte und schluckte trocken. »Ich glaube nicht, daß ich mich dazu bindend verpflichtet habe. Leotes und ich ...« Wieder sprach sie nicht weiter. Dann stand sie auf und sagte: »Wenn du dich noch länger hier herumtreibst ...«

»Ja, ja. Hör mal, Hühnchen, ich habe einen Plan. Ich werde ...«

»Kohlkopf! *Ich* plane, das weißt du genau!«

»Ich werde mich verkleiden und in Mishuros Leibwache einschleichen. Wenn ich mich anmelden will, sorg dafür, daß der San mich nimmt.«

Sie war bleich bis auf die Lippen. »Die Everoinye ...«, murmelte sie mit erstickter Stimme.

»Du hast wirklich recht, Hühnchen. Ich will mich hier nicht länger aufhalten.« Ich ging zum Fenster, wo mir ein weiterer wichtiger Grund für meinen Besuch einfiel. »Ich stehe in Verhandlungen, mir einen Bogen zu kaufen. Ich brauche noch etwas Gold.«

Sie legte den Kopf so weit in den Nacken, daß ich schon fürchtete, ihr Adamsapfel werde herausspringen. »Warum bezahlst du das nicht von dem Söldnerlohn, den San Tuong dir zahlen wird?«

Ich spürte, wie sich meine Lippen zu einem Lächeln verzogen. Sie war wirklich eine hochnäsige Dame! »Das bringt uns auf die klassische Frage um das Huhn und das Ei.«

»Ja, das sehe ich.« Ihr Gesicht nahm wieder Farbe an, und ihr Atem beruhigte sich. Sie hob eine Hand an die Brust. »Ich werde dir wohl das Gold geben müssen.«

Ich dankte ihr in vollem Ernst, während ich die Mings in meinen Beutel schaufelte. Zur Erklärung fügte ich noch hinzu: »Es nützt uns bestimmt mehr, wenn ich als Bogenschütze diene und nicht als Speerträger.«

»Ja. Nun solltest du aber ...«

»Ich verschwinde ja schon. Ach, noch etwas, Hühnchen — solltest du dich umbringen lassen, wenn ich nicht in der Nähe bin, werde ich wütend sein, sehr wütend. Dernun?«

Mit dieser ziemlich unhöflichen Frage schob ich mich durch das Fenster und verschwand.

Das geheime Ritual, das bestätigte, daß ein Mensch wirklich tot und auf dem Weg in den Todesdschungel von Sichaz war, hieß Kaopan. Ich war so zynisch anzunehmen, daß die eintausendundeine Personen, die dazu verurteilt waren, hundert Leben durchzumachen, es ausnahmslos vorzogen, diese Strafe auf sich zu nehmen, statt in den Todesdschungel abgeschoben zu werden, wo sie mit den gespenstischen Syatras ein Tänzchen machen mußten. Wie auch immer — war dies nicht eine gute Methode, zu Reichtum zu kommen? Hargon gebot über Leotes' Villa und Anwesen, über seine Gefolgsleute und Sklaven und beherrschte sein Vermögen. Dies war nun schon seit Generationen so. Die Macht würde sich zentralisieren. Die Königin war vermutlich eine Paol-ur-bliem — nicht nur vermutlich, sondern sogar sehr wahrscheinlich.

Bestimmt war sie auch eine echte Lohische Königin des Schmerzes.

Während Twang und ich bei meinem nächsten Besuch in höflichem Ton über dieses und jenes, vor allem aber über Bögen sprachen, bediente uns eine andere Tochter.

»Ich sage nichts gegen die Armbrust«, meinte Twang, »wie es so viele andere tun. Sie kann ganz nützlich sein.«

»Ich hatte angenommen, daß die Königin einige Armbrustschützen in ihrem Gefolge beschäftigt«, sagte ich.

Er schürzte die Lippen. »Sie hält sich an die Traditionen.«

Nachdem wir ausgetrunken hatten und der Bogen verpackt worden war, nicht ohne daß ich Ersatzsehnen in einem wasserdichten Beutel und zwanzig hellrot gefiederte Pfeile in einem Köcher mitgenommen hatte, bezahlte ich den Rest des Betrages. Pfeile standen in Vasen im Laden wie Büschel bunter Blumen. Twangs Töchter färbten die Pfeile, wie die Kundschaft es wünschte. Die Leibwächter der Königin, so erfuhr ich, benutzten stets gelbe Federn.

»Remberee, Meister Twang.«

»Remberee, Walfger Chaadur.«

So zog ich mit einem neuen Gesicht los, um mich als Söldner bei San Tuong Mishuro zu verdingen.

Mishuros verschwitzter dicker Cadade, ein Bursche namens Chiako der Bauch, grummelte vor sich hin, als die Sklaven die große Vordertür aufzogen.

»Alle diese neuen Männer! Man könnte beinahe glauben, der San braucht sie wirklich.«

Es lag auf der Hand, daß er sich an das bisherige bequeme Leben gewöhnt hatte und jede Veränderung verabscheute.

»Es wird mir eine Ehre sein, dem San zu dienen«, sagte ich.

»Also, wir brauchen dich wirklich nicht.«

Ich trat in den Hof. Einige Topfpflanzen hätten Wasser gebrauchen können; die Treppe war mit Teppichen behängt und wirkte sehr bunt. Aus einer Tür unter der Treppe traten Mevancy und Mishuro; sie waren in ein Gespräch vertieft. Sie schaute über den Hof, sah, was geschah, und eilte herbei; Mishuro folgte ihr amüsiert.

Mevancy baute sich vor mir und dem Hauptmann der Wache auf. »Nein, wir brauchen dich nicht, Dom«, sagte sie. »Ich erwarte heute nachmittag einen neuen Mann.«

Mishuro musterte mich eingehend. Ich wußte nicht, ob er mich erkannte.

»Er sieht ganz ordentlich aus, Mevancy. Bestimmt finden wir Verwendung für ihn.«

»Na schön, San Tuong. Aber wir brauchen den Neuen von heute nachmittag auch.«

»Selbstverständlich.«

Mevancy hatte nicht auf die Kleidung geachtet, denn ich war gekleidet wie alle anderen. Der Bogen war etwas Neues für sie. Das Rapier war versteckt. Der Lynxter, den sie mir geschenkt hatte, eine nützliche Waffe, war völlig unauffällig. Nein, es gab keinen Grund, daß sie das Gesicht, das ich aufgesetzt hatte, als das Drajaks erkennen würde.

War ich enttäuscht?

Mit leichtem Nicken entfernte sich Mishuro, und Mevancy folgte ihm.

»Schön, Dom«, sagte ich zu dem Cadade. »Wo ...?«

Er explodierte und bedachte mich mit einer feuchten Zornestirade, die sich auf die Forderung: »Du nennst mich Jiktar! Dernun?« reduzieren ließ.

Jiktar, Hauptmann einer Kompanie, in diesem Fall Hauptmann der Wache, war ein mühsam zu erringender Titel. Ich nickte. »Quidang, Jik!«

Er schloß den Mund und atmete schwer durch die Nase; aber er sagte nichts mehr. Ich marschierte zur Gardehütte, die direkt an der Mauer errichtet worden war, und suchte mir eine Strohliege. Nun ja, das Leben eines Wächters ist kein Zuckerschlecken. Ich habe mich oft genug verdingt, weiß Opaz — und werde es wohl auch wieder tun — sehr oft.

Man überließ mir einen Speer aus dem Waffenlager. Keine Strangdja. Daran war nichts Ungewöhnliches; jeder hohe Herr hatte einen Vorrat an Speeren für seine Angestellten. Andere Waffen waren die Verantwortung des einzelnen. So wurde ich, ein Bogenschütze, zur Bewachung von Treppen und Toren eingeteilt und mußte dabei den Speer in der vorgeschriebenen Senkrechten halten.

Ich gähnte.

Dann nahm ich mich zusammen, denn ich sah den juwelengespickten dicken Mann die Innentreppe herabkommen, den ich schon früher im Gespräch mit Mishuro beobachtete hatte. Diesmal gestikulierte er aufgeregt, und sein Gesicht schimmerte schweißfeucht.

»Aber, Tuong, sie ist dazu entschlossen!«

»Dann bist du es auch, Yoshi. Ich verstehe das schon. Trotzdem hat sich an meiner Einstellung nichts geändert. Vad Leotes hat nicht Selbstmord begangen.«

»Wie ist er dann aber abgestürzt? Die Frau wurde aufgefunden, wie sie an dem Manne hing. Ich würde ungern unterstellen, daß die beiden Leotes ermordet haben, da du sie in dein Haus aufgenommen hast.« Schweiß schimmerte auf den dicken Rundungen seines Gesichts. »Aber welche andere Erklärung bliebe mir?«

Mishuro blieb stehen; er hatte mir den Rücken zugedreht. Er sprach mit ruhigem Nachdruck: »Die Frau und der Mann haben Leotes nicht umgebracht. Er hat auch keinen Selbstmord begangen. Es wäre richtig, ihm ein Leben von seinem Urteil des Paol-ur-bliem abzuziehen.«

Der dicke Yoshi trat unruhig von einem Fuß auf den anderen.

»Wenn sie ihn nicht umgebracht haben und es kein Selbstmord war, dann war es ein Unfall.«

»Auch kein Unfall, Yoshi.«

Der Mann machte eine Bewegung mit umgedrehter Handfläche und gespreizten Fingern. »Du willst mir einreden, jemand hätte Leotes ermordet? Du hast das schon einmal angedeutet, Tuong.«

Inzwischen ahnte ich, daß Mishuro erraten hatte, wer sich hinter dem Gesicht seines neuen Leibwächters Chaadur verbarg. Er war vor mir stehengeblieben, damit ich das Gespräch mithören konnte. Ich begriff, daß Leotes' Strafe von einhundert Lebensperioden nicht reduziert werden konnte, wenn er Selbstmord begangen hatte. Sofort kamen mir mehrere Möglichkeiten in den Sinn, wie man Dikaster bei ihrer Überwachung der Urteile betrügen konnte.

Aber ich sollte erfahren, daß jede dieser Methoden längst erprobt und verworfen worden war.

Yoshi rieb sich die rosige Nase. »Also, Hargon ist dem Mann auf den Fersen.« Er lächelte. »Der kommt nicht weit.«

Ich kam zu folgendem Schluß: Sollte die dicke Frau diesen Yoshi in ihrer Gewalt haben, dann wurde Yoshi von Hargon bestochen. Aus Bemerkungen, die ich mitgehört hatte, Ansichten, die mir zu Ohren gekommen waren, aus meiner Kenntnis der menschlichen Natur, aus intuitiven Überlegungen heraus begann ich ein Grundmuster herauszulesen. Ich ahnte, wie die Dinge hier vermutlich ablaufen würden. Was ich noch nicht wußte — und das war im Grunde das wichtigste, bei Zair! —, war die Rolle der Herren der Sterne bei dieser Sache.

Diese Einzelheit mußten Mevancy und ich schleunigst herausfinden.

18

Hier und jetzt brauchte ich dringend Zeit, mich ein wenig hinzusetzen, die Situation zu durchdenken und zu einem Entschluß zu kommen, was als nächstes zu tun sei. Solche Ruhe war mir aber nicht vergönnt, denn statt dessen wurde mir — bei Makki Grodnos pustelübersäter Ballonnase! — ein heftiger, blutiger Waffengang aufgezwungen.

Ich hatte gerade den alten Nath die Knolle abgelöst, der seinen Namen einem riesigen Auswuchs am Hals verdankte. Er arbeitete seit vielen Perioden als Wächter für Mishuro, denn die Person eines Suchers mochte zwar unantastbar sein, doch galt das nicht für seine Besitztümer. Diebe hätten in der Villa reiche Beute machen können. Das Tor, dessen Wache wir uns teilten, schützte die Rückseite des Anwesens mit einer Backsteinmauer, überrankt von einer hübschen hellgelben Blume, die später im Jahr eine süße Frucht tragen würde, wohlschmeckende Rispas, und zu gegebener Zeit paßten die Wächter auf die Früchte ebenso auf wie auf das Haus.

In der schmalen Gasse, die unser Anwesen vom nächsten trennte, lungerte ein Bursche mit faltigem Gesicht herum. Er trug den gewöhnlichen braunen Mantel, beiläufig über die Schulter geworfen, und seine linke Faust ruhte auf dem Griff seines Schwertes. Als er näher kam, schnaubte ich durch die Nase. Ich hatte das Parfüm der Blumen genossen; der Bursche dahinten aber verbreitete einen Gestank, den ich nicht unterzubringen vermochte.

»Hai, Dom«, sagte er mürrisch, »wir wollen dir nichts Böses, also tritt zur Seite.«

Ich sparte mir eine Antwort. Zwei weitere ungepflegte Kerle schlenderten herbei. Einer trug eine Strangdja.

»Nun mach schon, du Shint!« forderte der erste. »Du kannst uns sagen, wo die Hexe steckt. Wir haben nicht den ganzen Tag lang Zeit.«

Wieder antwortete ich nicht.

»Der Dikaster scheint Taubstumme zu beschäftigen«, bemerkte einer der Neuankömmlinge. »Da sind seine Geheimnisse gut geschützt.«

»Nein, Lefty«, sagte der erste. »Dieser Rast will mich nur beleidigen.«

Der Mann mit der Strangdja brummte: »Streckt den Cramph nieder, damit wir weiterkommen!«

Er hieb mit der gefährlichen Waffe nach meinen Rippen, offensichtlich in der Absicht, mich mit einem einzigen Hieb zu töten.

Ich trat zur Seite — überaus schnell, wie Sie sich denken können, bei Krun!

Ich sprang einen Schritt vor, und der Speer bohrte sich ihm zwischen die Rippen.

Die beiden anderen brüllten wutentbrannt los und zogen ihre Schwerter. Der erste bekam den zurückgezogenen Speer zu schmecken, kaum daß seine Klinge aus der Scheide war. Lefty wollte es ganz schlau anstellen.

Er umkreiste mich und ließ seinen Lynxter aufblitzen und wollte ihn mit einem Rückhandschlag zum Einsatz bringen. Ich fing die Klinge mit dem Speer ab und drehte mich herum, woraufhin Lefty die volle Wucht des Speerschaftes am Kopf zu spüren bekam. Ich hatte ihn bewußtlos schlagen wollen, um ihn später verhören zu können. Aber mein Hieb war etwas zu stark ausgefallen, wohl in dem Bewußtsein, daß die Kerle es gezielt auf Mevancy abgesehen hatten.

Angewidert schaute ich auf die drei nieder. Welch ein Leben! Welch ein Beruf! Allerdings durften wir die Gefahren, die uns von Hargon — und somit auch von Strom Hangol — drohten, nicht auf die leichte Schulter nehmen.

Ich dachte an das Versprechen, das ich Hargon gegeben hatte.

Nun ja, Prahlerei war nie meine Art gewesen. Nun würde ich dieses Versprechen halten müssen.

Einige von Mishuros geduldigen Sklaven räumten die Leichen fort, und ich knurrte die armen Teufel an, sie sollten sie in den Hof legen, bis der Herr entschieden hatte, was damit geschehen sollte.

Als ich am frühen Morgen von Tongwan dem Langsamen abgelöst wurde, rief San Tuong Mishuro mich zu sich, damit ich erklärte, was geschehen war. Ich erzählte es ihm ohne Umschweife und ohne Schnörkel.

»Die Sache ist damit noch nicht ausgestanden«, sagte er unbehaglich. Mevancy stand neben ihm. Ihr Gesicht lag im Schatten, und mir gefielen die Furchen nicht, die sich auf ihrer Stirn zeigten.

»Ich muß sowieso die Stadt verlassen«, sagte sie. »Ich stimme dir zu, daß wegen San Hargon etwas geschehen muß. Aber wenn ich eine Zeitlang nicht hier bin ...«

Das rundliche Buddha-Gesicht ließ nicht erkennen, ob diese Neuigkeit ihm etwas bedeutete. Mir aber war sie sehr wichtig.

»Du wirst uns hier immer willkommen sein«, sagte er.

»Dafür danke ich dir, San, aus vollem Herzen.« Ihre Stimme klang schärfer. »Wenn nur mein Kohlkopf jetzt hier wäre. Er könnte sich nützlich machen, auch wenn er oft ein Hulu* ist.«

»Ach, der hört bestimmt von der Sache, wo immer er ist.«

Die halbmondförmigen schweren Lider schlossen sich über den Augen, und er schaute mich nicht an. Ich war davon überzeugt, daß er mich erkannt hatte.

»San«, fragte ich, »darf ich gehen?«

Mishuro winkte mich fort, und ich verließ den Raum. Diesmal veränderte ich die Art, wie ich den allgegenwärtigen braunen Mantel und meine Roben trug, so sehr, daß es doch einen großen Unterschied zwischen

---

* Hulu: eine Person, in der sich Dummheit und Schläue paaren, deren schurkische Pläne oft zum eigenen Nachteil ausgehen. — *A. B. A.*

Paktun Chaadur und Paktun Drajak gab. Ich schnallte das Rapier außen um und nahm den mächtigen weißen Turban ab. Dann setzte ich mein eigenes Gesicht auf und ging wieder hinein.

»Kohlkopf!«

»Du bist mir willkommen, Walfger Drajak. Ich kann dich aber nicht lange vor dem gerechten Zugriff des Gesetzes schützen. Ein Glück, daß du kommst.«

Ich hätte geschworen, daß er insgeheim lachte.

»Ich freue mich, dich bei bester Gesundheit zu sehen«, sagte ich und nickte ihm zu.

»Nicht schlecht, daß du zurückgekommen bist, Kohlkopf. Ich habe schon auf dich gewartet. Was ist aus deinem wunderbaren Plan geworden?«

»Ach, ... äh ... der hat sich verzögert.«

»Na, wir müssen zu den Quellen von Benga Annorpha reisen.«

Ich biß mir eben noch auf die Zunge, sonst hätte ich heftig gefragt: »Wieso?«

Vermutlich sah sie einen Anflug dieser Reaktion in meinem Gesicht, das ich sofort wieder ruhigzustellen versuchte, denn sie sagte sofort: »Nanji und Floria. Sie reisen dorthin.«

Ich konnte nicht anders. »Die sind nicht wichtig!« entfuhr es mir. »Du weißt ...«

Ihr Blick brachte mich zum Schweigen. Meine Äußerungen der letzten Zeit ließen mich vielleicht wirklich im falschen Licht erscheinen. Wenn Mevancy tatsächlich glaubte, daß wir von den Herren der Sterne den Auftrag bekommen hatten, Nanji und Floria zu schützen, dann mußte ich nicht unbedingt ihrer Ansicht sein, hatte aber wohl die Pflicht, sie zu unterstützen. Wenn ich es genau bedachte, war Mishuro zwar ein offensichtlicher und wichtiger Kandidat für unseren Schutz, doch wurde er bereits wirksam durch seinen Beruf als Sucher abgeschirmt. Ich dachte zurück an das Gespräch nach der Beerdigung und mußte zugeben, daß ich vielleicht zu heftig reagiert hatte. Mishuro war davon überzeugt, daß er nicht in Gefahr schwebte, wenn er die Gewohnheiten eines ganzen Lebens fortsetzte. Für mich, einen alten Kämpfer, war es leicht, seine Worte mißzuverstehen. Sogar die Vorstellung, daß er einen Gegenschlag gegen Hargon dulden würde, erschien mir nun in der Rückschau eher unwahrscheinlich. Gewiß, er war erregt gewesen. Wenn Mevancy recht hatte, brauchte Mishuro nichts zu fürchten und bedurfte daher unseres Schutzes nicht; wenn sie sich allerdings irrte — nun, daran durfte ich gar nicht denken.

Und Nanji und Floria waren genau die Sorte unangenehmer Leute, die sich die Herren der Sterne auf ihre unwägbare Art für ihren Schutz aussuchten.

Wie gut Sucher hinter die Fassaden anderer Menschen zu blicken vermochten, wußte ich nicht; zuweilen brachte Mishuro erstaunlich stimmige Ahnungen auf. Nun äußerte er sich leise, beinahe nachdenklich.

»Hargon ist ein unerträgliches Geschöpf, das stimmt, dafür ist Tsung-Tan mein Zeuge. Ich gebe zu, daß ich meine Zweifel hatte. Aber es wäre zu weit hergeholt zu glauben, er wolle mir schaden. Ich werde deshalb Chaadur, den neuen Wächter, entlassen.« Er machte eine Bewegung. »Er hat seinen Speer auf bemerkenswerte Weise eingesetzt.«

Damit hatte ich den Beweis, daß er mich erkannt hatte.

Wenn ich anmerke, daß ich ein unangenehmes Kribbeln im Rücken verspürte, verstehen Sie das sicher.

Mevancy und ich brachten unsere Dankbarkeit zum Ausdruck und zogen uns zurück, um die Reise vorzubereiten. Das Gold, das sie von den Everoinye bekommen hatte, leistete uns weiterhin gute Dienste; es würde aber nicht ewig reichen.

»Warum wollen die beiden überhaupt zu den Annorpha-Quellen, Hühnchen?«

»Na, aus dem gleichen Grund, weshalb alle anderen

dorthin reisen. Floria hat ein geschwollenes Fußgelenk, und das Wasser dort hat bekanntermaßen eine heilende Wirkung.«

Die Quellen von Benga Annorpha befanden sich in der Oasenstadt Orphasmot einige Tagesritte weiter westlich. Eine verschlafene, staubige, weißgestrichene Siedlung, die damals nur für den Dienst an den Besuchern der Quellen lebte. Was die Wirksamkeit des Wassers anging, so verkündete Frau Telsi in glühenden Farben, daß sie alles zu heilen vermöchten.

»Einschließlich eines gebrochenen Herzens?« fragte Lunky betrübt.

Frau Telsi musterte ihn durch lange geschwungene Wimpern und starrte dann über den Drinnik der Wanderer auf Walfger Olipen. Der war nicht in seine Heimat Guishsmot zurückgekehrt, sondern war in Makilorn gewesen und hatte sich leidenschaftlich um die schöne Telsi bemüht. Allerdings hatte sie alle Angebote zurückgewiesen. Nachdem nun aber Oberherr Nanji und Dame Floria zu den Quellen reisen wollten, war vielleicht der Moment gekommen, da sie es sich anders überlegen würde. Dies bedrückte natürlich den armen Lunky, der sich auch Hoffnungen gemacht hatte, obwohl er nur ein bescheidener Lehrling war. Dann aber war der reiche Kaufmann gekommen, und ... Nun ja, Lunky wußte nicht, was er tun sollte.

San Tuong Mishuro sagte ernst: »In dieser Frage kann ich dir keinen Rat geben, Lunky. Die Probleme des Herzens mußt du selbst lösen.«

»Ich ziehe los und werde Topdalpheme«, sagte er heftig.

Mevancy und ich, die wir uns hinten in einem Karren versteckten, hatten Mitgefühl mit dem armen Lunky. Nachdem wir unsere Entscheidung getroffen hatten, Nanji und Floria zu begleiten, hatten wir einige alte Genossen von der Karawane wiedergefunden, darunter Frau Telsi und den Kaufmann Olipen aus Guishsmot. Es hätte mich nicht überrascht, wenn eine dieser Personen sich als unser Ziel entpuppt hätte — nicht nach meinen Erfahrungen mit den Herren der Sterne.

»Sollte es noch einen Todesfall geben, Lunky, gebe ich dir Bescheid.«

»Ja, San. Und vielen Dank.«

»Ich habe eine Verabredung mit zwei Bewahrern der Königin«, sagte Mishuro. »Ich sage dir also Remberee und empfehle mich.«

»Remberee, San!« riefen sie, und Mishuro entfernte sich auf seine vornehme Art. Ich sah, daß Chiako der Bauch und ein halbes Dutzend seiner Männer ihn begleiteten.

Schließlich zog die kleine Karawane in westlicher Richtung los. Unwillkürlich fragte ich mich, ob wir jemals nach Osten, nach Makilorn, zurückkehren würden.

Mevancy und ich lagen nebeneinander unter Säcken auf einem Wagen, der von einem Sklaven Mishuros gelenkt wurde. »Na, Kohlkopf?« fragte sie und bohrte mir den Ellbogen in die Seite. »Was ist nun mit deiner tollen Idee? Deiner Verkleidung?«

»Im Augenblick kann ich mir nur das Flamin über das Gesicht ziehen.« Ich zog das Sandtuch hoch. »Wir müssen bald aussteigen und uns unter die Leute mischen, wenn wir nicht ...«

»Ja, ja, natürlich. Hast du irgend jemanden gesehen, der in den Diensten des üblen Hargon stehen könnte?«

»Nein.«

»Hm. Ich auch nicht. Aber das bedeutet gar nichts, bei Spurl!«

Sie sollte recht behalten.

Unruhig drehte sie sich um, und auch diesmal machte sich ihr Ellbogen schmerzhaft bemerkbar, obwohl ich mich schon voll auf sie konzentrierte. »Der arme Bursche, den du mal heiratest, tut mir leid!« knurrte ich.

Sie fuhr hoch. Zornig starrte sie mich an, und ihr Gesicht leuchtete scharlachrot. »Du! Du!«

»Ach, so hab' ich das nicht gemeint, Hühnchen. Aber meine Rippen dürften schon grün und blau sein.«

Sie atmete schwer, beruhigte sich dann aber doch wieder. Ich gebe zu, ich bin manchmal mit dem Mundwerk etwas vorlaut.

Schließlich sagte sie: »Die Verbindung zwischen Lunky und Telsi überrascht mich ein wenig. Sie ist ...«

»Allzuweit dürften die beiden noch nicht sein, meinst du nicht auch?«

»Ja, ja. Ich hoffe nur, daß sich Lunky gegen Olipen durchsetzt, obwohl der auch ganz nett ist.«

»Neulich abend habe ich Llodi in Gesellschaft eines süßen jungen Mädchens gesehen. Schwarzes lockiges Haar, schlanke Beine, ein Temperamentsbündel. Llodi war ziemlich gefesselt von ihr ...«

»Ja, ja, Kohlkopf! Ich weiß nicht, ob ich das alles hören will!«

»Ich bitte dich, Mevancy! Llodi hat doch ein Anrecht auf eine Romanze, oder nicht? Diese Pulvia — Pulvia die Löckchen, heißt sie wohl — dürfte gut für ihn sein. Ich weiß es nicht. Ich hoffe es nur.«

»Ja, natürlich.«

Irgendwie komisch. Unsere Mevancy war eine ziemlich konventionelle junge Dame, mehr als ein bißchen korrekt. Ich fand das irgendwie charmant.

19

»Beim Schwarzen Chunkrah!« rief ich und trat heftig in den Sand. »Wenn ich nur wüßte, was wir tun sollen!«

»Ich habe dir doch gesagt, Kohlkopf, wir sind ...«

»Ja, ja, Hühnchen. Schon gut. Aber es gefällt mir nicht, Mishuro alleinzulassen ...«

»Llodi ...«

»Ich weiß. Llodi wird mit der Situation schon fertig. Aber nimm einmal an, Hühnchen, nimm nur einmal an, unsere Zielperson wäre wirklich Mishuro.«

Der Tag ging dem Ende entgegen, die Zwillingssonnen Scorpios, Luz und Walig, fielen vor uns dem Horizont entgegen. Riesige ocker- und schokoladenbraune, goldene und zinnoberrote Gebilde füllten den Himmel mit Streifen und Bögen und riesigen Wolkenbänken. Es herrschte ein regenbogenartiges Durcheinander. Rote und grüne Schatten dehnten sich hinter uns.

»Nimm es einmal an.«

»Dann bringen die Everoinye uns zurück, Drajak!«

»Es hat zwischen mir und den Herren der Sterne Auseinandersetzungen gegeben. Sie sind nicht unfehlbar. Sie machen Fehler.«

»Kohlkopf! Um des süßen Gahamonds willen, halt an dich!«

»Ich meine doch nur, daß sie uns vielleicht zu spät zurückversetzen.« Ich schritt neben unserem Wagen her, der sich mit der kleinen Karawane durch tiefen Sand bewegte. Bald würden wir das Lager erreichen, und ich spürte eine große Unruhe in mir. »Wenn die Herren der Sterne nicht bald etwas unternehmen ...«

»Das bewiese doch nur, daß Mishuro nicht der Gesuchte ist.«

»Nicht unbedingt! Ich hab's dir eben schon gesagt: Die Everoinye machen Fehler. Sie sind alt. Sie haben mich schon öfter in größte Schwierigkeiten gebracht ...«

»Es würde mich nicht überraschen, wenn sie sich dazu entschlössen, dich zu maßregeln.«

»Ach, auch das haben sie schon getan! Aber hier und jetzt geht es mir darum, die Dinge so zu tun, wie sie sie haben wollen.« Wenn es unter den vielen Dingen, die ich nicht mag, etwas gibt, das ich am meisten verabscheue, dann ist es das Unvermögen, zu einer Entscheidung zu kommen. Ich nehme mir gern etwas fest vor und erledige es dann auch.

»Also schön, Hühnchen«, fuhr ich fort. »Unsere Zielperson könnte Mishuro sein. Aber auch Nanji und Floria. Eigentlich käme jeder in Frage, den du mit Rafael aus dem Feuer gezogen hast ...«

»Ja! Und das schließt dich ein!«

»Ja, das schließt mich ein. Wir sind zu zweit. Du hältst dich daran, was du für richtig hältst, ich gehe meiner Überzeugung nach.« Finster starrte sie mich an. »Mishuro ist offenkundig die wichtigste Person, mit der wir in Berührung gekommen sind ...«

»Was aber nicht unbedingt etwas bedeuten mußt, wie du selbst schon gesagt hast und wir beide sehr wohl wissen.«

»Richtig. Wenn du dir alle Kandidaten anschaust, käme jeder ...«

»Ja, ja!« fauchte sie. »Und?«

»Ja, ich kehre nach Makilorn zurück und behalte Mishuro im Auge.«

Sie war mit großen kräftigen Schritten gegangen und hatte dabei mehr als einmal hohe Sandfontänen aufgeworfen. Nun senkte sie den Kopf und warf mir einen kurzen Seitenblick zu, wie ein Vogel. »Wenn du es für das beste hältst, Kohlkopf. Meine Bündel sind beinahe voll nachgewachsen. Ich möchte nicht mit dir streiten oder dir Befehle geben, die du vielleicht für ungerechtfertigt hältst.«

Ich schloß meine Weinschnute mit lautem Knall. Sehen Sie! Wie hätte ich dieses Mädchen gemein behandeln können? Sie tat ihre Arbeit und versuchte sie gut zu tun. Und da war ich, ein haariger alter Graint, ein Leem-Jäger, ein ungezügelter Kämpfer, ein Zhan-Paktun und noch vieles mehr — und ich rollte wie eine selbstzerstörerische Lawine daher und drohte sie mit meiner miesen Stimmung niederzuwalzen.

»N-nun ja ...«

»Wenn du es für richtig hältst. Ich gebe offen zu, daß ich mir um San Tuong Sorgen mache.«

»Gib mir ein Tier, irgendein Tier, und ich reite zurück.«

Sie lachte, was mich nun doch — auf sehr angenehme Weise überraschte.

»Schön, und wenn ich mich irre und die Everoinye eingreifen, bin ich noch vor dir in Makilorn!«

»Bei Zair! Du hast recht!«

Erst als ich auf dem Rücken des schäbigen kleinen weißen Preysanys saß, den Mevancy einem rotgesichtigen Kaufmann für wenig Geld abgeluchst hatte, beschäftigte ich mich mit dem Gedanken, daß die Everoinye womöglich nicht eingreifen würden. Mevancy war doch sicher in der Lage, allein zurechtzukommen, oder? Beinahe hätte ich Blanky herumgezogen und wäre zurückgeritten; dann bannte mich wieder der Gedanke an Mishuro. Mevancy *mußte* allein zurechtkommen, sollte das Schicksal sich gegen sie wenden.

Die vor mir liegende Wüste leuchtete im rosagoldenen Licht der Frau der Schleier. Dieser kregische Mond hatte meinem Herzen stets besonders nahegestanden, und ich wurde von einer besinnlichen Stimmung ergriffen. Aus dieser Stimmung heraus kann ich erwähnen, daß die Frau der Schleier der größte kregische Mond ist und daß er nur aufgrund seiner großen Entfernung vom Planeten kleiner wirkt als die Zwillinge und die Jungfrau mit dem Vielfältigen Lächeln.

Schatten huschten durch das Mondlicht.

Einen Augenblick lang spannte ich die Muskeln an

und ergriff mein Schwert; dann sah ich den ungeordneten Schwarm der Umbler stocken; offensichtlich planten sie für die Nacht, ein Lager aufzuschlagen. Eine seltsame Diffrasse waren die Umbler, sprunghaft, unfähig, eine Schneise tolpatschigen Versagens hinter sich zurücklassend. Es ging ziemlich lärmend zu, während geflickte Zelte aufgestellt und Holz gesucht wurde und Kinder kreischend in allen Richtungen durcheinanderliefen. Bei der berüchtigten Ungeschicklichkeit der Umbler war es ein Wunder, daß sie überhaupt Nachkommen bekamen. Wahrlich, Kregen beherbergt eine erstaunliche, prächtige Vielfalt von Diffs!

Ich schüttelte den Kopf und ritt weiter und befand mich nach einiger Zeit bereits zwischen den Bewässerungsgräben Makilorns.

Umbler gehen anderen Leuten gern aus dem Weg. Allerdings ist die Auffassung weit verbreitet, daß sie nicht in der Lage wären, sich ohne Hilfe Häuser zu bauen, die sonst ausnahmslos wieder in sich zusammengefallen wären. Es gibt nur eine Fähigkeit, die die Umbler bekanntermaßen besitzen, und dafür sind sie auch gleich weltberühmt. Sie züchten die besten Ziegen. Es gibt auf Kregen viele Ziegenrassen mit einer Vielzahl von Namen. Umbler können mit diesen Tieren hervorragend umgehen.

Da die Tsungfariler im Augenblick aus keiner Richtung eine direkte militärische Invasion erwarteten, waren die Mauern Makilorns kaum bewacht. Das Mondlicht spiegelte sich auf wenigen Helmen auf den Mauerkronen. Ich hielt auf das Pancheen-Tor zu. Der intensive Duft der Mondblüten versüßte die Luft hinter einem offenen Abfluß. Ich hörte das Lärmen und nahm im gleichen Moment den Gestank wahr.

Allzu vertraut waren mir diese Geräusche, sehr verbreitet auf Kregen, aber doch schrecklich. Das Scharren von Stahl gegen Stahl, das schlurfende Stampfen von Sandalen, das dumpfe feuchte Auftreffen von Waffen, gefolgt von plötzlich abbrechenden Schmerzlauten — o ja, dies war das Kregen, das ich kannte.

Die braunbehängten Gestalten stiegen wie Phantome aus den Schatten auf, und das Mondlicht erzeugte schwarze und silberne Flecken auf ihren leuchtenden Klingen.

Ein kurzer Eindruck von hakennasigen Gesichtern, finster und schmal, das Gewirbel eines Umhangs, der klare Blick auf kunstvoll verzierte Abzeichen, die an den Turbanen leuchteten — mehr gewahrte ich nicht. Die Attentäter verschwanden.

Der arme Kerl, auf den sie es abgesehen hatte, brauchte sich über sein Schicksal hier auf Kregen keine Sorgen mehr zu machen. Sicher bemühte er sich gerade um den besten Weg, ungeschoren an den gespenstischen Syatras und den alles lähmenden Geistern des Todesdschungels von Sichaz vorbeizukommen. Hier zeigte sich das harte, böse Gesicht dieser wunderbaren Welt, ein Gesicht, das manchmal so lange zu schlafen schien, daß man die Schrecknisse vergessen konnte. Irgendwann aber sprang das lauernde Tier wieder hervor und fauchte und schüttelte Blutstropfen von Reißzähnen, die bereits tief zugebissen und das strahlende Leben zerrissen hatten. Ich stand auf und versprach dem Ib des Toten, ihm Leute zu schicken, die für eine anständige Beerdigung sorgen würden. Dann ging ich weiter und meldete mich rufend bei den Wächtern, die mich schließlich durch die Pforte des Pancheen-Tors in die Stadt ließen.

Das seltsame Drängen, das ich während des ganzen Rittes in mir gespürt hatte, ließ mich bei der Annäherung an Mishuros Villa eilen. Undenkbar, wenn der San während meiner Abwesenheit ermordet worden wäre! Im Laufschritt erreichte ich das Tor und sah, wie sich ein Bewaffneter von dem kleinen Wachhäuschen abwandte. Ich zerrte mein Schwert heraus.

»Ach, Drajak — das brauchst du nicht. Es ist eine lange Wache, wenn man so allein ist und so. Pulvia leistet mir nur ein bißchen Gesellschaft«

Das Funkeln strahlender Augen im Mondlicht, das Blitzen von Zähnen, ein Schopf wallender schwarzer Locken — ja, diese Pulvia war schon eine angenehme Zerstreuung während einer langweiligen, ereignislosen Wache. Trotzdem ...

Er schien meinen Gesichtsausdruck richtig zu deuten, denn er sagte hastig: »Ich weiß, ich weiß. Aber es tut sich ja nichts, seit Dame Mevancy fort ist. Es ist wirklich still und so.«

Ich atmete auf, wußte ich doch, daß es mir nicht zustand, Llodi zu tadeln oder zu bestrafen. Er war ein guter Kamerad. »Ich wünsche dir Mildes Mondlicht«, sagte ich und ging zur Villa. ›Mildes Mondlicht‹ — dies ist einer der vielen kregischen Begriffe, wenn man jemandem einen guten Abend wünschen will.

Die Dienstboten versicherten mir, daß San Mishuro sicher in seinem Bett liege.

Ich überprüfte diese Information natürlich und fand, daß sie zutraf.

Dennoch war ich nicht enttäuscht oder erleichtert. Der eilige Ritt durch die Wüste bei Mondschein, der blutrünstige Vorfall vor der Stadt, die vorübergehende, das Herz zusammenkrampfende Sorge, was aus Llodis Neckereien mit Pulvia hätte werden können ... und dann das Objekt aller dieser Sorgen wie ein Kind im Bett vorzufinden — all dies entfachte meine Sorge nur noch mehr. Meine Spannung stieg. Ich fühlte keine Erleichterung von der alles ergreifenden Erwartung der Gefahr. Meine Angst steigerte sich womöglich noch.

Die nächsten zwei oder drei Tage vergingen, als liefe das Leben in völlig normalen Bahnen. Mishuro hieß mich ohne Umstände wieder in seinem Haushalt willkommen. Wir aßen und tranken, schliefen und gingen spazieren, spielten Jikaida und unterhielten uns über anspruchsvolle Themen — und dies alles, als wäre mit unserer Existenz alles in Ordnung. Gleichzeitig zerrte ein innerer Sturm der Besorgnis an meinen Nerven und drohte mich zu einem Wrack zu machen.

Keine Nachricht von Mevancy.

An einem Vormittag, da die Strahlung der Zwillingssonne von einem hohen dünnen Dunstschleier, der sich als Wolke ausgab, neblig gebrochen wurde, fragte mich Mishuro, ob ich ihn zur Villa von Oberherr Kuong begleiten wolle. Ich freute mich über die Abwechslung und erklärte mich einverstanden. Inmitten des seltsam bunten Lichts machten wir uns auf den Weg. Mishuro erzählte, daß Kuong Vang Talin, Trylon von Taranik, vor kurzem das Alter erreicht hatte, in dem es für angemessen gehalten wurde, daß er die Verwaltung seiner Besitzungen selbst in die Hand nahm. Als Paol-ur-bliem war er unter der Anleitung seines Bewahrers San Caran zum Mann herangewachsen. Ich gewann den Eindruck, daß Mishuro keine hohe Meinung von San Caran hatte. »Er hat noch zahlreiche Leben auf dieser sündigen Welt vor sich«, sagte Mishuro. »Nicht daß dies seine Strafe wäre. Kuong ist ein liebenswerter Bursche.«

Trylon Kuong entpuppte sich tatsächlich als ein gutgelaunter, zugänglicher junger Mann. Er hatte einen klaren Blick und rötliche Wangen und volle Lippen. Ich konnte mir vorstellen, daß ihm die Herzen vieler Mädchen zufliegen würden. Er begrüßte uns zuvorkommend. San Tuong wollte eben das Gespräch eröffnen, als San Caran den Raum betrat.

Also, wie soll ich ihn beschreiben?

Wenn man einer Katze in der falschen Richtung über das Fell streicht, kann es Funken geben.

Doch wurde die Begegnung auf beiden Seiten mit ausgesuchter Höflichkeit zu Ende gebracht. San Caran deutete San Tuong auf sehr indirekte Weise an, er solle verschwinden und sich nicht länger in Dinge einmischen, die ihn nichts angingen. San Tuong antwortete, er sei nicht glücklich über die Art und Weise, wie San

Caran die Geschäfte des Trylons führte. Die Herren befleißigten sich einer hübschen Sprache, aber ich gewann schließlich doch den Eindruck, daß Caran, der die Besitztümer so lange verwalten durfte, seine Macht nicht so ohne weiteres an den Jungen abtreten wollte, den er schon als kleines Kind betreut hatte.

Mit zynischem Spott, der mich selbst nicht ausnahm, konnte ich mir vorstellen, daß Trylon Kuong zufrieden und wohl versorgt war und von Mädchen gejagt wurde. Immerhin hatte er Geld und Besitztümer, bei Krun! Warum sollte er sich nicht vergnügen? Wenn diese Art zu leben seine Strafe war, so sollte man meinen, müßten sich die Menschen doch in langer Schlange anstellen, um sich eine solche Strafe abzuholen. Die Wirklichkeit sah natürlich ganz anders aus. Kein Tsungfariler war gewillt, ein Leben um das andere zu warten, bis ihm der Eintritt ins Gilium gewährt wurde. So prächtig das Leben eines Paol-ur-bliems auch sein mochte, das Paradies des Gilium bot unvorstellbare Verzückungen.

San Caran hatte den Vorteil in zweifacher Hinsicht.

Er genoß die Freuden eines üppigen Lebens im Hier und Jetzt, und sein Eintritt in das Gilium war gebucht und gesichert.

O nein. Er war nicht gewillt, einem Jüngling seine Macht und seinen Luxus abzutreten.

San Caran trug eine gelbbraune Robe mit grünen Pantoffeln und entsprechender Schärpe; sein langes Gesicht zeigte einen bekümmerten Ausdruck. Ich konnte mir nicht darüber klar werden, ob der schmerzliche Ausdruck der eines Märtyrers war oder der eines Mannes, der einen unangenehmen Geruch in der Nase hatte.

Der Besuch zeitigte nicht das geringste Ergebnis. Kuong war vor kurzem nach Makilorn zurückgelehrt, nachdem er eine gewisse Zeit in Taranik verbracht hatte, das im Westen lag. San Tuong brummte mir kopfschüttelnd zu, daß es dort Ärger, großen Ärger geben werde. »Und das schon ziemlich bald!«

»Ich nehme an, San Hargon und San Caran sind enge Freunde?«

»Und ob!«

»Vielleicht legt das jetzige System«, sagte ich vorsichtig, »eine zu große Macht in die Hand des Bewahrers.«

»Unbedingt. Die Königin hat ein offenes Ohr gehabt für Argumente, die darauf abzielen, das Gesetz zu ändern. Aber so etwas dauert immer seine Zeit.«

»Und unterdessen ...«

Er unterbrach mich, denn ihm schien ein weiterer Gedanke gekommen zu sein. »Caran weiß sehr wohl, daß ich die Königin beeinflussen will, das Gesetz zu ändern. Wenn Hargon einen neuen Paol-ur-bliem zu versorgen hätte, könnte er Caran und die anderen Bewahrer unterstützen. Doch Grund zur Sorge haben wir vor allem wegen der derzeitigen Politik der Königin gegenüber Tarankar.« Er schien plötzlich etwas außer Atem zu sein. »Nun ja, es steht uns nicht zu, uns da einzumischen. Was die Königin will, das will sie nun mal.«

Später am gleichen Tage mußte Mishuro an einer Versammlung teilnehmen, und ich hatte eine Zeitlang nichts vor. Nachdem ich mit Meister Twangs prächtigem Bogen einige Übungsschüsse abgegeben hatte, spürte ich den Wunsch nach einem kleinen Getränk. Das abendliche Geschäft begann gerade, auch wenn sich Makilorn doch sehr von Ruathytu oder Vondium unterschied, und noch mehr von Sanurkazz, wofür Mutter Zinzu meine Zeugin sei!

Bei unsicheren Wetterverhältnissen gab es hier wohl ein- oder zweimal in einem Jahrzehnt Wolken zu sehen. Die anfänglichen Dunstschleier waren nicht von der Sonne aufgezehrt worden, sondern hatten sich so weit verdichtet, daß der Abend früher kam als sonst. Ich kam gerade an Tongwan dem Langsamen vorbei, der an der Tür Wache stehen mußte, als ein Bündel Stoff auf uns zuhuschte. Wir gewahrten einen Schopf dunklen Haars, leuchtende Augen, schlanke Beine, die sich eilig unter angehobenen Röcken bewegten. »San Tuong!« rief das Mädchen. »Mord! Man ermordet Trylong Kuong!«

Tongwan packte sie und drehte sie herum. Ich erkannte das Mädchen, das Mishuro und mir während unseres Besuches bei Kuong Erfrischungen gereicht hatte. Tränen schimmerten in ihren Wimpern, aber sie war zornig wie ein Leem.

»Beeilt euch! Schickt Männer!« Sie versuchte sich aus Tongwans Griff zu lösen, doch er hielt sie fest. »Du Lummox! Worauf wartest du noch?«

»Gib dem San Bescheid!« befahl ich kurzentschlossen. »Ich bin unterwegs.«

Mit diesen Worten eilte ich aus der Villa und machte mich im Laufschritt auf den Weg zu Kuongs Anwesen.

Unterwegs legte ich mir die Grundzüge der Verschwörung zurecht, wie sie offenbar ablief. Mishuro hatte San Caran nervös gemacht, der sofort zu handeln beschloß. Wenn Trylon Kuong tot war, mußte ein neuer Trylon Kuong gefunden werden. Als Bewahrer würde Caran das Kind versorgen und anleiten. Mishuro hatte davon gesprochen, daß der bindende Eid, den alle Dikaster leisten mußten, wenn sie Tsung-Tan beim Wahrsagen und Bewahren dienen wollten, für Hargon oder Caran nicht sonderlich bindend zu sein schien. Ihn schien dieser Verlust an Zuverlässigkeit und Treue zu bekümmern. Wahrscheinlich konnte sich Mishuro nicht vorstellen, daß eine Person, die sich als Dikaster vereidigen ließ, vielleicht gar nicht wirklich an das Paol-ur-bliem glaubte. Statt dessen würde eine solche Person vor allem an die Macht und den zunehmenden Reichtum glauben. Bei Krun, ja!

Eine oder zwei Leute musterten mich seltsam; niemand versuchte mich aufzuhalten.

Ich stürmte durch Kuongs Vordertür und fand dort keine Wachen. Caran hatte viele Perioden Zeit gehabt, sie für sich einzunehmen. Ich fürchtete schon, daß ich zu spät kommen würde.

Carans Tat schien mir schließlich von einer zu großen Vorsicht bestimmt zu sein. Anstatt die Wachen des Trylons dazu zu bringen, ihn zu erledigen, hatte Caran berufsmäßige Attentäter angeworben und dafür gesorgt, daß die Wächter von den wichtigen Posten abgezogen wurden. Auf diese Weise konnte niemand einen anklagenden Finger auf den Bewahrer richten.

So selbstsicher war Caran und — offensichtlich — auch so geizig, daß er nur zwei Stikitche beauftragt hatte. Als ich nun in Trylon Kuongs Gemächer stürmte, boten die beiden mit ihren schwarzen Mänteln und Masken und reichlichem Waffenarsenal einen bunten Anblick.

Zu meiner Überraschung war San Caran persönlich anwesend; er kauerte neben einem hohen Krug voller Blüten. Ihr süßes Parfüm durchwehte die Räume.

»Nun macht schon!« kreischte er, als ich über die Schwelle eilte. »Er ist doch nur ein Junge!«

Der Junge hatte ein Schwert in der Faust und leistete energisch Widerstand.

San Caran kreischte: »Tötet ihn! Tötet ihn!« Er stand dermaßen im Bann seiner Leidenschaft und Ungeduld, daß ihm Schaum aus den Mundwinkeln trat. Als er mich sah, rief er: »Hinter euch! Noch einer! Streckt beide nieder!«

Obwohl ich keine sehr hohe Meinung von dem Können der hiesigen Attentäter hatte, ließen sie es immerhin nicht zu, daß ich sie von hinten überraschte. Einer setzte sich weiter mit dem Trylon auseinander, der andere fuhr herum, um mich zu erledigen. Er war nicht schnell genug und sank mit klaffender Halswunde zu Boden. Daraufhin stieß Caran einen unmenschlich lauten Schrei aus und stürzte sich auf mich; der lange Dolch in seiner Faust funkelte bedrohlich.

Kuong erlitt einen Kratzer an der Wange, wich keuchend zurück und streifte sich mit der Linken das Haar aus dem Gesicht. Sein Attentäter bedrängte ihn stumm triumphierend; im gleichen Augenblick erreichte uns Caran. Ich hatte keine Zeit zum Denken. Ich sah, wie die Dinge standen, ich sah die beiden Angreifer, die beiden Aufgaben, die sich mir stellten — und ich handelte.

Ein schneller Sprung ließ mich gegen den Attentäter rempeln, als mein Schwert Carans Hieb abwehrte. Die Klinge zuckte wie aus eigenem Antrieb vor und glitt Caran zwischen die Rippen. Im gleichen Augenblick fuhr meine linke Faust herum und versetzte dem Attentäter einen Hieb hinter das Ohr. Er sackte nicht zu Boden. Caran stieß ein gurgelndes Seufzen aus und sank in die Knie. Der Attentäter, der sich von Kuong abwandte und sein Gleichgewicht zurückgewann, bekam dies alles mit.

Er traf eine Entscheidung, die ihm in diesem Augenblick als die richtige erschienen sein mußte, und machte Anstalten, die Flucht zu ergreifen. Meine Klinge pfiff in einem flachen niedrigen Bogen herum und traf ihn am Unterleib. Er stieß einen kurzen Schrei aus und brach zusammen.

»Das war ...«, sagte Kuong. »Du bist sehr schnell.«

»Also, Trylon«, sagte ich, »jetzt haben wir einen toten Bewahrer am Hals.«

Kuong nahm sich spürbar zusammen. Ein Hauch der normalen Farbe kehrte in sein Gesicht zurück. Er hob eine Hand an die Stirn. Dann sagte er: »Bekümmere dich nicht, Walfger Drajak. Caran hat durch seine Tat die Ehre und den Schutz verspielt, die seine Stellung ihm boten. Du hast vom Kolleg nichts zu befürchten.«

Ich gebe zu, daß ich ehrlich erleichtert war. Es war riskant, sich in die Gesetze und Gebräuche anderer Menschen einzumischen. Bedenken Sie, was mir zuvor widerfahren war — dabei hatte ich einen Bewahrer nur mit ein paar scharfen Worten bedacht!

Als eine Horde von Wächtern und Dienstboten hereinstürmte, hatte sich Kuong wieder ganz im Griff. Tongwan ließ ungebärdig seinen Speer hin und her fahren. »Diesmal war ich nicht langsam, bei Yakwang!«

Ich lobte ihn wegen seiner Schnelligkeit. Dann schaute ich mich um und fragte: »Wo ist Llodi?«

»Er bewacht die innere Haupttür«, antwortete Chiako der Bauch, dem es darum ging, bei diesen wichtigen Ereignissen seine Autorität klarzustellen. »Ich vernachlässige doch nicht meine Pflichten.«

Etwa in diesem Augenblick wurde mir das Schrecknis bewußt.

Ich sah klar.

Ohne mir die Mühe zu machen, einen Ruf auszustoßen, und ohne ein erklärendes Wort stürmte ich so schnell wie möglich aus dem Zimmer. Ich wußte bereits, daß der Plan gelungen war und daß ich so blind war wie der dümmste aller Idioten.

20

Blinder, hirnloser Narr! Onker, Onker aller Onker — ein Get-Onker war ich! Ich lief. Bei Zair, ich lief!

Ich verzichtete sogar darauf, mein Gesicht von Drajak auf Chaadur zu verändern. Für solche Feinheiten blieb keine Zeit mehr, es war zu spät, mich vor San Hargon verstecken zu wollen. Die Zeit war verstrichen, und ich hatte mich wie ein ganz gewöhnlicher Grünschnabel verwirren lassen. Nun mußte ich auf meinem Weg zu San Tuong Mishuro eigentlich schneller sein als ein Armbrustpfeil — erfüllt von der lähmenden Erkenntnis, daß es längst zu spät sein mußte.

Mishuros Tore waren nämlich unbewacht, weil seine Wächter in aller Eile seinem Freund, dem Trylon, zu Hilfe gekommen waren. Wie ein Verrückter stürmte ich hinein und durch die Villa; mein Ziel war die innere Tür, die von Llodi der Stimme bewacht wurde.

Er lag auf dem Boden, die Hand in die Seite gepreßt. Dunkles Blut pulsierte zwischen seinen Fingern hervor und färbte die Teppiche auf dem Marmorboden.

»Der San ...«, würgte er hervor. Er konnte kaum noch sprechen. Seine Augen funkelten. Er starrte zu mir auf, und sein Gesicht war verzerrt von der schrecklichen Erkenntnis der Dinge, die hier geschehen waren. »Pulvia ...«

»Lieg still, Dom!« befahl ich und lief an ihm vorbei, ohne aus dem Rhythmus zu kommen. »Ich hole hinterher Hilfe.«

Er ächzte gepreßt und ließ sich zurücksinken, und das dunkle Blut, die Folge von Pulvias verräterischem Dolchstich, tropfte ihm zwischen den Fingern hervor.

Ich eilte weiter. Meine erste Reaktion auf den Namen Pulvia war richtig gewesen; er wirkte irgendwie zu schwergewichtig für ein keckes, dem Flirt zugeneigtes Mädchen. Nur lagen die Dinge hier umgekehrt. Das fröhliche Lockenmädchen war die Verkleidung, die Düsterkeit des Namens entsprach dem finsteren Verrat, der Llodi niedergestreckt hatte.

Meine Beine huschten über die Teppiche und Fliesen. Llodis Zustand verriet mir, daß erst wenig Zeit vergangen sein konnte, seit Pulvia, den blutbefleckten Dolch schwenkend, durch diese Korridore gerannt war. Vielleicht mußte sie zuerst noch Türen öffnen, um Komplizen einzulassen, Stikitche-Kollegen. Ich atmete durch. Es gab vielleicht noch eine Möglichkeit, Mishuro zu erreichen, ehe man ihn umbrachte!

An der nächsten Korridorecke stand ein runder Keramikkrug; ich hatte keinen Blick für seine Muster, sondern schnitt die Ecke und stieß das schöne Gefäß dabei um. Mit lautem Krachen zersprang der Krug auf dem Boden und verstreute seine Scherben in alle Richtungen.

Der Aufprall hallte zwischen den Mauern hin und her und rahmte akustisch die Erscheinung, die plötzlich vor mir auftauchte und mich zu erwarten schien.

Rutschend kam ich zum Stillstand.

Ich atmete ruhig und gleichmäßig. Ich betrachtete den Mann, der auf einem fellbelegten Stuhl mit breiten Armlehnen und geschwungenen Beinen saß. Dieser Stuhl hüllte ihn mit Fellen und Schuppen ein, und Pfauenfedern schienen sich im nächsten Moment hin und her bewegen zu wollen, um den Gestank zu vertreiben, wie er ihn an dem Ort, wo er sich normalerweise aufhielt, gewohnt sein mußte. Neben den grünen und schwarzen Streifen an Stuhl und Kleidung war die vorherrschende Farbe rot — rot! Nicht das kecke alte Scharlachrot Strombors, sondern ein rauchiges dunkles Rot, das an die mühsam eingedämmten Feuer einer Hölle erinnerte.

Seine Robe wölbte sich von künstlich verbreiterten Schultern fort und offenbarte ein Schuppenhemd mit zahlreichen goldenen Applikationen und einem breiten goldenen Kragen. Die Hände waren knochenweiß und umfaßten den Schaft einer Doppelaxt, die er sich zwischen die Beine gestellt hatte. Neben dem rechten Stiefel hockte ein schuppiges kleines Wesen mit Silberkragen; den linken Stiefel umfaßte ein halbnacktes Mädchen mit wehendem gelben Haar. Und dann schaute ich ihm ins Gesicht.

Unpassenderweise trug er einen dicken braunen Bart — einen Schnurrbart —, um die Bleiche des Anlitzes zu dämpfen. Weiß wie frisch aufgetragene Kreide, war dieses Gesicht des Schreckens. Unter der papierdünnen Haut zeichnete sich deutlich die Knochenstruktur ab. Der lippenlose Mund enthielt eine Doppelreihe unmenschlicher Reißzähne, die von breiten Kiefern nach außen strebte. Nasenschlitze pulsierten gleichförmig über diesem gefährlichen Mund. Und die Augen! Nicht gänzlich schwarz, doch um so schwärzer wirkend, weil sie ein dunkelblaues Element enthielten, Augen, in denen überdies ein unheimlicher roter Schimmer stand, beherrschend, fordernd, die Augen eines Teufels ...

Lautlos erhob sich der Stuhl vom Teppich und stieg ein Stück in die Luft.

An der Erscheinung des Mannes war mehr, weitaus mehr; bei unserer ersten Begegnung hatte ich es eilig und nahm nur wahr, was ich eben beschrieben habe. Ich atmete tief durch und tat probeweise einen Schritt vorwärts.

Aus der Mauer neben dem Stuhl löste sich ein Ding und kam in den Korridor. Es glitt durch die feste Wand, als sei sie eine gegenstandslose Wolke.

Teuflisch geformt, dieses Wesen. Auf zwei schuppigen Beinen erhob es sich mit einem menschengroßen Torso, darauf ein flacher gedrungener Kopf mit Knochenrändern über den Augen. Gebannt war ich aber vor allem von den Gebilden, die vor diesem Wesen hin und her schwenkten. Anstelle von Armen besaß das Ungeheuer vier Tentakel, jedes von einem Pseudokopf gekrönt, einem knollenartigen Auswuchs, der außer einem reißzahnbewehrten Mund zwei Augen enthielt. Die Mäuler öffneten und schlossen sich, als das Ding sich auf mich stürzte; jeder Tentakelkopf versuchte sich wie aus eigenem Antrieb in mich zu verbeißen und Stücke meines Fleisches herauszureißen und dem Ding Nahrung in den Magen zu befördern. Seltsamerweise war das Wesen nicht von einem unerträglichen Gestank umgeben.

Natürlich nicht — die Kreatur war eine Erscheinung, eine Illusion. Sie war geradewegs durch die feste Mauer getreten; sie mochte wirklich existieren, woran ich noch zweifelte. Aber auf keinen Fall befand sie sich vor mir in diesem Korridor.

Von irgendwoher ertönte eine Stimme, die wie das Fauchen des Windes unter einer zugigen Tür klang.

»Warte, Arzuriel!«

Das schuppige Monstrum vor mir hielt inne, und die gierigen Mäuler bewegten sich in engen Mustern hin und her.

Aus einem Dunst rauchig-roter Schwärze im hinteren Teil des Stuhls tauchten zwei weiße Arme auf. Es waren die rundlichen Arme einer Frau, deren plumpe Hände eine verwirrend gestaltete, massive helmartige Krone über den Kopf des Mannes hielten. Langsam neigten sich die Arme und setzten die Krone auf dem haarlosen Schädel ab.

Der Helm zeigte mir viele Einzelheiten, und sie stellten ausnahmslos Entsetzen und Verzweiflung dar.

Der Helm ragte hoch über der Stirn des Mannes auf und war größer als das ganze Gesicht. Die Krone wurde aus einer gekrümmten Reihe Dreizacke gebildet. Als Sichtblende war ein Barrakuda-Kopf in Gold nachgebildet worden. Silbrige Fischgesichter drängten sich in Reliefs um den Helm. Eine braune Schärpe war seitlich angebracht. Das vordere Mittelteil stellte einen gefährlich aussehenden Fischkopf dar, der die nadelscharfen Zähne bleckte, das Form gewordene Böse. Ein schneller erschrockener Blick konnte Verwirrung bringen — war dieses Geschöpf ein Mann mit einem fischkopfverzierten Helm oder ein Fisch mit einem Menschengesicht als Halsschmuck?

Ich gebe zu, es war ein wenig beruhigend, daß ich den Kerl gesehen hatte, ehe ihm die rundlichen Frauenarme den Helm auf den kahlen Kopf setzten.

Die Vision Pulvias, die mit blutbeflecktem Dolch durch diesen Korridor lief, bedrängte mich. Vielleicht hatte sie Komplizen. Dieses Ding vor mir, dieser Arzuriel, war nur eine Illusion. Ich sprang vor.

Ein zahnbewehrtes Maul am Ende eines Tentakels zuckte mir entgegen. Ich achtete nicht auf die Erscheinung.

Der verdammte Mund schloß die Doppelreihe spitzer Zähne und riß mir einen Brocken Haut und Fleisch aus dem Arm. Ich schrie auf. Außer mir vor Wut hieb ich mit dem Lynxter um mich. Das Maul rollte über den Boden, der grüne Tentakelstumpf zuckte hin und her. Das verflixte Ding war Wirklichkeit! Ein weiteres Maul klaffte auf, und der Lynxter tat sein Werk und erledigte schließlich alle vier Tentakel.

Arzuriel sabberte aus breitem Maul und stürzte vorwärts in die Klinge des Schwertes. Ich drehte die Waffe ein wenig hin und her, ehe ich sie zurückzog. Wenn dieser verdammte Kerl in dem Stuhl auch greifbar vorhanden war, würde ich ihn ebenfalls erledigen, den Cramph! Bei Krun, ja!

Ich sprang über den zuckenden Arzuriel und eilte auf den Stuhl zu. Mein Blick fiel auf das Gesicht des Mannes. Weißgeschabt, mit schwarzen und rotfunkelnden Augen, das Maul höhnisch verzogen, strahlte es etwas unsäglich Böses aus. Ich würde es dem Rast zeigen!

Mein Schwert fegte hernieder — und durch den Mann hindurch! Die Klinge zog lediglich einen Riß in den Teppich. Ich zerrte sie schweratmend wieder hoch und starrte zornig auf die Erscheinung.

»Du wirst nie Erfolg haben, Dray Prescot«, sagte die pfeifende Stimme. »Denn ich bin Carazaar. Meine Pläne sind längst so weit gediehen, daß du sie nicht mehr stören kannst. Leb wohl, Prinz der Dummköpfe!«

Jählings verschwand der gemeine Kerl.

Ich fuhr herum. Arzuriel war ebenfalls fort, mitsamt den abgetrennten Tentakelköpfen — bestimmt wollte er mit seinem Herrn Carazaar weitere Teufeleien einstudieren.

Welch unschönes Paar!

Carazaar und sein Freund Arzuriel hatten mich Zeit gekostet. Aber ich weigerte mich zu glauben, daß es bereits zu spät sein könnte, und eilte weiter durch die Korridore und stürmte endlich in San Tuong Mishuros Schlafgemach.

San Caran hatte es seinen Helfern nicht zugetraut, die Sache vernünftig zu erledigen; ebensowenig hatte sich San Hargon auf seine Pulvia oder die angeheuerten Attentäter verlassen. Zwei arme Dienstmädchen lagen niedergestreckt auf den kostbaren Teppichen; sie boten einen überaus traurigen Anblick. Unnötige Mordtaten regen mich immer auf. Zwei schwarzgekleidete Burschen wandten sich von den Zofen ab, und ich warf mich sofort wie ein Wirbelsturm auf sie.

Beide hatten keine Chance; ihnen erging es wie den Mädchen; sie sanken zu Boden, ehe sie wußten, was mit ihnen geschah. Eben noch waren sie damit beschäftigt, ahnungslose Zofen mit dem Schwert anzugreifen, im nächsten Augenblick mußten sie sich im Todesdschungel von Sichaz an den tödlichen Syatras vorbeischleichen. Mochte es ihnen übel ergehen!

San Hargon stand an der inneren Tür, die zu San Mishuros Schlafzimmer führte. Als er mich bemerkte, kreischte er etwas Unbeschreibliches und verschwand im inneren Gemach. Die Tür fiel hallend ins Schoß.

Ich warf mich aus vollem Lauf dagegen.

Ich prallte zurück.

San Hargon hatte geplant, hatte gut geplant, und es lag an mir, den Burschen an der Verwirklichung seines Vorhabens zu hindern. Keine dumme Lenkenholz-Tür sollte mich davon abhalten zu tun, was zu tun war — nein, bei Vox!

Wäre ich ein vengalischer Zauberer aus Vinkleden gewesen, hätte ich jetzt einen Zauber losgelassen und damit auf die Wand rings um die Tür eingewirkt, bis sich die Steine in Schlamm verwandelten und die Tür mir blubbernd entgegensank. Da ich aber nicht zu jenen geheimnisvollen Wesen gehöre, ging ich zehn abgezählte Schritte rückwärts, faßte mich, atmete einmal tief ein und rannte los.

Im Geiste rief ich: *»Atta-a-a-cke!«*

Die Tür war verdammt hart. Ich prallte aus vollem Lauf dagegen und spürte die Prellung in der Schulter und an der Flanke, aber schon brach die Tür mit knirschendem Geräusch aus den inneren Scharnieren, und ich stolperte schließlich ohne rechten Halt über weiche Teppiche.

Laut surrte etwas an meinem Ohr vorbei.

Der Dolch — kein Terchick — prallte neben der herausgebrochenen Tür an die Wand und fiel unbeachtet herab. Er klirrte nicht, da der Boden dick mit Teppichen bedeckt war. San Hargon stand halb geduckt neben dem Bett und starrte mir finster entgegen. Der andere Dolch in seiner Hand schimmerte rot, rot im sanften Licht der Lampen.

Mit dem Gesicht nach unten lag ihm Pulvia zu Füßen. Im unteren Bereich ihres Rückens leuchtete ein roter Fleck wie eine Blüte, rote Streifen zogen sich wie Blütenblätter über das Gewand.

Der Rast hatte seine Mordhelferin erdolcht, um sie für immer zum Schweigen zu bringen.

Mein Blick fiel auf das Bett, über dem ein Baldachin hing.

»Es ist um dich geschehen, du Shint!« kreischte Hargon. »Geschehen! Dir wird man dies alles zur Last legen!« Er atmete schwer in seiner Erregung.

Auf dem Bett lag San Tuong Mishuro. Ein Arm baumelte locker über die Bettkante, sein Gesicht befand sich im Schatten.

Der Hals unter dem Gesicht war ein Meer von Rot.

Pulvia hatte ihm im Schlafen die Kehle durchgeschnitten.

Ich spürte einen eisigen Hauch auf meiner Haut.

Mishuro war tot. Ich hatte versagt. Eine Katastrophe war geschehen — und doch konnte ich noch kaum begreifen, was diese Katastrophe bedeutete.

San Hargon hatte gesiegt, sein Wille war in die Tat umgesetzt worden — und nun hatte er auch Pulvia umgebracht, das Instrument dieses Willens. Zweifellos standen ihm weitere Wächter zur Verfügung, die er nun rufen konnte und die mich verhaften würden, um mich zu verschleppen, zu foltern und zu vernichten.

Ich warf das Schwert in die Höhe und fing es zwischen Klinge und Griff.

»Wenigstens wirst du keinen Vorteil ziehen aus deinem mörderischen Tun, du Kleesh!«

Das Schwert fand sein Ziel. Die Spitze traf ihn an der Kehle.

Um San Hargon brauchte ich mich nicht mehr zu kümmern.

Bedrückt starrte ich auf das Bett, auf San Tuong Mishuro, der nicht mehr lebte.

Eine Katastrophe? Eine absolute, totale, schreckliche Katastrophe!

Ich hatte den Auftrag der Herren der Sterne nicht erfüllt.

Ich richtete mich auf, atmete tief durch. Eine unvorstellbare Katastrophe!

In das Schlafgemach kroch eine allesdurchdringende blaue Strahlung. Ich stand aufrecht da, mit versteinertem Gesicht und leeren Händen und wartete auf das

Schicksal, das die Herren der Sterne mir zuteilen würden.

Selbst in jenem Augenblick absoluten Entsetzens — und um so klarer, als ich so entsetzt war — galten meine Gedanken liebevoll meiner Delia, meiner Delia aus Delphond, meiner Delia aus den Blauen Bergen. Unvorstellbare Pein erwartete mich, so fürchtete ich, eine vierhundert Lichtjahre weite Trennung von allem, was mir lieb war.

Aufrecht und voller Verzweiflung erwartete ich das Urteil der Herren der Sterne.